追忆 蔡元培

贾鸿昇 编

泰山出版社·济南·

图书在版编目（CIP）数据

追忆蔡元培 / 贾鸿昇编 . — 济南：泰山出版社，
2021.10
　　ISBN 978-7-5519-0674-6

　　Ⅰ.①追…　Ⅱ.①贾…　Ⅲ.①传记文学—中国—当代
Ⅳ.①I25

中国版本图书馆 CIP 数据核字（2021）第 211560 号

ZHUIYI CAI YUANPEI

追忆蔡元培

编　　者　贾鸿昇
责任编辑　徐甲第
特约编辑　史俊南
装帧设计　观止堂_未　氓

出版发行　泰山出版社
　　　　　　社　　址　济南市泺源大街 2 号　邮编　250014
　　　　　　电　　话　综合部（0531）82023579　82022566
　　　　　　　　　　　市场营销部（0531）82025510　82020455
　　　　　　网　　址　www.tscbs.com
　　　　　　电子信箱　tscbs@sohu.com
印　　刷　天津画中画印刷有限公司
成品尺寸　155 毫米 × 230 毫米　16 开
印　　张　20.5
字　　数　230 千字
版　　次　2021 年 10 月第 1 版
印　　次　2021 年 10 月第 1 次印刷
标准书号　ISBN 978-7-5519-0674-6
定　　价　59.80 元

凡　例

一、将原书繁体竖排改为简体横排，并参照不同版本，订正书中明显的错讹。

二、原则上保留原著作中出现的外国人名、地名等的旧式译法，订正个别极易引起歧义的译法。

三、不改变原书体例，酌情删改个别表述不规范的篇章或文字。

四、原书中文字尽量尊重原著，通假字及当时习惯用法（如"他""她"不分，"的""地""得"不分）而与现在用法不同者，一般不做改动。人名、字号、地名、书名等专有名词，酌情保留繁体和异体字形。

五、参照现行出版规范，对原书中标点符号进行适当修改，新中国成立后的日期等情况统一采用公元纪年法表示。

目 录
contents

第一辑　追忆子民

第二辑　子民自述

第一辑　追忆子民

蔡元培传

夏敬观

蔡先生，字鹤卿，号子民，浙江绍兴县人。幼从叔父铭恩学为诗古文辞，气体奇岸。性喜治经学小学。又师事同县王懋修，服膺宋明理学。母病，割臂和药以进。母丧必欲守居庐之训，服除未葬，兄为订婚，痛哭拒之。年十七，补诸生。既冠，居同县徐氏藏书楼，为校所刊书，因博览群籍，学益进。清光绪己丑庚寅，联捷进士。阅二年，殿试二甲。甲午授编修。居馆职数年，耻奔走津要，惟务学殖。朝鲜之役，日胜我败，志士愤懑，鉴于明治维新之效，竞言变法，元培至是亦涉猎翻译西籍，与友设东文学社，习和文。元培与梁启超为己丑同年生，于六君子中，尤默契嗣同学识，当其用事时，避趋炎势，不往结交，及政变，元培深致惋惜，叹其寡助致败，谓欲革新排旧，必先培养人才。观清廷政治窳败无可挽救，遂弃职南归，绝意仕进，从事教育，其思想革命自此始。自戊戌至丁未，历任绍兴中西学堂监督，代理上海澄衷学堂总理，南洋公学特班教授，与同志组织中国教育会，推任会长，创设爱国女校、爱国学社，自兼教员，所至提倡民权女权，与物竞争存进化之旨。张园演学会，及《苏报》，皆与爱国学社相联系。其时昌言革命，几为国内唯一机构。东京同盟会成立，元培以杨笃生、何海樵介，入会，且入笃生所组暗杀团，筹制炸弹，与弟元康助其一切秘密经营。是时清廷拘捕会党亦益亟，海内各方举义辄败，元培以事阻意倦，遂坚游学之念。会绍兴学务公所延为总理，就任未久，清廷议派编检出国留学，乃请留欧，不遂。继笃生为译学馆教授，久之，始以朋辈相助，私费赴德，入来比锡大学。辛亥革命，南京临时政府成立，归为教育总长。南北和议成，派赴北京迎袁世凯，旋入唐绍仪内阁，仍为教育总长。未几，以袁世凯专擅，违组阁本意，商之其他同盟会阁员，随绍仪辞职。自是赴德赴法，在外数年。至五年，始归任北京大学校长。

元培为旧学时，治经偏于故训大义，治史偏于儒林文苑艺文志，及其他关于文化风俗之记载。及游学德国，所学于哲学、文学、文明史、人类学外，尤注重实验心理学及美学。曾进实验心理学研究所，试验各官能感觉之迟速，视后遗象、发音颤动状比较表等。入文明史研究所，研究比较文明史，译有包而生《伦理学原理》，编有《中学修身教科书》《中国伦理学史》。谓孟子所距之杨朱，即庄周为我即全己之义，庄子书中说此义者甚多，至列子杨朱篇，乃魏晋间颓废心理之产物，非必周季人所作。又于清儒中揭黄黎洲、戴东原、俞理初说，以为合于民权女权。黄、戴二氏，前人已所注意；俞氏说则元培始拈出。时主教育者，或导军国主义，或倡实利主义，元培意为二者固救时之要，不可不以公民道德为中坚，使有一种哲学之世界观与人生观，而涵养此等观念，不可不注重美育。美育者，元培在德受极深印象而欲尽力以提倡者。元培所谓公民道德，以法国革命时所揭橥之自由平等友爱为纲，而以古义证之，曰："自由者，富贵不能淫，贫贱不能移，威武不能屈是也，古者盖谓之义；平等者，己所不欲勿施于人是也，古者盖谓之恕；友爱者，己欲立而立人，己欲达而达人是也，古者盖谓之仁。"又尝以公羊春秋三世义说进化论，又尝说三纲五伦，曰："纲者，目之对，三纲为治事言之也。国有君主，则君纲而臣目；家有户主，则夫父纲而妇子目。此以统一事权，与彼此互相待遇之道无关也。互相待遇之道，则有五伦。故君仁臣忠，非谓臣当忠而君可以不仁也；父慈子孝，非谓子当孝而父可以不慈也；夫义妇顺，非谓妇当顺而夫可以不义也；晏子曰，君为社稷死，则死之；孔子曰，小杖则受，大杖则走。若如俗说，君要臣死，不得不死，父要子死，不得不死，不特不合于五伦，亦不合于三纲也。"其先生所说，题目不同而已，道则未尝相背也。在法国编有《哲学大纲》，多采取德国哲学之言，惟于宗教思想一节，谓真正宗教，不过信仰心所信仰之对象，随哲学进化改变，亦因各人哲学观念之程度而不同，是谓信仰自由，凡现在有仪式有信条之宗教，终必淘汰。或有以宗教仪式信条，可涵养德性者，元培曰："此不过自欺欺人耳，若涵养德性，则莫如美育，盖人类之恶，率起于自私自利，美术有超越性，置一身利害于度外，又有普遍性，独乐乐，不如与人乐乐，与寡乐乐，不如与众乐乐是也。"故常持以美术代宗教说。又尝欲编《欧洲美学丛述》，成《康德美术学》一卷；欲编《欧洲美术小史》，成赖裴尔一卷；又深信徐时栋所云《石头记》中十二金钗皆明珠食客之说，为考验证据，作索隐。盖于美术文，以为文言语体,皆有价值,新者方之,如西洋之建筑雕刻图画,随科学哲学而进化。旧者注于音调配置,字句排比,方之如音乐舞蹈图案彩绘。故其在大学时,新旧学人,兼容益取,无所歧视。任教育总长,为时虽暂,增设社会教育司,改大学八科为七,以经学并入文科,谓《易》《论语》《孟子》已入哲学门,《诗》《尔雅》已入文学门,《尚书》《三礼》《大戴礼记》《春秋三传》已入史学门,无庸别为一科。又以大学重研究学理,宜特注意文理两科,设法商科等,而不设文科,设医工农等科,而不设理科,皆不得为大学。其任大学校长,推广进德会,以挽奔竞游荡之习;延积学教授,提倡研究学问之学会;助成体育、音乐、书、画法研究诸会,以供正当消遣;助成消费公社、学生银行、校役夜班、平民演讲团及《新潮》等杂志,以发扬学生自动精神,培养其服务社会习惯。当时学制未备,困于经费,扩大不易,元培以文理科为本科大学,其医、工、农、法、商仿德国高等学校之制,为分科大学之议,实因时制宜补救一时之策。其后虽未用本科分科之名,遇艰困情势,大率准依此制。元培又以文科之文学、史学,均与科学有关,而哲学全以自然科学为基础,乃文科生因与理科隔绝,直视自然科学为无用,遂不免流于空疏。理科各学均与哲学有关,自然哲学尤为自然科学之归宿,以与文科隔绝,遂视哲学为无用,而陷于机械式之世界观。又有几科学,竟不能以文理分者。如地理学,包有地质、社会等学理;人类学,包有生物、心理、社会等学理;心理学素隶于哲学,而应用物理、生理之仪器及方法;进化学,为现代哲学之中枢,而以地质学、生理学为根底,彼此交错处甚多。

乃提议沟通文理，合为一科，又以年级制，使锐进者无可见长，而留级者每因数种课程不及格，须全部复习，乃改采美国学校单级制。元培又以大学为囊括大典，包罗众象之学府，无论何种学派，苟其持之有故，言之成理，皆容纳之，听其自由发展，盖其自研学术，亦犹是也。九年，赴欧美考察教育。在法，法国教育部授以荣誉学位；在美，纽约大学授以哲学博士荣誉学位；过檀香山，出席太平洋教育会议。十一年，以罗文干被逮，表示与教育部长彭允彝不合而去。自是又留比、法等国数年。十三年，赴荷兰、瑞典，出席民族学会。十四年，赴德入汉堡大学，研究民族学。十五年归，参加江浙皖联合会，兼任浙江科学院筹备主任、浙江政治分会委员。国民政府成立，参加中央政治会议，任中央监察委员、国民政府委员、教育行政委员会常务委员、大学院院长、中央研究院院长。十七年，大学院改教育部，元培辞部长不就，并辞各兼职，专任中央研究院院长。日寇内侵，迁居香港九龙。二十九年三月五日卒，年七十四。元培昔尝于所办《俄事警闻》，译述俄国虚无党历史后改《警钟》。值欧洲社会主义废财产婚姻之说，流行上海，元培亦深信之，曾于《警钟》揭《新年梦》以见意。尔时有持此主义者，不作工，不名一钱，而惟攫他人之财以供挥霍，曰此本公物也；或常作狭邪游，诱惑良家妇女而有时起妒争。元培闻之，慨然曰："必有一介不取之义，而后可以言共产；必有坐怀不乱之操，而后可以言废婚姻。"当张园演说会时，合革命排满为一谈，其甚者持杀尽胡人之见解，元培曾于《苏报》揭《释仇满》一文，谓满汉血统，久已混合，其语言文字，亦已为汉语汉文所淘汰，所可为满人标识者，惟其世爵及坐食之特权耳，苟其自觉放弃，岂必尽杀之乎。其言平恕，足为后士矜式云。

（录自《国史馆刊》一卷三号）

转录自《蔡元培先生全集》

民国教育总长蔡元培

蒋维乔

　　先生名元培，字鹤卿，浙之绍兴山阴人，子民其号也。为人诚实恳挚，无一毫虚饰。自其幼时，沉潜好读书，学于其叔铭三先生。叔馆于里中徐氏，徐氏富藏书，先生因得遍观其所藏，学乃大进。为文奇古博雅，声名藉盛。己丑举于乡。壬辰以翰林院庶吉士，授职编修。顾天性恬淡，不屑屑于仕进，不常居北京。戊戌政变后，先生知清廷之不足为，革命之不可以已，乃浩然弃官归里，主持教育，以启发民智。既而来海上，主南洋公学特班讲席。特班生类皆优于国学，得先生之陶冶，益晓然于革命大义。时适汉口唐才常事败之后，清政府钳制集会结社甚厉，先生于壬寅夏秋之交，与海上同志谋立一会，违远时忌，乃定名为中国教育会，默输民族主义。众议教育之根本在女学，乃先创立爱国女学校，时十月二十四日也。其年南洋公学学生，因教员非礼压制，全体大哗。先生持正论，右学生，与当事者力争，争之不获，学生皆罢学，先生亦自请解职。退学生百余人，谋自建学社，举代表赴教育会求赞助，会中允助以经费，更由会员任教科。癸卯之春，社乃成立，名曰"爱国学社"。先生于是为男女两校校长。自校长以下至教员，皆躬亲义务，别以译著自给。先生更兼教育会会长，以鼓吹革命为己任，时时开会演说，而以《苏报》为机关，影响所及，风靡全国。先是俄人自拳匪乱后，隐据东三省，至是尚不撤兵，国人忿激，留日学生组织义勇队谋敌俄人。先生率会员学生，亦创义勇队于海上以应之，而会员章炳麟著《驳康有为书》，邹容著《革命军》，皆刊印小册，不胫而走。端方在鄂侦知之，告密清廷。清廷严谕江督魏光焘，责其形同聋瞆，使逮捕先生与章炳麟、吴敬恒、黄中央、邹容等六人，将置之法。魏乃照会各国领事逮捕，各领事持人道主义勿之许，清廷复严责魏。魏惧，乃用南洋法律官担文计，使上海道代表江督为原告，控先生等于会审公廨，各国领事允之。外患方亟，而是时爱国学社学生团体忽与教育会冲突，内讧又作，而捕者适至，学生纷纷避匿，吴敬恒、黄中央等或避西洋，或至日本，先生则往青岛，而章炳麟、邹容则就逮。狱决章炳麟监禁三年，邹容监禁二年，学社遂解散。惟女校由会员维持，得存。未几，先生复由青岛返，会俄人占据东三省之谋益显，先生组织对俄同志会，创《俄事警闻》日报，以警告国人。对俄同志会者，即义勇队之变相，所谓名为拒俄，实则革命者也。东京之义勇队即改为军国民教育会。日俄战争既起，复改为秘密结社，名"光复会"。先生与对俄同志会会员皆合于光复会，其后光复会易名"中国革命同盟会"，先生遂为同盟会会员，屡与杨守仁及其他同志，为制造炸弹之秘密机关，辄以禁网方密，而经济又奇困，卒无成功。甲辰夏，先生复主持爱国女学校务。乙巳往北京，主译学馆讲席。先生自青岛归时，恒每月狱存问章、邹二人。邹容死于狱，先生又密集同志为营葬于华泾，立碣于上，曰"邹君之墓"。丁未，先生往德意志留学。盖向者在青岛及北京时，已预习德语。至德后逾年，即入来比锡大学修哲学、心理学、美学，仍以译著自给。自先生之游学于德，于今五载矣，会民国军起，乃匆匆返国。既返，则往来于宁、沪、浙之间，参与大事。临时政府成立，遂任今职。余于壬寅之秋赴中国教育会，始与先生相见。癸卯春，率妻子至海上，置妻于女学，置子于男学，而助君理校务，亦以译著自给。君之办女学也，不规规乎普通科目，而注重精神，而又夙抱社会主义，顾不轻以语人。盖壬癸之间，知革命主义者尚鲜，至社会主义，则未经人道，偶有一二留学生道及之，类皆不矜细行，为世诟病。先生尝语余曰："夫惟于交际之间，一介不苟者，夫然后可以言共产；夫惟于男女之间，一毫不苟者，夫然后可以破夫妇之界限。社会主义固在此不在彼也。"先生平居休休然，终日无疾言遽色。余性褊急，愤世嫉俗，自与先生日夕相处，而气质为之一变。然先生之处世，长于知君子，而短于知小人，故谋事往往多失败。又尝告余曰："吾人适于治学，不适于办事，我不负人，人或负我，所以灰心，然而竟不能奈灰何。"先生绝无耳目四肢之嗜好。至德国后，即持素食，不事家人生产，恒尽力社会事业，而忘其家，并忘其身，时至贫乏，不克自存。戚友知之，或贷以金，则称量其所需而受，不肯苟取也。嗟呼！自壬癸以来，十年之间，世事之变迁，于今为烈，革命之豪杰，既遭挫折，中途改节者，吾见亦多矣。余性愚拙，又多疾病，遂不能与世之豪杰相周旋，而惟志先生之志，扶持其手植之爱国女学校于勿替，亦云隘矣。然十年之间，志先生之志，未敢稍变其节，则又未尝不硁硁自信也。夫世界幻象也，吾之形骸幻象中之一物也，而常有至大至善之物，随有生以俱来，所谓真我是也。惟能修养精神，以见真我者，斯能无人我相，故功成而我不必居，名成而我不必享，无我、无功、无名，斯能实践社会主义。若而人者，其于世之自命豪杰，汲汲焉攘窃功名以自快一日之私者，何如哉！夫能无我、无功、无名，而实践社会主义者，微先生又谁与归。

《教育杂志》第 3 年第 10 期，1912 年 1 月

蔡元培与北京教育界

胡　适

我们读了蔡先生的宣言，应该明白两点：

第一、他个人因为政治太黑暗了，"不能再忍而立刻告退了"。他自己的态度并不是完全消极的；他自己指出："退的举动并不但是消极的免些纠纷，间接的还是有积极的势力。"这句话的意思，依我们看来，似乎是说：他的一去，明明是对恶政治的一种奋斗方法。假如他的抗议能引起一般人已经麻木了的政治感觉，那就是积极的势力了。无论如何，他的去志是十分坚决的。他既以他的一去为奋斗，他决不会回来了。这一点是很明白的。

明白了这一点，我们所以不主张挽留蔡先生，蔡先生是挽留不住了的；我们不如承认他的决心，体贴他抗议而去的精神；我们只能希望他能以自由个人的地位，继续作谋政治清明的奋斗；我们不应该学那糊涂的黎元洪，劝他"勉抑高怀，北来视事"！

第二、他对北京大学的态度，也是很明白的。他说："五四风潮以后，我鉴于为一个校长去留的问题，生了许多枝节；我虽然抱了必退的决心，终不愿为一人的缘故，牵动学校。所以近几年来，在校中设立各种机关，完全倚教授为中坚，决不至因校长问题发生什么危险了。"这是他对于北京大学的态度。他不愿为一人而牵动北京大学，自然更不愿为一人而牵动北京学界了。

明白了这一点，我们所以主张：北京教育界应该认清蔡先生"不愿为一人的缘故，牵动学校"的苦心；应该继续维持各学校。北京教育界中的人，自然有许多对于蔡先生抗议的精神极端表示同情的；但同情的表示尽可以采取个人行动的方式，不必牵动学校，如有赞成他的不合作主义的，尽可以自行抗议而去。如有嫌他太消极的，尽可以进一步作积极的准备；个人行动也好，秘密结合也好，公开鼓吹也好，但都不必牵动学校。

至于北京教育界现在已经用团体名义进行的两件事——彭允彝与国会殴打学生案——自然不能不仍用团体名义进行。但非至十分不得已的时候，总应该以不牵动学校为是。这几年的经验给我们的教训是：一切武器都可以用；只有"罢课"一件武器，无损于敌人而大有害于自己，是最无用的。

至于政府方面，我们也不能不对他们提出一种"尽人事"的忠告。我们的忠告是：

（1）彭允彝是不能不去的。这一个无耻的政客本不值得教育界全体的攻击；但事到如今，可不同了。教育界攻击彭允彝，并不是攻击他本身，乃是攻击他所代表的东西。第一，彭允彝代表"无耻"。第二，彭允彝代表政府与国会要用维持一个无耻的政客来"整饬学风"的荒谬态度。这个态度，从黎元洪对教职员代表的谈话和张我华、王用宾们在参议院的宣言里，都可以看出来的。如果黎元洪、王用宾们真以为维持一个无耻的小人就可以整饬学风，他们真是添柴而想止沸，真是昏愦糊涂之极了。

（2）北京大学的校长是断不可随便任命的。今日的北京大学，有评议会和教授会可以维持秩序；蔡先生就不回来，这种"教授治校"的制度是可以维持下去的。此时国中绝无可以继任蔡先生之人；现政府的夹袋中自然更没有可以做北大校长的人了。如果政府倒行逆施的硬要派一个新校长来，如民国八年徐世昌派胡仁源的故事，我们可以预料全国（不但北大）一定要反抗的。我们不看见北京高等师范的故事吗？高师闹了许多校长的风潮，现在没有校长，由评议会治校，倒可以维持秩序了。

这两点，我们明知是白白地说了的。但我们为教育界前途计，明知无益，终于忍不住要说了。

《努力周报》第 38、39 期，1923 年 1 月 21 日、28 日

关于蔡先生的回忆

陈西滢

蔡先生与稚晖先生是我生平所师事的两个人。"高山仰止，景行行止，虽不能至，然心向往之"，这几句诗，完全可以表出我对于两位先生的情绪。在黑暗中摸索前进的人生的旅途上，他们是悬在天际的巨大的两颗明星，所以虽然有时会迷途，有时不免脚下绊倒，可是由于星光的照耀，仍然可以起来，仍然可以向正确的方面前进。

蔡先生与吴先生，在我心中，常常是连系在一起，不容易分开的。蔡先生去世的消息传出后，有一天夜间不能入睡，回想起蔡先生与自己的关系，处处地方便连带的想到吴先生。可是很奇怪的，蔡先生与吴先生虽同样的给我以不可磨灭的印象而细细追想起来，我与蔡先生的接触，实在是很少。

知道蔡先生却很早。因为在六七岁的时候，曾经在上海泥城桥爱国学社里上过几个月学，可以说是蔡先生与吴先生的学生。那时候住在吴先生的家中，天天见到，可是蔡先生却只听到过名字。至于是不是认识，甚至于是不是见过，现在已经完全想不起来了。

以后看到蔡先生的名字，是在吴先生自英、法写给先父等几个老朋友的数千字长信里面。这样的长信，一连大约有两封或三封，里面叙述事物很多，所以也当常会提到蔡子民在柏林怎样怎样。那时候的"蔡子民"还只是一个名字。

武昌起义之后，吴先生与蔡先生都是先后回国。在他们未到以前，他们的一位朋友，商务印书馆主编《辞源》的陆炜士先生，常常对先父等说，将来修清史，只有"稚晖与鹤卿"。那时候已经十五六岁了，知道鹤卿就是以翰林公而提倡革命的蔡子民。听了陆先生的谈话又知道蔡先生是文章家。

蔡先生回国后住在上海的时候，似乎曾经跟了吴先生到他的府上去过。但是除上一所一楼一底的房子之外，什么也不记得。也许这一楼一底的房子还记忆的错误，实在不曾去拜访过也说不定。但是那时候一个印象是相当清楚的。也可以说是蔡先生给我的第一个印象。大约是在张园举行的许多群众大会之一吧，蔡先生的演讲是在那里第一次听到。他的演讲，声音不高，而且是绍兴口音的官话，内容是朴质的说理，不打动听众的情感，所以他在台上说话，台下的人交头接耳的交谈，甚至于表示不耐烦。所以演讲辞更不能听到。蔡先生的演说也就很快的完毕了。十年以后听众对蔡先生的态度不同了，演辞不至于听不见，然而他演说态度、声音与内容似乎与我第一个印象没有多大的出入。蔡先生不能说是一位雄辩家。

再会见蔡先生，是在十年后的伦敦。那时候蔡先生是五四运动、新文化运动的策源地北京大学校长，到欧洲去游历。在伦敦摄政街的中国饭店里，北大学生开了一个欢迎会。名义上虽是北大学生，可是原先与北大没有关系的也多人在场，我自己便是一个。此外记得起的还有张奚若、钱乙藜、张道藩。在场的北大教员有章行严与刘半农两位，学生则有傅孟真、徐志摩、徐彦之、刘光一等。那时我新买了一个照相机，初学照相，即在中国饭店的楼上照了两张团体相。这相片到抗战以前还存在，现在可无法找得到了。

蔡先生在伦敦时的故事，现在只记得二三个，大约因为稍微带些幽默，所以至今没有忘掉。有一次伦敦大学政治学教授、社会心理学者怀拉斯请蔡先生到他家去茶叙，座中有他的夫人与女儿。陪蔡先生去的是志摩与我两人。起先我们任翻译。忽然志摩说蔡先生在法国住好久，能说法语。怀夫人与小姐大高兴，即刻开始与先生作法语谈话。一句句法文箭也似的向先生射去，蔡先生不知怎样回答。我为了解围，说蔡先生在法国只是作寓公，求学是在德国，所以德文比法文好。怀夫人、怀小姐不能说德语，只好依旧作壁上观。怀拉斯说他从前到过德国，可是德话好久不说已不大能说了。他与蔡先生用德文交谈了几句话。我记得怀指窗外风景说 SCHON<schön>，蔡先生说 IE—BRACBON。可是这样的片言只字的交换，没有法子，怀先生说还是请你们来翻译吧。

一次我与志摩陪蔡先生参观一个油画院。里面有约翰孙博士的一张油画像。我与志摩说起约翰孙博士的谈吐、骨气、生活状态，很像中国的吴先生。在出门的时候，蔡先生选购了几张画片，微笑着的说："英国的吴先生的画像也不可不买一张！"

最难忘的一次是某晚在旅馆中蔡先生的房间里。一向总是有第三人在一处。此时第三人却因事出去了，房内只有我与蔡先生两个人。那时与蔡先生还不知己，自己又很怕羞。要是他做他自己的事倒好了。可是蔡先生却恭恭敬敬陪我坐着，我提了两三个谈话的头，蔡先生只一言半语便回答了。两个人相对坐着，没有谈话。心中着急，更想不出话来。这样的坐也许不到半点钟，可是在那时好像有几点钟似的。幸而第三人来了，方才解了当时的围。

民二十一年冬与吴先生同船由法回国，到了上海，得北大之聘，又与吴先生同乘津浦北上。拜访蔡先生后没有几天，蔡先生即在一星期日中午在香厂的菜根香请吃饭。吴先生坐首席，同座都是从前在英国的熟朋友。饭后一干人一同步行从先农坛走到天桥。当时感觉到一种北平闲暇的趣味。可是没有多少时候，空气突然紧张，蔡先生离京南下，此后他便有十年没有到过北平。

大约是民国二十一年的春天，蔡先生到武昌珞珈山住过几天。武汉大学的同人给他一个很热烈的欢迎。可是那时候我正病卧在床上，不能够行动。倒是蔡先生走上百余级石级，到我住的高高在山坡上的家，作病榻前的慰问。对于一个后辈，而且实在是很少见的人，看作亲切的朋友，这是蔡先生待人接物的本色，是他所不可及的一个特点。

就是这一年的夏末——还是次年？暑假时我从南昌去北平，因平汉路突然不通，乘船到南京，改由津浦路北上。到南京后得知蔡先生正在此时北上，出席中华文化基金董事会，因相约同行。在车上除了一位基金会的美国董事外，没有什么很熟识的人，所以有一天以上的朝夕相处。这时与伦敦旅馆中大不同了。自己没有了拘束的感觉，没有话的时候也并不勉强的想话说。可是这一次蔡先生谈话很多，从中国的政治教育到个人琐事。特别是过泰安附近时，我们在窗口凭吊志摩遇难的地点，谈了不少关于志摩的回忆。蔡先生带了几瓶南京老万全的香雪酒，是朱骝先送他在车上喝的。第一天晚餐时我们两人喝了一瓶——应该说是蔡先生一人喝一瓶，因我只能陪二三杯。那晚上蔡先生虽没有醉，脸却红得厉害。第二天中晚两餐喝了一瓶。蔡先生说这样正好，听说他每餐得喝一点酒，但并不多。

车快到北平时，他对我说，中央委员乘车是不用花钱的，所以这一次一个钱也没有花。心里觉得有些不安，饭车的账请我让他开销了罢。他说得这样诚恳委婉，我觉得没有什么话可说。可是第二天早晨发现不仅饭费，连睡车上茶房的小费他都付过了。车到站时，他又说他带了一个当差，而且有人来接，行李有人招呼，我的行李也不如放在一处运去。所以这一次与蔡先生同行，一个年轻三十多岁的我非但没有招呼蔡先生，而且反而受他招呼，这表示自己的不中用，但也可以看到蔡先生待人接物的和蔼体贴的风度。

蔡先生这一次到北平，是十年后重游旧地，盛受各团体、各个人朋友的欢迎招待。常常一餐要走两三个地方。他到一处，一定得与每一客对饮一杯，饮完方离去，所以每晚回家时大都多少有了醺意了。他对一切的兴趣都很厚浓。故宫博物院欢迎他去参观时，他进去看了一天。他的脚有病，走路不大方便，可是毫无倦容。我们从游的年轻些的人，都深为惊异。那时候我们认为蔡先生享八九十以上的高龄，应当是不成问题的事。

那一年以后，除了某年暑假，我与叔华在上海经过到愚园路进谒一次蔡先生蔡夫人而外，更没有再会见过了。

　　追想过去，自己与蔡先生接触的次数实在并不多，但是他在我生命中所给予的影响，却异乎寻常的大，异乎寻常的深刻。是怎样来的呢？仔细分析起来，并不是由于蔡先生的学问文章。蔡先生的书我一本不曾读过。他讲演辞和文章，也只偶然的读到。对于他的学问文章我没有资格说话。也不是由于蔡先生的功业。他办理北大，以致有五四，有新文化运动；他办理中央研究院，使中国在科学各有各种贡献。但是这种种可以使人钦佩，却不一定使人师法，使人崇拜。蔡先生的所以能给予我以不可磨灭的印象，推求起来，完全是由于他人格的伟大。他应小事以圆，而处大事以方。他待人极和蔼，无论什么人有所请托，如写介绍信之类，他几乎有求必应，并不询问来人的资格学问经验。可是到了出处大节，国家大事，他却决不丝毫含糊，而且始终如一，不因事过境迁而有迁就。他是当代最有风骨的一个人。我与他接触的机会虽不多，但是先后有二三十年。我无论在什么时候见到他，蔡先生始终是蔡先生，犹之吴先生始终是吴先生，并不因环境的不同，时运的顺逆，而举止言语有什么不同。这是说来容易，却极难做到的一件事。孟子说，"富贵不能淫，贫贱不能移，威武不能屈，此之谓大丈夫"，蔡、吴两先生才可以当大丈夫的名称而无愧了。"高山仰止，景行行止，虽不能至，然心向往之！"

重庆《中央日报》，1940 年 3 月 24 日

吾师蔡孑民先生哀悼辞

黄炎培

乌乎！吾师逝矣。吾生硕果仅存之吾师，海内一致山斗宗仰之吾师，从此吾与海内学人俱不复能亲教诲矣。

当民国纪元前十二年，我甫从旧式教育界，襆被出走，投上海南洋公学考取特班生肄业，开学之日，礼场诸师长中，有衣冠朴雅、仪容整肃，而又和蔼可亲者一人，同学走相告，此为总教习，则吾师是也。

师之教吾辈，日常课程，为半日读书，半日习英文及算学，间以体操。其读书也，吾师手写修学门类及每一门类应读之书，与其读书先后次序。其门类就此时所忆及，为政治、法律、外交、财政、教育、经济、哲学、科学——此类分析特细。文学、论理、伦理等等，每生自认一门，或二门，乃依书目次序，向学校图书馆借书，或自购阅读。每日令写札记呈缴，手自批改。隔一二日发下，批语则书于本节之眉。佳者则于本节左下角加一圈，尤佳者双圈。每月命题作文一篇，亦手自批改。每夜召二三生入师朝夕起居之室谈话，或发问，或令自述读书心得，或对时事感想。全班四十二人，计每生隔十来日得聆训话一次，入室则图书满架，吾师长日伏案于其间，无疾言，无愠色，无倦容，皆大悦服。

吾辈之悦服吾师，尤在正课以外，令吾辈依志愿习日本文，吾师自教之。师之言曰：今后学人须具有世界知识，世界日在进化，事物日在发明，学说日新月异。读欧文书价贵，非一般人之力所克胜。日本迻译西书至富，而书价贱，能读日文书则无异于能遍读世界新书。至日语，将来如赴日留学，就习未晚。令我辈随习随试译。师又言：今后学人，领导社会，开发群众，须长于言语。因设小组会习为演说、辩论，而师自导之，并示以日文演说学数种令参阅。又以方言非一般人通晓，令习国语。犹忆第一次辩论题为：世界进化，道德随而增进乎？抑否乎？某次课题：试列举春秋战国时爱国事实而加以评论。其余不复能忆矣。斯时吾师之教人，其主旨何在乎？盖在启发青年求知欲，使广其吸收，由小己观念进之于国家，而拓之为世界。又以邦本在民，而民犹蒙昧，使青年善自培其开发群众之才，一人自觉，而觉及人人，其所诏示，千言万法，一归之爱国。不惟课文训语有然，观出校后，手创学社，曰爱国学社。女学，曰爱国女学。吾师之深心，如山泉有源，随地涌现矣。

全校千百学子，所栖息之如云学舍中，辟一隅地，师生于于焉，喁喁焉，若群雏之围绕于其母，共晨夕，共食宿。不二年而轩然大波起。中学某生侮其师，校当局下令斥逐，诸生以被逐者非侮师也，请收成命，则令并逐请者，全级为请，斥全级，全校为请，斥全校，吾师既力争于当局不得，则率退学诸生，立学社，事暴于全国，而我相亲相爱之学团随之而星散矣。

是时，小子禀承师旨，就故里立小学。未期年，以演说谤清廷下狱，既而亡命走日本。稍久，返上海，为学校教师自活，吾师方图以文字发群聋。东北边警作，吾师创期刊，曰《俄事警闻》，试令写社说，是为我投文新闻界之始。师又创《选报》，取各报菁华，萃为一编，半月辑一卷。语我：此良佳，力省而效宏。是时居至近，往来至密。民国成立前七年乙巳秋，吾师忽召至其寓庐，郑重而言曰："我国前途至危，君知之矣（师手书见称必以君以兄）。诸强邻虎视于外，清廷鱼烂于内，欲救亡，舍革命无他道。君谓然乎？"则敬答曰："然。"曰："欲革命，须有组织。否则，力不集，事不成。今有会焉，君亦愿加盟乎？"则敬答曰："苟师有命，何敢不从。"期以某日深夜宣誓，出誓文，中有句："建立民国，平均地权，驱除鞑虏，光复中华。"吾师既指"平均地权"句说明其理由。小子卒在吾师之前，宣誓加盟焉。其地上海市西昌寿里六十二号，则吾师之寓庐也。

自是趋吾师之门日益密。一日，语我：救中国必以学。世界学术德最尊。吾将求学于德，而先赴青岛习德文。言吾所任同盟会干事，君其代我可乎！则敬诺。立出秘密文书名单多种，有素未知名者，有熟友而向未知其为同会者。盖其慎也。而吾师则翩然长往矣。临行，嘱关于会务时时与吾师之弟国亲先生洽。

民国既建，中央政府创立于南京。吾师归，就第一任教育总长职，电招往助。时江苏都督府成立于苏州，吾任教育行政，私意民国教育基础在地方，其职责之重，不下于中央，既受任，不宜遽辞，第师命不可违，则赴京面陈此意，荐袁先生希涛以代，而留部数日，为草拟若干种民国临时教育制度而归。吾师之长教部也，重订民国教育宗旨，发表对于教育感想文，略谓：人惟不执着现象世界，才能接触实体世界，从正确之世界观中，获得正确之人生观。未几，又发表以美育代宗教文，主张以美感教育，完成道德。盖吾师返自欧洲，方治哲学有得，于人类社会有所认识，以为相争相杀之风尚，多起于现象之执着，惟宗教能使人超脱现象世界，惟美育能代宗教而兴，盖其导人超脱现象之力一也。吾师之名论甫倡，而世界大战作。今战祸重开而吾师逝矣。

吾师之长北京大学也，合新旧思潮而兼容之，绝不禁百家腾跃。时吾方倡职业教育于南方，其始颇不为人惊，惟吾师能知我，既共列名发起，复时时为之张目，数度当众演述中华职业教育社创始之艰苦。当时论尤庞杂时，矢石雨集，吾师乃身为之蔽，任评议会主席，且十年，有会集必至。我又尝集同志创鸿英图书馆，专搜集史籍与史材，盛获吾师嘉许而乐为之董理焉。近岁病甚，谢一切职，独于兹二事弗辞，以迄于长逝。乌乎！吾将如何加勉以报吾师耶！吾师尝评骘及门诸子，谓小子有学，一从实际获得。吾又将如何加勉以实吾师言耶！

吾师生平风度休休焉，其言恳恳款款焉，独于其所不好者，绝不假词色。其行至方，语至耿直，从不阿合于人。胡先生元倓尝以八字状吾师曰：有所不为，无所不容。盖有所不为者，吾师之律己也；无所不容者，吾师之教人也。有所不为，其正也；无所不容，其大也。

吾师所不容，而独于暴敌之侵略，主抗战至坚决。见于其所为《满江红》词。愿以一言慰吾师地下，苟及吾师门者，当无不以至诚接受吾师遗教，如小子者，曾何敢以吾师之厚我，而私哭吾师。只有本吾师言教与身教，自儆惕，自奋励，以终吾生，完吾天职，以答吾师之德。

重庆《中央日报》，1940 年 3 月 24 日

试为蔡先生写一笔简照

蒋梦麟

　　光绪己亥年的秋天，一个秋月当空的晚上，在绍兴中西学堂的花厅里，佳宾会集，杯盘交错，似乎兰亭修禊和桃园结义在那盛会里杂演着！

　　忽地里有一位文质彬彬、身材短小、儒雅风流韶华三十余的才子，在席间高举了酒杯，大声道：

　　"康有为，梁启超，变法不彻底！哼！我！……"

　　大家哄堂大笑，掌声如雨打芭蕉。

　　这位才子，是二十岁前后中了举人，接联成了进士、翰林院编修，近世的越中徐文长。酒量如海，才气磅礴。论到读书，一目十行；讲起作文，斗酒百篇。

　　一位年龄较长的同学对我们这样说。

　　这是我们学校里的新监督，山阴才子蔡鹤卿先生。孑民是中年改称的号。

　　先生作文，非常怪僻，乡试里的文章，有这样触目的一句："夫饮食男女，人生之大欲存焉。"他就在这篇文章中了举人。有一位浙中科举出身的老前辈，曾经把这篇文章的一大段背给我听过，可惜我只记得这一句了。

记得我第一次受先生的课，是反切学。帮、□、旁、茫、当、汤、堂、囊之类。先生说，你们读书先要识字。这是查字典应该知道的反切。

二三十年后先生在北京大学校长任内，学生因为不肯交讲义费，聚了几百人，要求免费，其势汹汹。先生坚执校纪，不肯通融。秩序大乱。

先生在红楼门口挥拳作势，怒目大声道："我给你们决斗！"包围先生的学生们纷纷后退。

先生日常性情温和，如冬日之可爱，无疾言厉色。处事接物，恬淡从容。无论遇达官贵人或引车卖浆之流，态度如一。但一遇大事，则刚强之性立见，发言作文，不肯苟同。

故先生之中庸，是白刃可蹈之中庸，而非无举刺之中庸。

先生平时作文适如其人，平淡冲和。但一遇大事，则奇食立见。

"杀君马者道旁儿。民亦劳止，汔可小休。"这是先生五四运动时出京后所登之广告。

先生做人之道，出于孔孟之教。一本于忠恕两字。知忠，不与世苟同；知恕，能容人而养成宽宏大度。

先生平时与梁任公先生甚少往还。任公逝世后，先生在政治会议席上，邀我共同提案，请政府明令褒扬。此案经胡展堂先生之反对而自动撤销。

我们中国人可以说没有一个人（不）在不知不觉间受老子的影响的。先生亦不能例外。故先生处事，时持"水到渠成"的态度。不与人争功，不与事争时。别人性急了，先生常说"慢慢来"。

一位在科举时代极负盛名的才子，中年而成为儒家风度的学者。经德、法两国之留学而极力提倡美育与科学。在教育部时主张以美育代宗教。在北京大学时主张一切学问当以科学为基础。

在中国过渡时代，以一身而兼东西两文化之长。立己立人，一本于此，到老其志不衰，至死其操不变。敬为挽曰："大德垂后世，中国一完人。"

重庆《中央日报》，1940 年 3 月 24 日

蔡先生不朽

蒋梦麟

"人生自古谁无死，留得丹青照后人。"这句诗，是说人的身体迟早必死，惟精神可以不死。精神不死，是谓不朽。先生死矣，而先生之精神不朽。今请言先生不朽之精神。

学术自由之精神

先生之治学也，不坚执己见，不与人苟同。其主持北京大学，凡持之有故、言之成理者，悉听其自由发展。

宽宏大度之精神

先生心目中无恶人，喜与人以做好人的机会，先生相信人人可以成好人。先生非不知人之有好恶之别，但视恶人为不过未达到好人之境地而已。若一旦放下屠刀，即便成佛。故先生虽从善如流，而未尝疾恶如仇。俗语说："宰相肚里好撑船。"古语："有容乃大。"此先生之所以量大如海，百川归之而不觉其盈。

安贫乐道之精神

先圣有言："为仁不富。"又曰："富贵不能淫。"蔡先生安贫乐道，自奉俭而遇人厚，律己严而待人宽。

科学求真之精神

先生尝言，求学是求真理，惟有重科学方法后始能得真理。故先生之治北京大学也，重学术自由，而尤重科学方法。当中西文化交接之际，而先生应运而生，集两大文化于一身，其量足以容之，其德足以化之，其学足以当之，其才足以择之。呜呼！此先生之所以成一代大师欤！

重庆《扫荡报》，1940 年 3 月 24 日

我所景仰的蔡先生之风格

傅斯年

有几位北大同学劝我在本日特刊中写一篇蔡先生的小传。我以为能给蔡先生写传，无论为长久或为一时，都是我辈最荣幸的事。

不过，我不知我有无此一能力，且目下毫无资料，无从着笔，而特刊又急待付印，所以我今天只能写此一短文，至于编辑传记的资料，是我的志愿，而不是今天便能贡献给读者的。

凡认识蔡先生的，总知道蔡先生宽以容众，受教久的，更知道蔡先生的脾气，不特不严责人，并且不滥奖人，不像有一种人的脾气，称扬则上天，贬责则入地；但少人知道，蔡先生有时也很严词责人。我以受师训备僚属有二十五年之长久，颇见到蔡先生生气责人的事。他人的事我不敢说，说和我有关的。

（一）蔡先生到北大的第一年中，有一个同学，长成一副小官僚的面孔，又做些不满人意的事，于是同学某某在西斋（寄宿舍之一）壁上贴了一张"讨伐"的告示。两天之内，满墙上出了无穷的匿名文件，把这个同学骂了个"不亦乐乎"。其中也有我的一件，因为我也极讨厌此人，而我的匿名揭帖之中，表面上都是替此君抱不平，深的语意，却是挖苦他。为同学们赏识，在其上浓圈密点，批评狼藉。这是一时学校中的大笑话。过了几天，蔡先生在一大会中演说，最后说到此事，大意是说：诸位在墙壁上攻击□□君的事，是不合做人的道理的。诸君对□君有不满，可以规劝，这是同学的友谊。若以为不可规劝，尽可对学校当局说。这才是正当的办法。至于匿名揭帖，受之者纵有过，也决不易改悔，而施之者则为丧失品性之开端。凡作此事者，以后都要痛改前非，否则这种行动，必是品性沉沦之渐。

这一篇话，在我心中生了一个大摆动。我小时，有一位先生教我"正心""诚意""不欺暗室"，虽然《大学》念得滚熟，却与和尚念经一样，毫无知觉。受了此番教训，方才大彻大悟，从此做事，决不匿名，决不推自己的责任。大家听蔡先生这一段话之后印象如何我不敢知，但北大的匿名"壁报文学"从此减少，几至绝了迹。

（二）蔡先生第二次游德国时，大约是在民国十三年吧。那时候我也在柏林。蔡先生到后，我们几个同学自告奋勇照料先生，凡在我的一份中无事不办了一个稀糟。我自己自然觉得非常惭愧，但蔡先生从无一字责备。有一次，一个同学给蔡先生一个电报，说是要从来比锡来看蔡先生。这个同学出名的性情荒谬，一面痛骂，一面要钱，我以为他此行必是来要钱，而蔡先生正是穷得不（得）了，所以与三四同学主张去电谢绝他，以此意陈告先生。先生沉吟一下说："《论语》上有几句话，'人洁己以进与其洁也，不保其往也，与其进也，不与其退也，唯何甚。'你说他无聊，但这样拒人于千里之外，他能改了他的无聊吗？"于是我又知道读《论语》是要这样读的。

（三）北伐胜利之后，我们的兴致很高。有一天在先生家中吃饭，有几个同学都喝了点酒，蔡先生喝得更多。不记得如何说起，说到后来我便肆口乱说了。我说："我们国家整理好了，不特要灭了日本小鬼，就是西洋鬼子，也要把他赶出苏伊士运河以西，自北冰洋至南冰洋，除印度、波斯、土耳其以外都要'郡县之'。"蔡先生听到这里，不耐烦了，说："这除非你作大将。"蔡先生说时，声色俱厉，我的酒意也便醒了。

此外如此类者尚多，或牵连他人，或言之太长姑不提，即此三事，已足证先生责人之态度是如何诚恳而严肃的，如何词近而旨远的。

蔡先生之接物，有人以为滥。这全不是事实，是他在一种高深的理想上，与众不同。大凡中国人以及若干人在法律之应用上，是先假定一个人有罪，除非证明其无罪；西洋近代法律是先假定一人无罪，除非证明其有罪。蔡先生不特在法律上如此，一切待人接物，无不如此。他先假定一个人是善人，除非事实证明其不然。凡有人以一说进，先假定其意诚，其动机善，除非事实证明其相反。如此办法，自然要上当，但这正是孟子所谓"君子可欺以其方，难罔以非其道"了。

若以为蔡先生能恕而不能严，便是大错了。蔡先生在大事上是丝毫不苟的。有人有做了他以为大不可之事，他虽不说，心中却完全当数。至于临艰危而不惧，有大难而不惑之处，直有古之大宗教家可比，虽然他是不重视宗教的。关于这一类的事，我只举一个远例。

在五四前若干时，北京的空气，已为北大师生的作品动荡得很了。北洋政府很觉得不安，对蔡先生大施压力与恫吓，至于侦探之跟随，是极小的事了。有一天晚上，蔡先生在他当时的一个"谋客"家中谈此事，还有一个谋客也在。当时蔡先生有此两谋客，专商量如何对北洋政府的，其中的那个老谋客说了无穷的话，劝蔡先生解陈独秀先生之聘，并要约制胡适之先生一下，其理由无非是要保存机关、保存北方读书人一类似是而非之谈。蔡先生一直不说一句话。直到他们说了几个钟头以后，蔡先生站起来说："这些事我都不怕，我忍辱至此，皆为学校，但忍辱是有止境的。北京大学一切的事，都在我蔡元培一人身上，与这些人毫不相干。"这话在现在听来或不感觉如何，但试想当年的情景，北京城中，只是些北洋军匪，安福贼徒，袁氏遗孽，具人形之识字者，寥寥可数，蔡先生一人在那里办北大，为国家种下读书、爱国、革命的种子，是何等大无畏的行事！

　　蔡先生实在代表两种伟大的文化，一是中国传统圣贤之修养，一是法兰西革命中标揭自由平等博爱之理想。此两种伟大文化，具其一已难，兼备尤不可觏。先生殁后，此两种伟大文化在中国之寄象已亡矣。至于复古之论，欧化之谈，皆皮毛渣滓，不足论也。

重庆《中央日报》，1940 年 3 月 24 日

蔡先生人格之一面

傅斯年

今天是蔡先生逝世第一周年。回想这一年中，我们同学，有心愿为蔡先生传记资料作一番搜集编纂工夫者，鲜所成就。而各项纪念蔡先生之办法，也皆讨论未定，这真是惭愧的事，希望此后一年中不至于再这样子的虚度。

也许蔡先生的传记不应该在三年五载之内成就。因为，凡是一个时代的中心人物，其人品之正形，人格之全观，在盖棺未久之时，不特有心渲染和有意避忌者，要把是是非非说得颠颠倒倒；即在意诚气平之人，也有些不能说的话，甚而至于有些看不出的道理。例如去年追悼会特刊中，邵力子先生以九个字形状蔡先生之人物，这九个字是"无所不容而有所不为"，吴稚晖先生又在追悼会场中大大发挥。这九个字，真可以体会蔡先生人格之全观之一层。以我二十五年之所见闻，也很想多举几个例子以说此义，然而如何可以？所以今日为蔡先生传记之努力，只可在搜集资料上多用工夫。至于杀青问世，似乎当是十年以后之事，到那时候秦宫汉阙，黄……（原稿污损）可以照像了。

我今天也在这里提出六个字来，形状蔡先生人物之一层，不知同门诸君子以为何如？这六个字是"爱众人，信知识"。在泛爱众生一义上，他老先生的确是墨翟、释迦牟尼以至于近代真正的法国自由主义者、俄国人道主义者之正宗。然而表面上有一件不同，墨翟一流人物，是整天在那里摩顶放踵，栖栖皇皇，上说下教的。蔡先生却始终有几分隐士风气，有时人以为他对世事冷淡。这因为蔡先生受中国道学先生——真善的道学先生——之影响极深，很注重消极方面的道德，兼以寒士出身，有守二字，做得认真，这也本是中国传统良士之好尚，所以自表面看，有时蔡先生不是一个积极的人。但是，若揭去这些外层的习惯便知他对于每一个人，全个人类，都是泛爱的。他对于每一个人，都先假定他是良善的，除非已经证明他不良善。甚而至于他对于每个罪人，各样的罪人，都先假定是可以改过或可以原谅的，除非累次证明其不能。他对于个人的态度，温恭而不热烈；他对于整个的世事却是热烈内含，恬退外露。他最不能忍耐的，是见人受非法的虐待，在这时候，他动起感情来，可以牺牲性命，牺牲事业，牺牲一切。在这时候，他并不是表同情于朋友，他对于不相识、不同道，乃至于看不起的人，也是一样。他自己能忍受，而不能看着别人忍受。凡是强者压迫弱者，最能引起他的憎恶，以至反抗，赤手空拳的反抗。世上泛爱众者不为不多，但什九是有所为的，他老先生是绝对无所为的。我平生所见，只有他老先生是把天下人皆看作平等的，无智愚，无贵贱，并而爱之。但他心中很有分寸，贤不肖之判别甚严。只是这个判别不影响他对人的态度，除非绝不得已，知其不肖者还要假定其为肖。

蔡先生逝世后，香港的报，说他老先生有遗嘱，是"学术救国，道德救国"。我对这事颇怀疑，虽然拿世界上任何文明时代任何文明国家的道德条件来量他，都没有一点差错，他老先生却是向不标榜道德的。民国元年，进德会之组织，看他的文字，便知只是他老先生一种"洁癖"的表见。自此以后，并此亦无有了。原来"提倡"道德一件事，有其益更有其弊，以身作则，不言而自化，不以身作则，所说的话，徒觉其有"排斥臭味"而已。蔡先生决不是办救世军、青年会或开办书院的，所以我不相信他会临死时揭示这个标语。

至于学术，与其说他老先生高谈学术救国，毋宁说他老先生真心真意的信知识。世上的人真信知识者甚少，以为如此如此，我虽知道这个道理，我却不必如此做，这固然由于知之未悉，所以信之不深。但世上的人对于他们自己的多多少少的知识，绝多数是这样未悉不深的。因而世上的人许多把知识当作一种消遣，当作一种点缀。尤其有闲之人、聪明之士，更是如此的。蔡先生把知识看得充分认真，凡是一事，他所信得过的知识是如此，便是如此。不含糊，不顾忌，此中有大勇在。蔡先生是一位谦谦君子，不以言语压迫人，不以自己的意见强加之人，尤其有容受幽默的雅量，所以一般人决看不出他有传教士的自信与认真。但看过他这个谦谦君子的外表，便可识得他信他的知识，一如诚实的传教士信其教义。不以他所信的知识随便加诸人，却也自信之至，不可转移。因为他相信知识之所以为知识者，以其可以立信之故。犹忆在北平时，有人以为蔡先生领导清谈，是大错而特错。若问他所信的这些知识是什么，这不能在此处遍举，姑说二三事以见例。他信人类之将来，必须以理性支配一切，社会之将来，必须不以家庭为单位，世界之将来，必须大同。许多人尽可觉得这太乌托邦了，他确是深信不疑的。在今天，或觉得他老先生之中心思想，与时代相远，在人类进化之永久目的上，他是不错的。

　　蔡先生之人物与人格，是火候到极纯正的度数中炼就的，其中并无渣滓与矛盾，但若以为一望了然，一句话说完，也是错误，以上所说，也不过我所试为形状的一面，尚且不能畅所欲言。

重庆《扫荡报》，1941 年 3 月 5 日

伟大与崇高

——敬献于吾师蔡先生之灵

罗家伦

当着国家动荡的时候，全民族失了文化的导师、人格的典型。这种损失，那里是当代的人所能测度。

伟大的蔡先生居然在这时候离开我们了！悲伤的岂只是他的门生、他的故旧。他门生故旧的悲伤，又岂只是他们的私恸。

凝结中国固有文化的精英，采撷西洋文化的优美，融合哲学、美学、科学于一生，使先生的事业，不特继往，而且开来。

先生永远是站在时代前面的伟大人物。

先生不但是伟大人物，而且是伟大人格！

如大海容纳众流，不厌涓滴，是先生的包含。

汪汪若万顷之波，一片清光，远接天际，是先生的风度。

慈祥恺悌，谦光中流露至诚，是先生对人的感化。

"柔亦不茹，刚亦不吐"，是先生的风骨。

常见先生书房中挂了一幅自己的画像，上面题着"其为人也，发愤忘食，乐以忘忧，亦不知老之将至"。这是先生持身处世的精神。

又常见先生的书桌旁有自己写的"学不厌，教不倦"六个字的横幅，这是先生治学教人的态度。

更有一次我求先生写几个字，先生写了"货恶其弃于地也，不必藏诸己；力恶其不出于身也，不必为己"。这是先生的人类社会观。

先生感召的力量是无形的，因其无形，所以格外伟大。

对于这一代大师的言行，何从记起；在悲哀情绪之中，更从何处想记。大家只看见先生谦冲和蔼的方面，而少知道先生坚毅不拔、风骨嶙峋的方面，所以我写下几段短的故事。

在五四运动以后，北洋军阀横施压的时候，先生处于危难艰苦之中，突然发表一篇不过二百字左右，却是光芒万丈的短文，叫作《洪水与猛兽》，主张以五四的洪水，冲卷去北洋军阀的猛兽。

民国十年先生游历美国，到绮色佳，我和几位同学接先生到一个寓所休息。忽然听见一位美国新任的驻华公使，要招待先生，想请先生介绍于北方权贵；先生坐犹未定，坚决地立刻要离开。我们劝先生多休息一会儿也不可得，结果立刻去游观附近几十里的一个瀑布。

在七七抗战前两年，先生到南京，那时候汪精卫还是行政院长兼外交部长。这后来变做汉奸的汪精卫，请先生晚餐，进的是西膳。先生苦劝他改变亲日的行为，立定严正的态度，以推进抗战的国策。在座的都看见先生的眼泪，滴在汤盘里，和汤一道咽下去。

先生有不为而后有为的精神，那里是一般人所可想象。

先生太崇高了！

"高山仰止，景行行止。"千百年后，先生的人格修养，还是人类想望的境界。

不才的门生像我，每逢艰难挫折的时候，一闭眼睛，就有一幅先生的音容笑貌的影子，悬在脑际。想到先生临危受困时的雍容肃穆，七十几年的努力不懈，什么暴躁不平之气，都该平下去了。

先生给后辈的德化，有如长江之流，永远不会枯竭！

先生的躯壳死了；先生的精神，无穷的广则弥漫在文化的宇宙间，深则憩息在人们的内心深处！

重庆《中央日报》，1940 年 3 月 24 日

蔡元培先生与北京大学（节选）

——谨以此文纪念先师蔡孑民先生百年诞辰

罗家伦

　　我以为一个大学的精神，最好让后代的教育文化史家来写。但是有人以为当时的人尚且不留纪录，那后代的史家更缺少相当的凭借。又有人说当时人的观察虽不能和"明镜台"那般的晶莹，然当时人的心灵，也不见得就如顽石般的毫无认识和反想。我是劝人注重近代史的人，对于这番话自然无法来否认，也无须来争辩。我是治历史的人，愿意忠实地写我对于北大精神的认识和反想。我不愿意夸张，也无所用其回护，然而这些认识和反想，终究是从我的观察体会中得来。强人相同，则吾岂敢！

　　一个大学的精神，可以说是他的学风，也可以说是他在特殊的表现中所凝成的风格。这种风格的凝成不是突如其来的，更不是凭空想象的。他造就的因素，第一是他本身历史的演进，第二是他教职员学生组合的成分，第三是他教育理想的建立和实施。这三项各有不同，但互为因果，以致不能严格划分。即以北京大学的精神而论，又安能独为例外。

北京大学的历史，我不必细说，因为毛子水先生在《国立北京大学的创办和历年的经过》（见《国立北京大学成立六十周年纪念特刊》）一篇里，已经考据精详。我们不愿意攀附以前历代首都的太学、国学；但是在首都要建立一座类似近代的大学，则自以光绪二十四年（西元一八九八年）创立京师大学堂的诏书开始。而其内部的建置，主体是仕学院，收翰林院编修、检讨、六部中进士举人出身的员司，和都察院的御史等等做学生。并把官书局和译书局并入。这是最初时期的第一阶段。中经庚子拳乱而停顿，到西元一九〇一年才恢复。嗣后把同文馆并入，以严复为译书局总办。次年取消仕学院而分设仕学馆和师范馆，并设英、法、俄、德、日五国语文专科，此系译学馆的前身。这是最初时期的第二阶段。一九〇二年七月张之洞等会奏重订学堂章程以后，大学中分为八科，上设通儒院（即现在大学研究院），下设预科，附设进士馆、译学馆和医学实业馆。毕业后，分授科举时代进士的头衔，并将成绩优异的进而授予翰林院编修、检讨等官职。这是最初时期的第三阶段。综观这最初时期的三个段落，我们可以看出京师大学堂的几种特点：

第一，承受当时维新图强的潮流，想要把中西学术熔合在一炉；吴汝纶、严复诸先生同在一校担任重要教职，就是象征。但是旧学的势力当然比新的深厚。

第二，是要把"仕而优则学，学而优则仕"的观念，在此实行。当时学生半途出家的情形，演出了许多有趣的故事。如上课时，学生的听差、进房屈一膝打扦，口称"请大人上课"。除译学馆学生较洋化而外，仕学馆和以后的进士馆则官气弥漫。

第三，因为学生的学识和资历均高，所以养成了师弟之间，互相讨论，坐而论道的风气。这点对后来却留下了很好的影响。就在这里，让我写一段学术界的逸事。在清季象山陈汉章（字伯弢）先生是名举人，以博学闻于当世。于是京师大学堂请他来当教习。他到校后见一时人才之盛，又因为京师大学堂毕业以后可以得翰林（当时科举已废），于是他决定不就教习而做学生，在马神庙四公主府梳妆楼上的大学藏书楼里，苦苦用功六年，等到临毕业可以得翰林的一年，忽然革命了，他的翰林没有得到，可是他的学问大进，成为朴学的权威。

民国元年，蔡元培先生任教育总长，特别选学通中西的严复先生为大学堂总监督，不久改为国立北京大学，仍以严先生继续担任。这正是着重在融会中国文化与西洋学术的传统精神。

民国五年底，蔡元培先生自己被任为北京大学校长。蔡先生本来在清季就不顾他翰林院编修清高的地位，和很好的出路，而从事革命，加入同盟会。当时党内同志有两种意见，一种赞成他北上就职，一种不赞成。国父孙中山先生认为北方当有革命思想的传播，像蔡元培先生这样的老同志应当去那历代帝主和官僚气氛笼罩下的北京，主持全国性的教育，所以主张他去。蔡先生自己又不承认做大学校长是做官，于是决定前往。他在北京大学就职的一天，发表演说，主张学生进大学不当"仍抱科举时代思想，以大学为取得官吏资格之机关"。大学学生应当有新的"世界观与人生观"，"当以研究学术为天责，不当以大学为升官发财之阶梯"。他又主张"发扬学生自动之精神，而引起其服务社会之习惯"。他又本其在教育总长时代的主张，认为任何挽救时弊的教育，"不可不以公民道德教育为中坚"。这种精辟、勇敢、诚挚而富于感动性的呼声，震开了当年北京八表同昏的乌烟瘴气。不但给北京大学一个灵魂，而且给全国青年一个新启示。

蔡先生对于北京大学及当时学术界的影响如此其深，所以我们不能不把他的思想和态度，重新平情和客观地认识一下。

第一，他是一位中国学问很深，民族意识极强，于中年以后再到欧洲留学多年的人，所以他对于中西文化，取融会贯通的态度。他提倡新的科学研究，但当时他为北京大学集合的国学大师，实极一时之盛。他对于双方文化的内涵，是主张首先经过选择而后加以保留或吸收。

第二，他研究哲学而又受希腊美术精神的影响很深，所以主张发展人生的修养，尤其当以美育来涵养性灵；以优美代替粗俗，化残暴而为慈祥。

第三，他在法国的时候，受到两种思想的感应：一种是启蒙时代一般思想家对文艺和科学的态度，以后他并赞成孔德（A.Comte）的实证主义；一种是法国大革命时代"自由、平等、博爱"的号召，所以他主张民主。

第四，他对于大学的观念，深深无疑义的是受了十九世纪初建立柏林大学的冯波德（Wilheln Von Humboldt）和柏林大学那时代若干大学者的影响（英国著名史学家谷趣 G.P.Gooch 称，当时柏林大学的建立，是十九世纪一件大事）。蔡先生和他们一样主张学术研究自由，可是并不主张假借学术的名义，作任何违背真理的宣传；不但不主张，而且反对。经学教授中有新帝制派的刘师培先生，为一代大师，而刘教的是三礼、尚书和训诂，绝未讲过一句帝制。英文教授中有名震海外的辜鸿铭先生，是老复辟派，他教的是英诗（他把英诗分为"外国大雅""外国小雅""外国国风""洋离骚"等类，我在教室里想笑而不敢笑，却是十分欣赏），也从来不曾讲过一声复辟。

第五，他认为大学的学术基础，应当建立在文哲和纯粹的自然科学上面。在学术史上，许多学术思想的大运动、大贡献，常是发源于文理学院研究的对象和结果里。所以大学从学术贡献的基础来看，应以文理学院为重心。其他学院可在大学设置，但不设文理两院者，不得称大学。这个见解里面，确是含有了解学术思想全景及其进化的眼光。

第六，他是主张学术界的互助与合作，而极端反对妒忌和排挤的。他提倡克鲁波特金（Kropotkin）的互助论。他认为学术的研究，要有集体的合作；就是校与校之间，也应当有互助与合作。一个学校不必包揽一切。所以他曾经把北京大学的工学院，送给北洋大学。

第七，根据同样的理由，他极力反对学校内或校际间有派系。他认为只能有学说的宗师，不能有门户的领袖。他认为"泱泱大风""休休有容"，为民族发扬学术文化的光辉，才是大学应有的风度。

第八，他幼年服膺明季刘宗周先生的学说，对于宋明理学的修养很深，所以他律己严而待人宽。他有内心的刚强，同时有温良恭俭让的美德，所以他能实行"身教"。不但许多学生，而且有许多教授，对他"中心悦而诚服"。

在他主持北大的时候，发生了三个比较大的运动。

第一是国语文学运动，也常被称为白话文运动或新文学运动。这是一种有意识的文学解放运动，以现代人的语言文字，表现现代人的思想感情，不必披枷戴锁，转弯抹角，还要穿前人制就的小脚鞋子，才能走过狭长的过道。并且就可把这种"国语的文学"来形成"文学的国语"，使全民的思想意识都能自由的交流，而巩固中华民族的团结。英、德、意各国能形成为现代的国家，他们都经过这种文学革命的过程。这种运动当年受过许多猛烈的攻击，到现在也还不免，但其成效俱在，不必费辞。就是当今总统和政府重要的文告，都用国语，已足证明。至于多年来节省亿万小学生、中学生，和一般青年的脑力和心血，使他们用在科学和有益的学问知识上，实在是全民族一种最大的收获。到现在新文学中还不曾有，或是有而不曾见到伟大的作品，是件遗憾。同时我们也得知道，从马丁·路德于一五二一年在华特堡（Wartburg）开始用德国民间的白话翻成《新约全书》以后，一直等到十八世纪初叶，才有哥德和席勒两大文学家出现，产生出最成熟的现代德国文学。我们正热烈的欢迎和等待中国新文学里的哥德和席勒出现。至于当年北京大学的工作，只是"但开风气不为师"而已。

第二是新文化运动。他只是从新文学运动范围的扩大而产生的。当时，不想到现在，还不免有人对他谈虎色变，其实他一点也不可怕。简单扼要的说，他只是主张"以科学的方法来整理国故"。也就是以科学的方法，来整理中国固有的文化，分门别类的按照现代生存的需要，来重新估定其价值。无论什么民族文化都是为保持他民族的生存，他自身也附丽在这民族的生存上。
"处今之世而无变古之俗，殆矣！"若是国粹，自然应当保留；
若是国糟，自然应当扬弃。文化是交流的，必须有外来的刺戟，
才能有新的反应；必须吸收外来的成分，才能孳乳、增长和新
生。我国在汉唐时代，不知道吸收了多少外来的文化。到今天吸
收西洋文化是当然的事，是不可避免的事。科学方法最忌笼统，
所以"全盘中化""全盘西化"这种名词，最为不通。我不曾听
到当年发动新文化运动的人说过，尤其不曾听到蔡先生和胡适之
先生说过。就以五四以前傅斯年先生和我编辑的《新潮》月刊来
说。"新潮"的英文译名，印在封面上的是"The Renaissance"，
乃是西洋历史上"文艺复兴"这个名词。当然这新文化运动的工
作，至今还未完成。以前他曾收到许多澄清的效果，也产生了很
多学术上有价值的著作。当年大陆上北平图书馆收集这种刊物，
质量均颇有可观。近二十五年来中国学者在外国科学定期刊物上
发表的贡献，为数不少，而且有些是相当重要的，断不容轻视和
抹煞。只是新文化建设性的成绩，仍然还不足以适应国家当前的
需要，这是大家应当反省和努力的。至于北京大学的任务，也还
只适用于上节所引的龚定庵那一句诗。

第三是五四运动。五四运动也很简单，他是为山东问题中
国在巴黎和会里失败了。国际间没有正义，北京军阀官僚的政府
又亲日恐日，辱国丧权，于是广大的热血青年，发生这爱国运
动。这运动最初的起源是在北京大学，但是一转瞬就普及到全北
京大中学生，弥漫到全国。不久全国工商界也就很快的加入，这
是中国第一次广大的青年运动，也是全国性的民众运动。所以这

运动不是北京大学可得而私，更不是少数身预其事的人所敢得而私，就北京大学而论，学生从军阀的高压和官僚的引诱中，不顾艰险，奔向一条救国的道路，实在是蔡先生转移学风的结果。蔡先生一面在校提倡大学生的气节，一面于第一次大战停后在中央公园接连三天的讲演大会，以国际间的公理正义来号召。嗣后不过数月，巴黎和会竟有违背公理正义的决定（因为英国与日本在战争后期，成立密约，把德国在山东权利让与日本，以交换他种权利。美国当时不是不知道，乃是有意缄默和优容，等到在和会中威尔逊总统竟公开的让步，牺牲其十四条中有关山东一条的主张。此事与雅尔达会议中同盟国和俄帝订定违害我东北主权密约的经过，有若干相似之处）。当时北京军阀官僚误国卖国的逆迹，又复昭彰，于是五四运动遂在这适当时机而爆发。还有一点，就是中国历史上汉朝和宋朝太学生抗议朝政的举动，也给大家不少的暗示。五四那天发表的宣言，也是那天唯一的印刷品，原文如下：

现在日本在国际和会，要求并吞青岛，管理山东一切权利，就要成功了。他们的外交，大胜利了。我们的外交，大失败了。山东大势一去，就是破坏中国的领土。中国的领土破坏，中国就要亡了。所以我们学界，今天排队到各公使馆去，要求各国出来维持公理，务望全国农工商各界，一律起来，设法开国民大会，外争主权，内除国贼。中国存亡，在此一举。今与全国同胞立下两个信条：

（一）中国的土地，可以征服，而不可以断送。

（二）中国的人民，可以杀戮，而不可以低头。

国亡了，同胞起来呀！

这宣言明白标出"外争主权，内除国贼"八个字的口号。这是最显著的爱国目标。诚然五四运动以后发生过一些不好的副作用，但是五四当年的精神是爱国的。五四是青年在北方军阀的根据地站起来对抗反动势力的第一次。受到五四的激发以后，青年们纷纷南下，到广东去参加国民革命的工作，有如风起云涌。蔡先生常说"官可以不做，国不可以不救"。到五四以后学生运动发现流弊的时候，他又发表"读书不忘救国，救国不忘读书"的名言。

但是，北京大学始终认为学术文化的贡献是大学应当着重的任务。因为时代的剧变，更觉得灌溉新知，融会中西文化工作的迫切。以前外国人到中国来教书的，大都以此为传教等项工作的副业，所以很是平庸，而无第一流的学者肯来讲学。就在五四这时候，北京大学请大哲学家杜威（John Dewey）来讲学一年有余，实开西洋第一流学者来华讲学的风气。以后如罗素（Bertrand Russell）、杜里舒（Hans Driesch）、泰戈尔（R.Tagore）均源源而来。地质学家葛利普（Grabeau）长期留在中国，尤其能领导中国地质学界不断作有价值的科学贡献。

当然一个大学的学风，是各种因素构成的。如师生间问难质疑，坐而论道的学风，一部分是京师大学堂的遗留，但到民国七、八年间而更甚。我尤其身受这种好处。即教授之中，如胡适之先生就屡次在公开演讲中，盛称他初到北大教书时受到和傅斯年、毛子水诸位先生（当时的学生）相互讨论之益。以后集体合作从事学术研究的风气，一部分也是从这样演变而来的。除了国语文学运动是胡先生开始提倡和他对于新文化运动有特殊贡献，为大家所知道的而外，他对于提倡用科学的方法和精神，并且开始实地的用近代科学方法来治国学，其结果的重大，远超过大家所说的考据学的范围。

从民国十八年蒋梦麟先生继长北大以后，北京大学更有意识地向着近代式的大学方面走。那时候文史和自然科学的研究工作，沉着地加强。大学实在安定进步之中。到二十三四年以后，日本帝国主义者和亲日派（以后许多在七七事变前后公开成为汉奸的）狼狈为奸，横行无忌。北平空气，混沌异常，反日的人们常感觉到生命的威胁。那时候北京大学的教授，尤其是胡适之先生和傅斯年先生坚决反对"华北特殊化"，面斥亲日分子，并联合其他大专学校的教授，公开宣称要形成文化战线坚守北平的文化阵地，决不撤退。在日本决定大规模作战以前，北平的教育界俨然是华北局势的安定力量。这仍然是表现着爱国运动的传统精神。

等到抗战胜利以后，胡适之先生被任为校长，而先以傅斯年先生代理。傅先生除了他个人的学术造诣而外，还有两件特长。第一是他懂得集体学术研究工作的重要，而且有组织能力来实现这种工作，如中央研究院的历史语言研究所的坚实的学术成就，就是一个显著的例子。第二是他懂得现代的大学是什么，而且应该怎么办。他把北京大学遗留下来的十九世纪初叶德国大学式的观念，扩大而为二十世纪中叶欧美大学式的观念。他又大气磅礴，能笼罩一切。于是把北京大学，扩大到文、理、法、工、农、医六学院，计三十二系，为北方最大规模的大学。

台湾《传记文学》第 10 卷第 1 期，1967 年 1 月

回　忆

段锡朋

　　当我十六七岁的时会，听到先生以卸任教育总长而去欧洲留学，又主办华工教育事业，便起了莫大的惊异与崇敬。及到民国五年，我考入北大听到先生来做校长，当然我的兴奋和一般的同学们一样的到了极点。

　　嗣后先生到校了。马神庙古色古香的礼堂，本来就不宽广，我挤在群众里，蹬足直望着讲台，大家凝神注视，连呼吸都尽力镇压。先生庄严慈祥的仪容，现在大众面前，我们好像小和尚在佛堂里朝见如来佛一样，个个敬爱的神情，立时充分表现。先生说话声音，素来不是宏亮的，但是恳挚亲切，绵密入微的话语，吸引住千数青年的神经，乐而不倦，我记得那次先生训话的大意，着重大学应以研究学术而谋国家学术的独立为己任，在那时充满做官发财思想的北京社会，青年的志趣为之一正，大学应以研究学术而谋国家学术独立为己任，在我国现代史上恐怕自那时才算开始。

　　随后开学典礼、毕业典礼、各种讲演会、各种学术团体成立会、音乐会、体育会、进德会、画法研究会、书法研究会、消费公社以至校役夜班、平民夜校的开学等等的集会，不论是在清早或晚间举行，虽然不好活动的如我在校三年，除了五四的时会，没曾参加过任何一个团体，只要听说先生会出席讲演，无分雨雪，不论远近，我总是去听听先生的讲话，不使错过。有时旁人讲演，先生坐在旁边。端正安详，眼不动，口不动，头身手足，亦都不动。我心里一方面怪先生何修而得此，一方面我觉得对讲演的人太不专心而失敬了。一直等到会散了，他老先生离开礼堂，我还在院子里跟着他，一直到看不见，才去赶饭吃或睡觉。这是行注目礼吗？不是，瞻前仰后，敬爱的情绪，自然流露！

由民五至民八的三年当中，我对于商科的功课，不大感觉兴趣，时常到图书馆去，博览群书，大概先生的旧文新作，只是找到着的，我总要篇篇看看，可以说，对于先生革命的历史和民元教育建制的设施，多了解些。有时更会从旁人打听些先生的生活和行谊。有一次走过校长室门前，一个小饭铺伙计，提着菜篮，说是送饭给校长吃，我就打开盖子看一看，一样儿木须炒肉，一样儿醋溜白菜，和几个馒头。我们当穷学生的终以为校长每饭所用，虽不是山珍海错，总亦离不了三盘四碗，谁知道竟是这样，其实他老先生一生都是这样。

先生在文化方面的贡献，用不着我来多说。就中国文化而言，自周秦，以至于清初，每个时代他撷其精华，而略其糟粕，无门户之见，有兼收之量，且具有独特的慧力与超绝的素养，像清初顾亭林、黄黎洲一辈人物的治学方法与精神，先生直是绍承于不替。就西洋文化而言，有希腊、罗马、文艺复兴，以至于近代人文主义、科学进步，每一个时代，他都有精深的研究与透视，而蕴蓄陶熔于一身。文化史上一个时代的认识，是不能仅在一个时代求得的；人类文化的进步，是不能限于一国一个一代的造诣，全知而常新，这是先生的精神。先生融会中西，继往开来，我国新文化还是幼稚得很，但是，由先生的领导，已经有萌芽了。

先生办学，主张学术自由，这是先生爱真理的精神，浅见者以为先生办学，只讲自由，不讲纪律，这是异常的错误。我在北大的时会，有一次我们这一班，反对一位教授举行临时考试，先生陪着这一位教授到讲堂里来，正色严词，责备同学们一番，并亲至监试，此外还有好多实例，证明先生对于学生不守秩序、不守纪律，是极端的厌恶。不过先生之讲纪律，注重自觉而自律，在求学者内心的省察而验诸力行。至于学术自由，这是世界数千年历史的教训，要想人类文化进步，必使学者能发挥追求真理的精神，要使学者能追求真理，必须保障学者的学术自由。近来集权国家统治的办法，甚至有些人硬要在某种自然科学找些偏缺不全的定律，以撑持其宰制人生一切的理论，像这些办法，其实在中古时代，还厉害得多，可是历史的证明究竟怎样？什么"王道论"，什么"协同体论"，这都是蠹东西，想要毁灭我们灵魂的邪说，陈腐而无耻。全世界正在动荡着，有不少弱小的民族，正在受压迫着，世界要能建立新秩序必须恢复学术自由的风气，先生主张学术自由，这就是先生爱真理的精神。

民国八年的夏天，巴黎和会中国拒绝签约以后，我代表同学去杭州迎接先生回校，在一个小巷子小屋子里见着先生，我一个人和先生谈话，这是第一次。先生以为五四运动过去了，大家要知道真正的救国，单靠爱国的感情是不够的，必须秉此感情以求理智的发展，去发挥真正的救国力量。"读书不忘救国，救国不忘读书"，这是先生昭示的名词。嗣后我毕业离校了，在巴黎见过先生一次。那次，在美国某个小城市，我们大家迎接先生至一旅馆，刚进房门，听说有一位中国官僚亦在这里，先生就立刻要走，我们素以为先生是和平的，可是他那种嫉恶如仇的精神我才初次认识。

民国十五年春天，我去广州，道经上海，造访先生，先生很赞成我一行。次年由南昌走到南京，那时会那一种所谓革命的策略和行动，先生表示很不以为然，为着党国打算，先生不得已苦心参加，维持了一番。随后先生主持教育部，创办中央研究院，从此以后，先生尽瘁于学术事业，一直到最后一天！

有人以为先生晚年太冷静了，本来先生的兴趣，是在文化与教育。但是，在近代中国政治演进过程当中，鼓吹者，暴动家，先生亦都做过，无疑的，先生亦是革命领导者，先知先觉，即知即觉者，和帝制的斗争和军阀的斗争，都表现着十分热情与勇气。同时在每个新秩序建立的时会，先生亦都主持过某种行政。就是在国际变化当中，先生留学德国，醉心德国的学术，可是很厌恶军国主义，他的正义感和实行力，是十分锐利而坚强。在二十三、四年时会，有一次南京某行政当局请他吃饭，谈到对日外交，先生严词指责，泪随声下。即如最近，虽以衰病之身，作反侵略歌词，"公理昭彰，战胜强权在今日"，"独立宁辞经百战，众擎无愧参全责，与友邦共奏凯旋歌"。这都充分表现先生对民族对世界的正义感。

先生对于政治的热诚与努力，在极艰苦最没落的时会，是站在前头领导，但在平常的政治，或行政环境，他仍然退到学术界，可是他卓越的见解和正气的精神，仍是经常的保持着，其进也以进的方式来表现，其退也以退的方式来表现，这或许亦是中国国土传统的精神。

先生主张民族革命；先生倡导人权，主张民主；先生倡导劳工神圣，主张民众福利；先生对于学术则崇真，先生对于政治则尚善，可是先生在北大都是着重于崇真，老是说不是奖进，或者亦不好学生经常从事政治运动的，更不是提出一个政治主张，团结师生们出之以一致的行动。就是在学术方面，我前头已经说过他是主张学术自由的，亦不是提出一种理论强师生们而一之，他的学生们受他这一种崇真与感召，各信其所行，各行其所信。在过去二十九年的过程当中大体上似乎都能即信即行，行其所信，具有光明的作风，不会带着卑私丑劣的色彩。同时有多少同学们，在几度急激变化当中，相争而相灭了，这当然是悲痛的经验，国家的损失。现在国家到了这个地步，正盼望着全国青年们都为一个目标而奋斗，即或各人自信其（所）信，要当在一种制度下去作和平的斗争，更不要坏了作风，误尽苍生。爱民族，爱民主，爱民众，崇真而尚善，这是先生的精神。

先生道高学精，我实在不能窥万一，兼之追随日浅，自战事发作音讯亦都隔绝了。回忆过去二十余年，只觉得敬爱之心与日俱积。如今再见不着先生庄严慈祥的仪容了！学术自由学术独立，总会加速的实现；新民族新社会总会加速地结实。先生最高的精神是真善美的一致，真善美之神呵，我终身敬爱呢！

重庆《中央日报》，1940 年 3 月 24 日

追念蔡子民先生

翁文灏

　　蔡先生为中国的一代大师，我生也晚，就我所知道的，不过是蔡先生生平的一部分，但只此一部分已足充分表显了蔡先生精神的伟大。

　　我认识蔡先生的时候，他正任北京大学校长。当时政治纷乱，思想闭塞，他在此环境中，力倡学术思想的自由，民治主义的重要，聘请了许多有志气有能力的学者做教授，鼓励青年，勇猛前进，使一时垂老的北京大学，气象为之一新，顿然成为全国新时代的中心。文学的革新，学术的向上，都渊源于此。而且所有师生率皆忠诚爱国，因之遂有五四运动，反对日本的侵略，促成华盛顿会议，许多政治上的贡献，都以此时北大的教育革新为其基础。于此可见教育关系的重大，与领导人才率先提倡的必要。

　　当时北大对于中国地质学的贡献，便是巩固与发扬了一个成立最早的地质学系。民国初年，各大学都未设地质专科，故当时政府为倡导地质事业起见，于农商部之下，设地质调查所以司调查，设地质研究所以任教育。地质研究所学生毕业后即归撤消，而北京大学乃添设地质学系，使教育工作与调查职务各有所专，相助而不相淆。在蔡先生长校的时代，岩石古生物地质等科，各延名师，孜孜努力，养成求学者黾勉向上的风气，遂使人才辈出，促成中国地质学的进步。现在全国各大学地质学系数目虽已增多，但北大地质学系实成立最先，极可纪念。

蔡先生对于中国科学事业最大的贡献，当然是在中央研究院的设立。先进各国莫不设有学术研究的中心组织，或称科学院，或称学术评议会，其用意皆在组成一个有系统而能望代表全国的学术团体。有此组织，然后国内工作得有中心，促成各机关间的合作，提高研究工作的效率。遇有国际学术会议，亦得借此现成的综馆组织，便于彼此接洽，并由此组织以转与本国各学术机关或专门学者商洽推进。所以中央研究院的成立，是于中国科学事业的历史，具有重大意义的。

蔡先生主持中央研究院的主要办法，是挑选纯正有为的学者做各研究所的所长，用有科学知识并有领导能力的人做总干事，延聘科学人才，推进研究工作。他自身则因德望素孚，人心悦服，天然成为全院的中心。不过他只总持大体不务琐屑干涉，所以总干事、各所长以及干部人员，均各能行其应有职权，发挥所长。对于学术研究，蔡先生更充分尊重各学者的意见，便其自行发扬，以寻求真理。因此种种，所以中央研究院虽经费并不甚多，却能于短时期内，得到若干引起世界学者注目的成绩。

中央研究院更就有关各科目设立评议会。评议员由国立大学教授初选，由评议会复选，其用意在能选得一时优秀的人才，组成崇高的学术团体，此次评议会第五次年会在渝开会，正值蔡先生去世之后，全体评议员对此大师，同深追悼。

　　以上略述蔡先生主持文化学术事业的荦荦数端，已足见其对于国家基本建设的贡献巨大。我们追念他过去治事的精神、待人的款洽、律己的精严，高山仰止，曷胜倦切，更想到前辈的领导尚需要后起的努力，在此追悼先贤之时弥切推进后辈之望。

　　　　　　　　　　　重庆《中央日报》，1940 年 3 月 24 日

蔡先生人格的回忆

任鸿隽

此次蔡先生的噩耗突如其来，使他的许多门生故旧，都好像晴天霹雳，惊惶失措。据我们所知道的，蔡先生的起病，在三月二日下午。初发病时，似乎不是很严重的症候。在三日清晨四五时，起床小便，跌了一跤，于是胃中出血，转成不可救药的危症。有人疑惑，设使他不跌这一跤，也许病状不至如此的严重。虽然我们从多位临床医生诊治的结果，知道他这个胃溃或是肠痈的病已经酝酿多年，到了一发不可收拾的田步，跌跤与否是没有多大关系的。如有人还要问为甚么蔡先生病中起便无人扶持，使他老先生偶然间跌了一下。我说这个怪不得别人，实在是老先生太好了的原故。

凡与蔡先生相识有素，有相当机会观察先生举动行为的人，都可以承认平生不曾看见蔡先生有过疾言厉色的时候。他这样谦让和蔼，温良恭俭，纯是发乎自然而不是要拿这些道德来引起人家好印象、好感想。要是我们可以进一步妄意推测的话，蔡先生的对人接物，似乎有两个原则：一个是尊重他人的人格，决不愿意以自己的语言和行动使他人感到一点不快或不便；一个是承认他人的理性，以为天下事无不可以和平自由的方法互相了解或处理。威胁强迫或忿恨仇怒，在蔡先生看来都是无所用之的。

听说某次蔡先生住在南京成贤街中央研究院办公处的时候，他的房间的外间适为某君所住，而蔡先生的房间却必须经过外间方能通到外面。蔡先生某日起身较早，某君在外间犹酣眠未醒，蔡先生恐惊动了外间的某君，竟一声不响地在自己房里看书，等某君起身以后，才唤人侍候盥洗。事后研究院的工役谈到此事，犹称道不置。我的知道此事，也是最近得之于院中同人的传述。这可见蔡先生处处为人无我的真精神。他在病中不肯要人扶持，以致偶然一跌，也是这个精神的表现。这也可以说蔡先生的笃行其是，是老而弥笃、死而后已的。

以上所说是蔡先生私人性格的一方面。但在公义一方面，蔡先生却是特立不屈、勇往直前、丝毫不退、莫不假借的斗士。在前清时代，蔡先生与孙中山先生辈同倡革命，与当时的满清政府肉搏争斗，是如何的不畏强御，不为威武所屈？民国成立以后，先生为第一任内阁教育总长时与袁世凯奋斗。民八以后，先生任北京大学校长时与北洋军阀奋斗。先生以一身代表新兴前进的势力，与当时政府中、社会上的恶势力相搏斗，从不曾听见先生有一点退让犹豫的表示，恰恰与平时处世接物的谦逊态度成一个相反的对照。尤其明显的，是民国十二年春间，因当时北京政府成立金佛郎借款案，且滥捕当时财政总长罗文干下狱，先生发表宣言愤然辞职南下，从此遂未北返。这种慷慨激昂的态度，在吾国的政治家中真是少见。

有人说，先生的处世谦逊，可以代表东方文化之精华，而先生对于国事的积极，却不少西方勇敢进取之气概。这样萃中西之长于一身，加以道德的修养，正义感的锐烈，皆远出乎常人之上。其伟大人格的形成，非偶然的。

　　蔡先生对于国家及教育学术上的贡献，决不是匆遽之间所能叙述，故不具论。聊述平日所感到先生人格上的一点以资纪念，不晓得有当于先生之意吗？

重庆《中央日报》，1940 年 3 月 24 日

蔡孑民先生逝世后感言

陈独秀

"人生自古谁无死"，原来算不了什么，然而我对于蔡孑民先生之死，于公义，于私情，都禁不住有很深的感触！四十年来社会政治之感触！

我初次和蔡先生共事，是在清朝光绪末年，那时杨笃生、何海樵、章行严等，在上海发起一个学习炸药以图暗杀的组织，行严写信招我，我由安徽一到上海便加入了这个组织，住上海月余，天天从杨笃生、钟宪鬯试验炸药。这时孑民先生也常常来试验室练习、聚谈。我第二次和蔡先生共事，乃是民国五、六、七年间在北京大学。在北大和蔡先生共事较久，我知道他为人也较深了。

一般的说来，蔡先生乃是一位无可无不可的老好人；然有时有关大节的事或是他已下决心的事，都很倔强的坚持着，不肯通融，虽然态度还很温和。这是他老先生可令人佩服的第一点。自戊戌政变以来，蔡先生自己常常倾向于新的进步的运动，然而他在任北大校长时，对于守旧的陈汉章、黄侃，甚至主张清帝复辟的辜鸿铭，参与洪宪运动的刘师培，都因为他们学问可为人师而和胡适、钱玄同、陈独秀容纳在一校。这样容纳异己的雅量，尊重学术思想自由的卓见，在习于专制好同恶异的东方人中实所罕见。这是他老先生更可令人佩服的第二点。

蔡先生没有了，他的朋友，他的学生，凡是追念蔡先生的人，都应该服膺他这两点美德呀！

蔡先生逝世后，有一位北大旧同学写信嘱我撰一文备登公祭时特刊之类，并且说："自五四起，时人间有废弃国粹与道德之议，先生能否于此文辟正之。"关于此问题，我的意见是这样：

凡是一个像样的民族，都有他的文化，或者说他的国粹；在全世界文化的洪炉中，各民族有价值的文化，即是可称为国"粹"而不是国"渣"的，都不容易被熔毁，甚至那一民族灭亡了，他的文化生命比民族生命还要长。问题是在一民族的文化，是否保存在自己民族手中，若一民族，灭亡了，甚至还未灭亡，他的文化即国粹乃由别的民族来保存，那便糟透了。"保存国粹"之说，在这点是有意义的。如果有人把民族文化离开全世界文化孤独的来看待，把国粹离开全世界学术孤独的来看待，在抱残守缺的旗帜之下，闭着眼睛自大排外，拒绝域外学术之输入，甚至拒绝用外国科学方法来做整理本国学问的工具，一切学术失了比较研究的机会，便不会择精语详，只有抱着国"渣"当作国"粹"，甚至于高喊读经的人，自己于经书的训诂义理毫无所知，这样的国粹家实在太糟了！

人与人相处的社会，法律之外，道德也是一种不可少的维系物，根本否认道德的人，无论他属那一阶级，那一党派，都必然是一个邪僻无耻的小人。但道德与真理不同，他是为了适应社会的需要而产生的，他有空间性和时间性。此方所视为道德的，别方则未必然；古时所视为不道德的，现代则未必然。譬如：活焚寡妇，在古代印度视为道德，即重视守节的中国人也未必以为然；寡妇再嫁，在中国视为不道德的事，在西洋即在现时的中国，也不算得什么大不好的事；杀人是最不道德的事，然而在战场上能多杀伤人才算是勇士，殉葬和割股更是古代的忠孝美谈；男女平权之说，由西洋传到中国，当然和中国固有的道德即礼教，太不相容了，然而现代的中国绅士们，在这方面已不公然死守固有的道德了，其实男子如果实行男女平权，是需要强毅的自制力之道德的。总之，道德是应该随时代及社会制度变迁，而不是一成不变的；道德是用以自律，而不是拿来责人的；道德是要躬行实践，而不是放在口里乱喊的，道德喊声愈高的社会，那社会必然落后，愈堕落；反之，西洋诸大科学家的行为，不比道貌尊严的神父牧师坏，清代的朴学大师们，比同时汤斌、李光地等一班道学家的心术要善良的多。就以蔡先生而论，他是主张以美育代替宗教的，他是反对祀孔的，他从来不拿道德向人说教，可是他的品行要好过许多高唱道德的人。

这不仅是我个人的意见，我敢说蔡先生和适之先生在这两个问题上和我的意见大致是相同的。适之还活着，人们不相信可以去问他。凡是熟知蔡先生言行的人，也不至于认为我这话是死无对证，信口开河。

五四运动，是中国现代社会发展之必然的产物，无论是功是罪，都不应该专归到那几个人；可是蔡先生，适之和我，乃是当

时在思想言论上负主要责任的人，关于重大问题时论既有疑义，
适之不在国内，后死的我，不得不在此短文中顺便申说一下，以
告天下后世，以为蔡先生纪念！

重庆《中央日报》，1940 年 3 月 24 日

我所追念的蔡先生

邵力子

马相伯先生逝世只五个月，突然又得到蔡孑民先生的噩耗。在抗战建国极重要的关头，接连丧失了两位道德学问足为举世师表的爱国老人，真是我国最重大的损失！尤其是蔡先生，虽然已过了古稀之年，但比马先生还小二十七岁，平时精神矍铄，并没听说健康上有什么不好。不久以前，先生还亲自为国际反侵略运动大会中国分会撰写一首调寄《满江红》的会歌，我们正在祝望先生能享受与马先生同样的高龄，对于国家民族有更伟大的贡献，继续领导我们前进，以亲见抗战之最后胜利，建国之彻底实现，而弥补马先生遗留的缺憾，万不料先生也忽然长逝，实在使我们哀痛之中更增哀痛！

马先生与蔡先生，是我在青年时代亲承教诲，而四十年来最所敬爱的两位老师。我从蔡先生受业是在南洋公学特班，为时仅只一年，比我在马先生门下，从震旦学院到复旦公学，前后约三四年，似乎时间较短，但我从蔡先生受业在前，从马先生受业在后，如果我不是先接受了蔡先生伟大的教训，在南洋公学散学以后，我或会转入别的官立学校，甚至踏上科举的迷途，都未可知，那我就不会再做马先生的学生了。南洋同学黄任之先生说，最早启发他革命思想的是蔡先生，我也是这样想。那时是民国纪元前十年，革命教育渐起与官僚教育抗争，蔡先生正是革命教育的领导者，他以名翰林，受盛宣怀氏礼聘来做我们的国文总教习，他当然不能明白的鼓吹革命，但早洗尽一切官僚教育的习气。他教我们阅读有益的新旧书籍，他教我们留意时事，他教我们和文汉读，他教我们以种种研究学术的方法。他不仅以言教，并且以身教；他自己孜孜兀兀，终日致力于学问；他痛心于清政之腐败，国势之阽危，忧国的心情不时流露于词色；他具有温良恭俭的美德，从不以疾言厉色待人，也不作道学家的论调而同学自然受其感化。我在今天回想那时一年中所得于先生的印象，觉得如在目前。先生后来翼赞革命，重赴欧洲治学，以至主持全国最高学府北京大学与中央研究院，其学问与事功的伟大，自有国史与先生的发朋，作详尽正确的记载，我今天追念先生，只以那时受业弟子的资格，述说以上的感想。

我觉得先生与马先生在年龄上、在信仰上与所专嗜的学科自然有许多不同之点，但两先生相同之处，实在不少。两先生皆于人无所不容，而自身则具有定力，所以极博大也极谨严。两先生皆诲人不倦，尤能以老年人了解青年人的心情，思想永远是前进的，精神永远是团结的。两先生救国的热诚皆愈老愈壮，至死不变，只有抗战最后胜利，全国团结到底，方足以告慰两先生在天之灵。蔡师母说：先生虽无遗言，而其精神所在，为学术救国，道德救国。我愿以此两语奉为终身的圭臬。

重庆《中央日报》，1940 年 3 月 24 日

蔡先生与学术自由

汪敬熙

蔡先生到北京大学任校长的时候，我正在那学校做学生。我记得，那时候，各式各样的教授都有。有辫子主张复辟的辜汤生先生，也有正倾向布尔什维克主义的李守常先生；有鼓吹旧文化的陈伯弢先生，也有提倡欧化的陈仲甫先生；有提倡白话文的胡适之先生，也有遵从八股文的黄季刚先生。

许多人说，这是由于蔡先生度量广大能兼容并蓄这些意见不同的人。你看，是不是许多挽联诗以"汪洋万顷黄叔度"来比蔡先生。

据我看来，这不只是由蔡先生度量广大，而是由于一个深而且意义更重要的原因。

蔡先生是一生以维护学术自由为己任的。他为了这个目的，而使种种不同的互相冲突的意见都能在大学内自由发展。

学术自由是欧洲学者历来拥护的。在我国虽从来没有这个名词，但是我国学者一向是主张真理重视气节的。

蔡先生本着我国学者之传统的精神，和深受德、法两国大学尊重学术自由的影响，一生为求学术自由而奋斗。

现在欧美法西斯国家无一不直接或间接统制学术。德国把第一流学者几乎完全挤出学术机关到他国去了。义国也做到同样的地步。英、美的学者也感到呼吁学术自由的必要。

在这种情形之下，更使我们感到蔡先生在拥护学术自由一点上，就有极伟大的人格。

为促进我国新兴学术起见，为求世界的光明前途起见，从事学术事业的人们，必须以蔡先生为模范，继续为学术自由而奋斗。

重庆《中央日报》，1940 年 3 月 24 日

蔡子民先生底著述

许地山

认识蔡先生底人们都知道他底学问渊博，人格健全，但总没机会看见一部蔡先生自订底《文存》或《学术论著》之类。

蔡先生到底没写过什么伟大与不朽的论文，可是这个不能说他没有学问。学问在学者身上每显出两种功用：第一是知其所学，终身用它来应世接物；第二是明其所知，努力把它传递给后人。越是有学问底人越能用他所学底到自己身上。"读圣贤书，所学何事？"正是学者对于学问底第一种功用所反问。一个谨于修身、勤于诲人、忠于事国底学者，倒不必有什么可以藏诸名山底著作，更没工夫去做那一般士大夫认为隽美的馆阁文章。他底人格便是他底著作，他底教诲，便是他底著作。试看见蔡先生长北京大学以后，在他指导之下，近二十年来，全国有多少在各门各类中见地超越与知识深邃的学者与那最高学府没有关系？蔡先生为他底友生们设计，给他们各人有阐明所学与深究所知底机会，这功绩当比自己在各种学问上做些铅椠佣所做底肤浅的文字较为伟大。

蔡先生参加革命运动底时候，个人生活，在经济方面，是非常困难底。那时候，他一面办报，一面译书。因为要避免当时执政者底注意，他曾用"蔡振"底名字来做笔名。译书也不过为糊口计，不尽是传播学问。不过他没有做那比较容易销售底翻译"欧美名家小说"底事业。他早已认定最高的学问在哲学，知识底强敌是迷信，感情与意志所寄托底在美，于是从事于哲学教科书底编译。《哲学大纲》是取材于德国厉希脱尔底哲学导言，泡尔生与冯德二氏底《哲学入门》，和其他参考书编成的。《哲学纲要》是取材于德国文得而班底《哲学入门》编成的。泡尔生《伦理学原理》是据日本蟹江义丸底译本转译底。他又译了日本井上圆了底《妖怪学讲义》，但只有第一卷，其他五卷可惜未译出来。这是一部破除迷信底大著，希望以后有人费些工夫继续译成它。在著作方面可以提出底是《石头记索隐》《教授法原理》《中国伦理学史》《美育实施的方法》及《华工学校讲义》。他底译著多数在商务印书馆出版，因为他底笔墨生涯很早就寄托在那印书馆底编译所里。此外零篇文字，除在新潮社编底《蔡子民先生言行录》收集以外，二十年来所写的还没有集成，但我们在那本二十年前底集录已经可以看出蔡先生底思想底轮廓。

这里要特别提出来底是附在《言行录》里的《华工学校讲义》。那是为留法底华工写。那书底内容是《德育讲义》三十篇、《智育讲义》十篇，我们把书中各篇细读一遍，就觉得作者早已理会灌输德育、智育等知识给那没多少机会受完全教育底劳力同胞是救护民族底重要工作。士大夫对于学问所缺底不在知而在行；农工们所急需底只在知，没有智识就容易瞎作胡为，假使能够给他们充分的知识，国家民族底进步当然会加倍地快。我们常感觉得长篇大论，对于劳动的群众是不相宜的。他们不但不能用专心去读一本上万字底书，并且也没工夫去念，所以需要一种几分钟可以读完底简明底小册子。在《华工学校讲义》里，蔡先生所选底题材都非常切用，如合众，合己为群，公众卫生，爱护公物，尽力于公益。勿畏强而侮弱，戒失信，戒狎侮，理信与迷信，自由与放纵，热心与野心，互助与依赖，爱情与淫欲，有恒与保守等都是做成健全公民所需知道底。这书好像没有编完，因为关于智育底只有十篇，而且很不完全。

蔡先生是提倡以美育代宗教底。这是他对于信仰底态度。从他底言论看来，他是主张理信底，他信人间当有永久底和平与真正底康乐。要达到这目的，不能全靠知，还要依赖对于真理底信仰。能知能行，不必有什么高尚底理想，要信其所知底真理与原则，必能引人类达到至善，诚心尽力底去实现它，才是真正实行。所以知与行还不难，信理才是最难底事。蔡先生是个高超底理想家，同时又是个坦白底实践家，他底学问只这一点，便可以使景仰他底人们，终生应用。世间没有比这样更伟大、更恒久底学问。

《珠江日报》，1940 年 3 月 24 日

四十年前之小故事

吴稚晖

　　孑民先生神明内固，和易不轻喜怒，于理当享大年，乃今年入春七十有四，竟以微疾殁于香港，此固全世界完人之大损失，即我国政治上之大方针、学术上之大标的亦失一断然不惑之指正者。今日在重庆追悼，共友好能举其彰彰在人耳目之全德大行，度必不少，将来有给于史传之记述者，可无遗略。顾一代人英，后世好传其遗事遗闻，而为笔记谈料，论其人，因而知其世，亦必有需乎并时者之传述。恒与先生托交游者过四十年，今当识小之任，谊不容辞。顾平日钦挹其行谊，不胜殚述，又皆为人所共知，且伤悼之余，心虑烦乱，莫知所择要。于是摅怀旧之蓄念，略述订交之初；溯避秦之故事，乃不知有汉，无论魏晋，聊以塞悲可乎。人生世上，如驹过隙，回想无多几时，忽已觉老朽不堪。惟见亲友中，乳臭而英年，英年而老成，老成而硕望，如电影片之抽换，顷刻突变。曾见其挟玩具随妈妈而归者，未几其子孙为之发讣曰，不孝罪孽深重，祸延显考妣，已觉当之而无愧。呜呼，汪季新、陈冰如，亦短时中之显考妣也，竟出演汉奸丑剧，亦可悲矣！恒与孑民先生，皆洪、杨战后之人，以视马相老及并世诸前辈，所谓后生小子。洪、杨之完全失败，是在癸亥。其次年乙丑余生，丙寅、丁卯，总理与子民先生次弟诞降也。当余尚未知有江洋大盗孙汶，前五六年时，却知有蔡元培者。浙江闱墨中有三篇怪八股，能得风气之先，意其人或一怪诞诉弛之士，不知当时彼乃二十三四岁之恂恂儒者。吾友丁芸轩先生录其文，杜孟兼先生选刻《通雅集》，以为压卷。杜先生即今电学界名教授杜君光祖之尊人，复亦子民先生之友，殁已四十年也。《通雅集》者，怪八股之特刊，一时慕仿以得隽者，癸巳、甲午两科，有数百人之多。清真雅正之八股家，太息以为文妖。果不出数年，八股之气运告终。其实所谓怪八股，仅仅多用周秦子书典故，为读书人吐气，打倒高头讲章而已。是亦所谓新文化运动，抛一香烟罐粗制之炸弹也。

其时余未识蔡元培为粗壮或瘦弱之人，必再过十年，余在南洋公学教书，往来上海市，时一遇之，告者曰：此即蔡元培，号鹤卿，能作怪八股者，却所谓弱不胜衣，恂恂然儒者也。前一年，余在天津北洋大学教书，夏穗卿先生亦《通雅集》中之作者，方为天津育才私立学校校长，几几在天津国闻报馆常常相晤。彼已缕述子民先生之行谊，故吾在上海相见时，不但知其能作怪八股，且知为海内通人之一。而子民先生对于夏先生，亦谓其学识通博，过于章枚叔。枚叔仅学人，学人难，惟通人更难，学人惟守先待后，通人则开风气者。今即可以子民先生之言，论定子民先生。此为四十三年前我二人相识之初，相处稍密，又在后。

过三年，壬寅之夏，吴挚甫先生方受张伯熙之托，为北京大学调查赴倭，询余之请，嘱公使蔡和甫送生入成城校，蔡不践约。当时留学生尽起责之。倭警以吾及孙寒厓先生，妨害治安，逐归国。吾在东京愤起，欲自杀，以彰倭判之不公。得救，护至神户，押上法国邮船。孑民先生到倭无几日，虑海上余等再蹈不测，特取消游倭，伴余二人归。其时孑民先生正在南洋公学作特班生之总教也。其年初冬，南洋公学因第五班生师生之争执，酿成全体罢学，共戴孑民先生自立学校，即一革命雏型之爱国学社是也。方南洋公学全体学生散出时，学生当然不名一钱，即少数教员，亦皆穷措大。有常熟黄宗仰先生，所谓乌目山僧者，方与犹太哈同罗夫人相谴，即慨然指借泥城桥市屋为校舍。虽驰电四出，而火食待举。孑民先生之长公子，即无忌君之兄，病方郑重，竟不暇顾，乘轮舶去南京，商借款项于蒯先生光典，共送玉步；其家来告，长公子气已绝，孑民先生挥泪嘱友处后事，登轮而去。余亦送者之一，始敬其临难不乱，承诺不苟变，竟有如此者。越三日，得六千元而归，爱国学社竟确立矣。至癸卯正月，突然我等许"野鸡大王"徐敬吾先生之怂恿，开始在张园安恺弟公开演说革命，凡五阅月。清廷大注意。孑民先生因内部不协，愤而先去青岛，余亦以捕急走英伦。嗣后虽非年年相聚，而以邪许革命之故，踪迹时合。此知者多，不必殚述。

仅有一事，可以为此篇作结者，余等八股先生，一面虽自小即有杀鞑子之快意观念，然一面以顶戴赴泮水中殉义为难能。故至甲午以后，受倭寇之创，新恨旧仇，虽一时交并，终徘徊于维新变法，未能决取革命之途径。故辛丑在东京，犹未肯随钮惕生先生共候总理于横滨。及闻钮先生盛赞总理之人格，方始疑惑革命非即江洋大盗之造反。辛丑冬去广州筹备广东大学堂，梁任公先生特从北海回至东京，以多事相嘱，且以藩署为通信处。然余未敢通过一信，因其时余乡前辈许静山先生方以道员候补于粤垣，盛传余与钮先生皆属革命党，故余与钮先生对之执礼甚恭，方稍息谣诼。然余在粤五月，见官场之腐败，愈知清廷之不可振作。壬寅再回东京，嘱范静生、蔡松坡两先生转告任公，告宪政之无望。然时方与公使蔡和甫争执送学事，未眼缕谈。倭警捕余之前夜，静生嘱余宿彼牛达区寓中。忽告余一事，言有山东秀才者，方在热河赤峰，距地七百里，有众万人，可以成事，使人来约任公去，任公不能行，子如乐去者，必可有为。因清廷派兵征剿之人，即杨哲子先生之叔祖，哲子已与有约。是夜谈至四鼓，甚津津。其明日，方出范家门口，即有便警呼余名，紧随而行，至小石川家，寒厓先生亦方执押同行矣。赤峰之事，在法国邮船中与子民先生大谈。子民先生微笑曰："梁亦知立宪之不可成耶？"余视之亦惊笑。在船中两日，彼此皆知革命之不可已矣。当爱国学社未成前，约在九月初间，报载赤峰秀才已成擒，适遇哲子先生于洋泾浜客舍中，彼摇头曰：笑话笑话。其时杨亦有心人也。

重庆《中央日报》，1940 年 3 月 24 日

蔡先生的志愿

——民国三十三年一月十一日在重庆蔡孑民先生纪念会讲

吴稚晖

主席，各位先生：

今天主席要我讲蔡先生之生平，这个题目太大了，也好像一部十七史，从何处说起？况且蔡先生的生平事迹，在座各位有知道比我多的。蔡先生的言行，以前也讲过很多，而且言行录早已印成专册，大家都已看到。如果今天重说一遍，这是没有意义的。所以今天想把他的生平琐事，就我知道的拉杂说说。我们大家把他这种小事情讲出来，也可以从这种小地方更认识蔡先生的伟大所在。

今天是一月十一日，是蔡先生的生辰纪念。拿他的生辰来作纪念他的日子，也是沿袭古人之方法。像孔子纪念日八月二十七日，就是孔子的生辰。但是我们不说要以尊敬古圣的方法来尊敬蔡先生，我们也不指出古人今人的异同，来替蔡先生争长论短。不过我们知道蔡先生确也是一个承先启后的人物，也可以说是一个时代的人物。我为什么有这样认识呢？当然从他的志愿中看出来的。我今天来略述他的志愿，对于我们国家民族也是有好处的。

蔡先生之为人，真是所谓"君子和而不同"。他和那一个人都很和气。然而他有一个"自己"。绝不是因为做人和气，就会人云亦云。蔡先生所到之地，谁和他相处，都像从前人交了程明道一样，如坐春风之中，不过虽坐春风之中，很感到有一种严肃之气。如果我们以之比古人，蔡先生很像周公，"不骄不吝"，"一沐三握发，一饭三吐哺"。什么事情，也是"仰而思之，夜以继日，幸而得之，坐以待旦"。俨如周公风度。至对人，则亦"尊贤而容众，嘉善而矜不能"。只要这个人有一技之长，没有不取其所长，决不问其短处如何。然而他无时或忘的，就是他自己的主张，鼓励造就大学问家出来。别人办普通教育，像办工程等等，他也给予很多的帮助，而他毕生最致力的是办大学。

他为什么主张办大学？仿佛是一个国家，只要有大学问家出来，民族就可以之而贵，一班人即可以之而尊。印度古代文明，我们姑且不说，现在他国家虽失了自由，因为有泰戈尔这个大人物，得到了诺贝尔奖金，很使人敬佩。平时我们看见一般印度人，似乎觉得这个民族不见得高明，但是回过来一想，如果真的不高明，何能会出一个泰戈尔？这样，也会想象到他们国家文明的程度。我们总是说：我国有五千年历史，四百兆方里土地，是一个文明大国。但仔细想想，我们所以能够称为文明大国，并不完全是因为历史久、土地广的关系。要是我们没有伏羲、神农、尧、舜、禹、汤、文、武、周公、孔子这些人，也要感觉到国家虽大，内部拿不出什么东西来，不免空虚了。我们之所以能够自尊自贵，足以自豪者，因为从前出了伏羲、神农、尧、舜、禹、汤、文、武、周公、孔子这些伟大人物。蔡先生盼望我们能够出一些有学问的大人物，意思也是如此。大家以为日本在二三百年来是很努力。努力固然努力，然而他还没有像可以载在百科全书的人物。不过我们现在要得到诺贝尔奖金的人物也还没有。所以蔡先生要盼望我们造就历史上的大人物，这个他当然并不想在一个时期内可以成功的。

蔡先生平时待人，对好人没有不尊敬；对坏人，也没有不宽恕。这个人只要有一点可取之处，总是待他很好；只要他做的事有益于党国，没有不赞同。不过他唯一的志愿，一定要盼望中国出些了不得的大学问家。因为他抱了这种志愿，以前有了许多当仁不让的事。我们知道当他回国的时候，他的政治才能，是很丰富的，他来办政治，也决不会有错。然而他无论说话做人，一点不露出锋芒。在民国初年，请他担任教育部部长，他并不推辞，因为这个任务，可以实现他的主张。到了十七年时候，国民政府成立五院，那时他本想做考试院院长，因为考试工作，和他生平的主张有很大关系，可以从这里来发挥他的主张，达成他的目的。所以当时他不肯做监察院院长。他说：我是好好先生，怎么可以做监察事情？后来设立中央研究院，他去担任研究院院长，心里很高兴。这并不是因为可以做官，也是因为这个任务和他的意志相近。他做了院长以后，总想使这个研究院发达起来。可是这个很不容易。不要说我们很穷，没有许多钱，就是有钱，也不一定找得到人。然而他总是希望研究院能够造就中国出色人物，可以有人去得到诺贝尔奖金，在国外百科全书上也能够记载出中国伟人的姓名来。这种希望，仿佛是他天天所不能忘记的。

　　办大学来造就大人物，他也晓得这不是一时的事，不过是来开一个头。开了头以后，几十年几百年乃至几千年下去，可以继续不断收到效果。所以，我们可以称他是一个承先启后的伟人。他做的文章，所写的字，虽不矜才使气，然而细细一看，一个字一句话，都有学术道理。他写的字是道道地地的黄山谷帖体。现在能写黄山谷字的，已经很少。我们就他小事情来看，可以想得到他的大事情是怎样。当时我们需才甚多，也是非常急迫，工程人才在谋国方面，也很要紧，而他最盼望的，还是有大学问的人。我总想中国要有几个人能够在现代的学问上可以盖过外国，好使中国的国际地位提高起来。

　　我知道他的世兄都是很好，大世兄因为当时蔡先生为爱国学社捐款，不问家务，患病后医药欠周，不幸故世。二世兄无忌先生，学问很是渊博，对兽医一科研究精到，也是一个出色人才。三世兄柏林先生，更是了不起的，大有继承蔡先生未竟之志的气魄。他初在比国学电气，后到巴黎攻物理，最后研究磁学，已有相当造就。三十年时候，总裁召他回国，大概要叫他来做几个磁性鱼雷，好放在长江里，漂来漂去，炸炸敌舰。后来知道他不能离开法国，到现在还在法国磁学研究所。他本来想自备飞机，由空中回国，因为打仗关系，他也失了自由。现在他的学问已经很好。他在小时，本极用功，蔡先生随便买些小说给他没有不本本看完。他第一次到法国，看到了法国拉罗斯百科全书（Larousse Encyclopedie），从第一个字看到末一个字，简直是一字不掉。这世兄真是可以告慰蔡先生的。将来或者再经大家扶植，可以成为一个大学问家，一定是蔡先生所希望的。在座的诸位，都是蔡先生的朋友同学，我们能够有法子帮助完成蔡先生的志愿，出几个大人物载在外国百科全书上面，固然是我们敬崇蔡先生的最好表示，也是对我们国家有很多益处的。

蔡先生志愿立大学，虽然无时不忘他的主张，但也并不一定反对别人意见。我是一向相信斧头凿子的，主张设专科学校，造就工程人才。蔡先生对于这一点总是笑笑说，对的对的，并不来阻挡我们。只要是合理的事，他总是赞同的。他在北京大学教书时候，不问这个人有辫子没有辫子，只看他有没有学问，有一点长处的人，他没有不器重他。这种态度，就是所谓"和而不同"。不然，和而同，连自己的主张也要丢了。我们和蔡先生在一起，没有感觉到他是可怕，然而见了他的人，没有那个敢做坏人，这也是蔡先生伟大的地方。

不贤者识其小者。我今天只是讲些小事。各位还有知道大的，能识其大者，一定还有大的发挥。

　　　　　　　　　　　　重庆《中央日报》，1944 年 1 月 11 日

纪念蔡子民先生

张一麟

子民先生与余同年同月生，先余十一日。去腊旧历十七日其弟子余君天民来谒，曰：今日蔡先生生日，不延外客，因公为老友，特约午间往谈。是日，蔡师母自设馔，座中惟先生犹子太冲夫妇与戚某君及天民及主人主妇耳。上月因事又往谈二三次，不图其遗世之速也。殁前一日午餐，健谈如常。午后俯地拾物蹉跌，旋唾紫色血，医者谓胃溃疡，舁至养和医院，四肢厥冷，气息仅存，乃由其犹子输血四碗，俄手足蠕动，惟舌音已謇，于翌晨九时三刻气绝。陈君彬龢既经纪其丧，以病状告余，且请为事略以供史料，既不与先生诀别，乃记我二人之交谊及感想，欧阳子所谓：上为天下惜，下以哭其私也。

先生以庚寅名进士入翰林，试卷出吾乡王蒿隐年丈房，首场不类八股文奇之。及二三场卷，则渊博无比，乃并三场存之，且为延誉。吾闻之年丈子季烈、季同云。

清光绪中，为南洋公学教员，学潮起则设爱国学校，推先生主之。是时当局以压迫学潮为宗旨，未几与吴稚晖、章太炎、乌目山僧诸君子八人同被缉，乃出国而入中山先生之同盟会。

癸卯，余以特科由举人发往直隶，以知县补用入北洋幕府；

先生在海外，不及捧手。辛亥革命，中山为大总统，先生长教育部。暨中山让位项城，以同盟会内阁连带去职下野。

其入教育部也，以范静孙为次长，部员中如夏曾佑、鲁迅等皆异才，不以党系为标准，所草章则翕然为民国开山。

民四，余因谏阻帝制出长教部，一本先生宗旨，见读音统一会档案，萃二十省蒙藏代表于一堂，将画一语文。未及行，余乃请设注音字母传习所，是为教部国语统一会之滥觞。先生为会长，稚晖先生与余副之。各省之推广国语，民八后课本改白话文皆由先生倡之。

范静孙长部，痛京师大学之腐败，乃改为独立制，延先生长之。先生以王国维、辜鸿铭、刘师培等讲旧文学，胡适、钱玄同、陈独秀讲新文学，合各派于一炉而冶之。河海不择细流，道并行而不相悖，万物并育而不相害，何其大也。

五四运动，政府以兵围北大学生，先生使蒋梦麟代校务，留一字条于几上曰"杀君马者道旁儿"，遂潜出。此后言学风者，旧派集矢于先生之放任，而新派则以为中国学生救国之先声。美国杜威博士，适在京讲学，以为学生运动可以表示一种新觉悟，《杜威演讲集》自有公评听诸后世。

民六七年间，美使芮恩施与熊秉三先生等为中美协进会会长，先生与王亮畴先生及余皆入会，月集二次。十一年，先生自欧洲归上海，黄任之君约余同迓之。先生谓国内须有自由集会团体，乃有国是会议之举，推余日章先生为会长，终以经费不继，而旋罢去。唐（绍仪）、朱（启钤）南北和议继之，中山北上宣言继之，终未收统一之功。

北伐成功，先生为中央监察委员兼中央研究院长。其间承常熟庞甸才君之约，游虞山，与先生同卧起，故上年赠诗云"更为虞山坚后约，凯歌声里共陶然"之句。今后重游虞山，当醑酒以酹先生之灵，并唱凯歌侑之。

八一三后，先生微服避港。以周子余隐姓埋名。翌年五月，余迁港时往访，知在故都德国医院割脚腓，后至港又割一次，行步维艰。因新文字运动，先生与孙哲生院长曾有七百余人之宣言，允为名誉理事长，时时请益。德配周养浩夫人，调护起居甚周至，且有唱酬之乐。两月前先生谓我：两眼眚生，医家劝割，以年老未行手术。又一医谓勿割，以药水洗之，灯下不便看书矣。近有致余诗数首，当铸锌版以存绝笔。

先生与人无町畦，从无怒色。无论何事，皆以研究态度出之。宋人谓：见程明道如坐春风中；殆有此风象。好学深思，手不释卷。自问马相老习腊丁文，出国后，于德、日、英、法文字，无不肄习。在港每日阅报，故不出户，而了了于时局。识与不识，奉为泰山北斗，而竟须臾解脱，但精神永留于天地之间，为民主国模范。

先生以博爱、平等为宗旨，叹国民教育之未普及，汉字的独轮车不及大众，故于新文字大声疾呼。当此抗战建国时期，政府笃念老成，必有以完先生遗志，为四万五千万人造福，先生可以瞑矣。

上海《申报》，1940 年 3 月 25 日

纪念蔡孑民先生

马 鉴

当我在十八九岁的时候，我已知道蔡先生。那时先生是上海南洋公学的总教习，所担任的是特班生的功课，我尚无听讲的资格，所以与先生接触的机会很少，只每月朔日谒圣以后向先生三揖致敬而已。后来先生离校，即从事革命运动，奔走数年，适当日俄战争的时候，先生即办一报，名《俄事警闻》，后来改名《警钟》。我此时亦在上海，得同先生共事月余，对于先生当时的情形，知道得较为详细，因就回忆所得，写在后面，以为纪念。

《警钟》报编辑所，在南京路的后面，地方很宽敞，但是办事的人不多，除了总编辑蔡先生，其余都是自动来为先生服务的南洋旧同学。这个报的经费有一部分是陈君竞全担任的。陈君是甘肃人，在山东做了几任知县，稍有积蓄，后来因病辞官，到上海来做寓公。他在上海棋盘街开设一家竞进书社，同时又办了这个报，所以《警钟》报的发行所，就设在竞进书社里面。但是这位陈君钱本不多，不能无限制地供给《警钟》报的费用，而《警钟》报本来就是蔡先生革命运动的刊物，一面要国人鉴于日俄之争，即时猛省，一面译登俄国虚无党的历史，为国人种下革命思想，所以广告和销路都不甚多，不能完全自立。因此只有蔡先生做独脚戏，一直办到非离上海不可的时候为止。蔡先生脱离《警钟》社，这报就由刘君申叔接办，不久就被工部局封了门，《警钟》报亦无人继续了。

蔡先生那时已经剪发改装，着的是中山装（那时叫德国装），外面加上一件蓝色的棉大衣。天气非常寒冷，编辑室大而且空，并无火炉的设备。先生每晚总须写撰两篇论文——一篇文言，一篇白话。那时先生右手冻疮溃裂，肿得好似馒头一般。我记得先生右手套了一双半截露指的手套，将左手放在大衣袋里取暖，仍旧冷冰冰的坐在那里工作。

先生不但负编辑的责任，还要管好些麻烦事务，有时同人的伙食，印刷费和编辑所的开支，都得与先生接洽。先生虽身处窘乡，而待人接物，总是平心静气的，从未看见先生有不愉快的颜色。并且对人必称之为先生。到了除夕，社中经济窘不可言，就向一位某君商量，某君借以蜜腊朝珠一串。但是不能立刻得钱，只得叫我拿去当押。那知当铺朝奉一看，说是假的，要当只可给一元钱。我回来向先生报告，先生只微微的笑道："朝奉说是假的也没有办法。"结果这串朝珠也没有押钱，而年关也就过去了。（朝奉是当铺里看货出价的人，广东话叫企档。）

先生所最焦急的还不是这些琐碎的事情，却是这报纸的销路。这报只有论文、译件和日俄战事消息，而一般人所爱看的社会新闻并不登载，所以销路不多。这时有一位先生的同乡何君朗仙，带了一个绍兴工人来到上海，就住在《警钟》编辑所里。他为人好说好笑，非常有趣。他向先生献策，叫这个绍兴工人背一面旗，上面写着劝国人注意日俄战争的标语或国画，手里敲着一面小锣，带着报纸到南市一带叫卖。如此做去，居然每天可以多卖出一二百份报。先生很高兴的用绍兴话对何君说道："□□（工人名不记得了）真弗错气！"行了不多几时，就有人来干涉，不能再继续叫卖了。

当时西太后专政，有主事沈荩因直言触了她的怒，就将他交刑部杖死。上海一般志士得到这个消息，非常愤怅，就在愚园集会追悼沈荩。先生当众演说，痛诋清廷的政治暴乱、蔑视人权，听者无不动容。章太炎先生时在狱中，做了一篇哀辞，由章君行严代读，现在此文编入《太炎文录》第二卷中。

以上所述不过是先生生活中的一个片断。现在先生已经与世长辞，我们综合先生一生的言行，始终没有改变他最初的宗旨和态度，革命事业则扩大而具体化，个人生活，仍旧是自苦为极；而对人的态度，则宽大谦和，较前有加无已。即此片断生活，可以见得先生之大概。我对于这些关于先生的零碎故事，永远不能忘记，直到现在，仿佛还时时在我脑海中隐现着。

《东方杂志》第 37 卷第 8 号，1940 年 4 月 16 日

纪念蔡元培先生

柳亚子

我第一次看见蔡先生，是民国纪元前九年癸卯四月，地点在上海泥城桥福源里爱国学社教室中。这时候，我是爱国学社的学生，蔡先生和吴稚晖先生、章太炎先生都在担任教课。蔡先生教的是伦理学，吴先生教的是《天演论》，章先生教的是国文，但他并不用课本，只是坐着闲讲，讲他的光复大义而已。我和章先生最接近，邹威丹先生寄居学社，也时同谈论。对于蔡先生和吴先生，则比较疏阔一些。

五月下旬，学社和中国教育会的关系破裂了，我是以教育会会员资格在学社做附课生的，只好卷铺盖而归去。直到明年甲辰暑假，再来上海。此时章先生和邹先生都被捕在虹口西牢，我便找到了蔡先生，想去看看他们。原来西牢对于他们的探视者，限制很严，每一个月只容许一个人去探视，且须指定探视哪一位，不能两位同时接见。探视人去时，要持有捕房所发的许可证。这许可证是在蔡先生处的，他每月去西牢探视一次，上一次看章先生，下一次便看邹先生，平均着轮流下去。我和蔡先生商量时，蔡先生说，可以把他的许可证借给我，这个月由我去探视。但上一个月他去时，是邹先生接见的，所以这一个月要轮到章先生接见了。我对于上海地方，陌生得很，便由蔡先生陪我同去。他候在西牢的铁门外面，我则进铁门到接见的地方。好像是一个小窗洞吧，上面还有铁直棂。我就在铁直棂的外面望见了章先生，也没有什么话好讲，只问他安好，请他向邹先生代为致意罢了。接见时间完毕以后，仍由蔡先生送我回到客栈住宿。这一次的印象，在我是十分深刻的。

明年乙巳暑假中，我又到上海，就学于中国教育会所办的通学所，听陶焕卿先生讲催眠术。蔡先生自己也每天来听讲的。此时邹先生已病故狱中，遗骸由刘季平先生义葬华泾。我托蔡先生设法，想去华泾探视。蔡先生说起刘先生也来通学所听讲，立刻就替我介绍。这样，可以想见蔡先生待人接物，是如何的恳挚了。

再明年丙午春，我本想去日本留学，却在上海生了一场大病，没有去成功。我先人钟衡臧先生所办的理化速成所，后来便在健行公学教起国文来了。五月初八日，章先生在西牢监禁期满出狱，由蔡先生等送至中国公学暂住，即晚登日本邮船东渡。我是参预中国公学欢迎会的一分子，又看见了蔡先生。是月十二日，华泾邹先生墓前纪念塔落成，由蔡先生主持举行揭幕礼，我也和健行公学同学十余人前去参加的。（章先生出狱东渡，和邹先生墓前纪念塔落成的日期，我已不能记忆，此处参照蒋竹庄先生《中国教育会之回忆》一文所载。原文辑入《上海研究资料续集》中，中华书局出版。）此时，我已加入中国同盟会，更由蔡先生的介绍，加盟于光复会。后来同盟会屡次在健行公学后面宁康里夏寓开秘密会议，都推蔡先生为主席。到八九月间，我因事还到乡下，蔡先生不久也出国去了。以后直到民国十七年八月，才在南京中央会议席上，再和蔡先生相见。这中间足足隔离了二十一个年头。

蔡先生一生和平敦厚，蔼然使人如坐春风。但在民国十六年上半年，却动了一些火气，参加了清党运动。一张用中央监察委员会名义发表的通缉名单，真是洋洋大观，连我也大受其影响。不过，到了二十二年，蔡先生却又改变作风，和鲁迅先生、杨杏佛先生等发起民权保障同盟会了。是年六月，杨先生被刺，会事停顿。但我们有事情和蔡先生商量时，蔡先生总是竭忠尽智来帮助我们的。所以，这时候我和蔡先生的关系，又渐渐接近起来了。

好像是二十四年的年底吧，有一个朋友，约我同去看蔡先生。此时中日关系，已经非常紧张了。那朋友一开口便是慷慨激昂、义形于色的力主抗战，责备中央不能保卫国土主权，并要求蔡先生表示意见。蔡先生只有苦笑而已。我知道他内心是非常痛苦的。到了二十五年年头，大家又想从苦难中求出些安慰来，在二月七日举行了南社纪念会的聚餐会，并公推蔡先生为名誉会长。蔡先生那天虽然没有出席，但我写信去告诉他时，他却是欣然同意的。到二月九日夜间，又举行了蔡先生的七十诞辰庆祝会，在国际饭店，狂欢痛饮，热闹非常。自然，也有人真的是在歌舞升平，铺张盛世。但在我却是抱着世纪末自暴自弃的心理的，以为天下事不可为，想从阮籍、刘伶于地下罢了。以后，我就脑病大发，杜门待尽，直到抗战军兴，大局好转，但终于无法振起我衰废的病躯。

就在这年年底，蔡先生生了一场大病，我自己也病着，不能去看他。到了二十六年，时局急转直下，终于因外人的侵略，激起了全国抗战的怒潮。后来淞沪沦陷，蔡先生匆匆而去香港。我还是不死不活地病着，不能远走高飞，不想就此竟和蔡先生永诀了。

蔡先生在香港二年多的旅况，我不大明晰。但偶有友人来往港沪间，我总是托他们代向蔡先生请安问好的。今年一月中，王济远先生从爪哇回来，出示总理为巴达维亚华侨书报社所写的遗迹，要我题咏。他说，不日再作南游，过港时便请蔡先生加墨。又说，蔡先生在港抑忧寡欢，有去南洋养病的计划，不知能成功与否。谁料王先生自己病臂，在沪逗留数月，我们就惊聆着蔡先生的噩耗呢。前几天王先生又来看我，谈起蔡先生，我说总理遗迹是题不成了。他说，岂但这些，在抗战胜利以后，正需要在文化方面有伟大的重镇，才能够主持一切。现在，又哪儿去找第二个蔡先生呢？这几句话，我是不胜其同感的。

综观蔡先生一生业绩，我以为最重要的有三个阶段。第一，是从发起中国教育会到创立光复会，并主持同盟会上海分会，替辛亥革命建立了一个不拔的根基。第二，是从民国元年长教育部改革学制废止祀孔到后来主持北大，爱护五四运动，使新文化事业有一日千里的趋势，直影响到民国十五年至十六年间的大革命。第三，是从发起民权保障同盟会到参加鲁迅先生的葬礼，他公然以中国国民党中央监察委员、国民政府委员、中央研究院院长等在朝人的资格，来推进革命，领导民众，替后来抗战军兴全中国各党各派精诚合作开一个未来的先例，这又是何等的伟大。我觉得蔡先生在这三个阶段中，所做的工作，都可以在中华民族历史上，有划时代的纪录吧。

《蔡子民先生纪念集》，浙江研究社，1941 年

蔡孑民先生的生活

许寿裳

蔡孑民先生去世，忽忽已经一周年了！

蔡先生是一代宗师，仁智双修，人格非常伟大，他的七十五年的全生活，不是短时间所能说尽的。他临终有两句很重要的遗言，叫作："学术救国，道德教国。"现在我就只把蔡先生的道德生活和学术生活这两方面简单叙述，得个大概罢了。

先说他的道德生活。蔡先生是有至性的人，在少年时，曾经用了本于纯孝心的割臂的方法来救他父亲的病。这种方法对不对，是另外一问题，这种孝心却是出于至诚的。后来他提倡革命也就是本于至性，所以不惜牺牲自己的一切，来救天下人的病。他喜欢研究《公羊传》，抱着公羊家太平世的理想，同时他又崇拜墨子的人格，抱着兼爱的热诚。合并起来，便成了他的革命事业，这就是他的道德生活的一大表现。蔡先生又以克己为他道德生活的核心。他虽然也和当时的名人一样，醉心于法国革命时代的三个口号："自由，平等，博爱。"可是他解释这三个口号，是从克己方面出发的。博爱是什么？他说博爱就是孔子之所谓仁，"己欲立而立人，己欲达而达人"。平等是什么？就是孔子之所谓恕，"己所不欲，勿施于人"。自由是什么？自由就是义，孟子所谓"富贵不能淫，贫贱不能移，威武不能屈，此之谓大丈夫"。蔡先生就以这仁、义、恕三个字做着日常道德生活的标准。

蔡先生主张"躬自厚而薄责于人"，于是浅见者流未免怀疑了，以为既然提倡人我平等，似乎责备自己重者责备他人也可以重，责备他人轻者责备自己也不妨轻，何以偏要责己重而责人轻呢？蔡先生的回答是这样：人我固然应当平等，但是有主观客观之分。因为一个人的行为常常含着许多的原因，例如遗传呀，习惯呀，教育呀，环境呀，感情呀……这些都有着支配行为的势力。在我呢，做了一件事，其一切原因都可以反省而得，因之迁善改过，都可以努力而成。其受前定的遗传、习惯和教育所驯致的应如何加以矫正？其受环境和感情所逼成的应如何加以调节？操纵之权全在我自己。而于他人呢，则其驯致和迫成的原因，我决不会完全明了的；假使我仅仅凭了随便推得的一个原因，就去严重地责备他，那里会确当呢？况且他自己自然有重责的机会，我又何必越俎代谋呢？所以蔡先生说："责己重而责人轻，乃不失平等之真意，否则迹若平而转为不平之尤矣。"这真是精理名言，也就是他的道德生活的金科玉律。

蔡先生的服务精神是伟大的。办公之外，连见客也是极勤的。只要有闲暇，无论在朝餐以前或迟至深夜，有客来总是接见的。做大学院院长的时候，甚至有素不相识的商店伙计拿着书本来请教的，蔡先生就给他细细讲解，毫无倦容。他的写介绍信也是极勤的，多者一天可以有三四十封，少者也有十余封，于是外间纷纷议论，或者说他是好好先生，或者笑他荐人太滥，其实都是不对的。蔡先生之所以如此勤于见客，勤于荐人，无非是服务心重之故。对于写介绍信的对方，蔡先生的意思以为你既然做了一个机关的领袖，当然需要人才，因之我有推荐人才的义务；至于录用与否，那自然是你的权限，我决不是来求情面；又对于所推荐的人，蔡先生的意思以为你既然有这样的资格，我应该替你揄扬，我决不是来示恩惠。这种服务精神的表现就合于三民主义民权主义第三讲所说平等的精义，在乎"人人应该以服务为目的，而不以夺取为目的"。

蔡先生生平尊重男女平等，其实例随处可见。例如民元前十一年（一九〇一）蔡先生在杭州和黄夫人结婚，我曾躬逢其盛，看见婚礼是革新的：中堂设着孔子的神位来代普通的神道，礼成举行演说会以代通俗的闹房。当时有陈介石先生引经证史，说明男女平等的理论。吾师宋平子先生，则主张实事求是，勿尚空谈，应该以学行相较，说道："倘若黄夫人的学行高出于蔡先生，则蔡先生当以师礼待黄夫人，何止平等呢？反之，若黄夫人的学行不及蔡先生，则蔡先生当以弟子视之，又何从平等呢？"于是蔡先生折衷两端，说道："……就学行言，固然有先后之分；就人格言，总是平等的。"所以蔡先生写给他夫人的信，信面上总是写夫人的姓字，从不写蔡夫人或于夫人姓字上加一蔡字的。

此外，蔡先生的清廉退让种种美德，人所共见，万口同声称为难能的，不过在蔡先生自己却视为庸行，做来毫不费力，轶事很多，不暇细举。以上是蔡先生道德生活的一斑。

至于蔡先生的学术生活，本可依其时代分说的；因为限于篇幅，凡其荦荦大者，如民元长教育部时的改革教育宗旨，提倡美感教育，废止小学校读经，整顿学制，计划读音统一……民六长北京大学时的说明："大学生当以研究学术为天职，不当以大学为升官发财之阶梯。"罗致积学之士为教授，不分新旧；主张沟通文理两院而以理学院为第一院；文理学院各设研究所；实行男女同学，鼓吹白话；编纂国史；设立图书研究会、音乐研究会……民十六长大学院时改革学制，设立艺术院、音乐院、中央研究院……民十八以后的专心办理中央研究院：这些功业众所周知，我都可以省略不谈。我只就他的治学问、爱人才两方面，均具卓识，能见其大，各举一个例子如下：

蔡先生也是治朴学的，但是他不喜欢那普通汉学家的繁琐，独喜欢着重在历代的制度文物，换句话说，就是文纪史方面的研究。他对于清代的儒林，最尊重黄梨洲、章实斋、戴东原、俞理初诸位先生。其中黄、章、戴三先生的伟大，久已彰彰在人耳目，只有俞先生《癸巳类稿》和《癸巳存稿》两部分，比较稍晦，蔡先生从十余岁时就爱读这两部书，晚年曾经做俞的年谱，年谱未及脱稿，知道了有一位俞先生的同乡后学王立中君已先做了，蔡先生就替王君仔细校阅初稿，加以补充，并做一篇很长的跋文。（王君所做的年谱和蔡先生的跋文，均载"安徽丛书"第三集）。在这篇长跋之中，说明自己所以崇拜俞先生有最重要的两点：（一）男女平权，（二）时代标准。关于前者，蔡先生说道："男女皆人也，而我国习惯寝床地之诗，从夫从子之礼，男子不禁再娶，而寡妇以再醮为耻。种种不平，从未有出面纠正之者。俞先生从各方面为下公平之判断。……"关于后者，说道："人类之推理与想象，无不随时代而进步；后人所认为常识而古人未之见及者正复不少。后人以崇拜古人之故，认古人为无所不知，好以新说为古人附会，而古人之言反为隐晦。俞先生认一时代有一时代之见解与推理。……"这两点都是从俞先生的两部书中，钩稽而得，列举甚为详明。总之，俞先生的伟大，在乎有新的革命的见解，惟有蔡先生这种革命的人，才认识他，崇拜他。

蔡先生的爱人才，我就举四年前去世的鲁迅做个例子吧。俞先生是百年以前的伟□（原件此字模糊不清），鲁迅是现代的人，是文艺革命思想革命的健将。单就艺术方面说，鲁迅的贡献，已经很多，如（一）搜集并研究汉魏六朝石刻，（二）搜集并印行近代木刻，（三）翻译外国新思想的艺术论，（四）介绍外国进步作家的版画，（五）奖掖中国青年木刻家等。何况他还有许多许多文学上的创作呢？蔡先生称鲁迅为新文学的开山。对于鲁迅各方面的贡献都赞为卓绝，所以晚年在九龙，亲笔做了一篇《鲁迅先生全集序》，其中说道："他的感想之丰富，观察之深刻，意境之隽永，字句之正确，他人所苦思力索而不易得当的，他就很自然的写出来，这是何等天才，又是何等学力！"蔡先生的认识鲁迅，也可谓深切了！以上是蔡先生学术生活的一斑。

十九世纪德国哲学家叔本华说过这样的话：要估定一个人的伟大，精神上之大和体格上之大，法则完全相反。后者距离越远越小，前者却是越远越大。我相信蔡先生的精神不折，也是越远越大的。

三十年三月五日

转录自《许寿裳文录》，湖南人民出版社，1986 年

记蔡子民先生的事

周作人

蔡子民先生原籍绍兴山阴，住府城内笔飞坊，吾家则属会稽之东陶坊，东西相距颇远，但两家向有世谊，小时候曾见家中有蔡先生的朱卷，文甚难懂，详细已不能记得。光绪辛丑至丙午我在江南水师学堂，这其间大约是癸卯罢，蔡先生回绍兴去办劝学所，有同学前辈封君传命，叫我回乡帮忙，因为不想休学，正在踌躇，这时候蔡先生也已辞职，盖其时劝学所（或者叫作学务公所亦未可知）的所长月薪三十元，在乡间是最肥缺，早已有人设法来抢了去了。以后十二年倏忽过去，民国五年冬天蔡先生由欧洲回国，到故乡来，大家欢迎他，在花巷布业会馆讲演，我也去听，那时我在第五中学教书兼管教育会事，蔡先生来会一次，我往笔飞巷拜访，都不曾会见。不久蔡先生往北京，任北京大学校长之职，六年春天写信见招，我于四月抵京，蔡先生来绍兴会馆见访，这才是初次的见面。当初他叫我担任希腊罗马及欧洲文学史、古英文，但见面之后说只有美学需人，别的功课中途不能开设，此外教点预科国文吧。这些都非我所能胜任，本想回家，却又不好意思。当时国史馆刚由北京大学接收，改为国史编纂处，蔡先生就派我为编纂员之一，与沈兼士先生二人分管英日文的资料，这样我算进了北京大学了。

民国六年八月我改任北京大学文科教授仍暂兼了编纂员一年，自此以后至二十六年，我一直在北京大学任职。民六至民八，北京大学文理科都在景山东街，我们上课余暇常顺便至校长室，与蔡先生谈天。民八以后文科移在汉花园，虽然相距亦只一箭之遥，非是特别有事情就不多去了。还有一层，五四运动前后文化教育界的空气很是不稳，校外有"公言报"一派日日攻击，校内也有响应，黄季刚谩骂章氏旧同门曲学阿世，后来友人都戏称蔡先生为"世"，往校长室为阿世去云。我那时在国文学系与"新青年"社都是票友资格，也就站开一点，不常去谈闲天，可是我觉得对于蔡先生的了解也还相当的可靠。民六的夏天，北京闹过公民团，接着是督军团，张勋作他们的首领，率领辫子兵入京。我去访蔡先生，这时已是六月末，我问他行止如何。蔡先生答说："只要不复辟，我是不走的。"查旧日记，这是六月廿六日事，阅四日而复辟事起。这虽似一件小事，但是我很记得清楚，至今不忘；觉得他这种态度甚可佩服。蔡先生貌很谦和，办学主张古今中外兼容并包，可是其精神却又强毅，认定他所要做的事非至最后不肯放手，其不可及处即在于此，此外尽多有美德，但在我看来最可佩服的总要算是这锲而不舍的态度了。

蔡先生曾历任教育部、北京大学、大学院、研究院等事，其事业成就彰彰在人耳目间，毋庸细说，若撮举大纲，当可以"中正"一语赅之，亦可称之曰唯理主义。其一，蔡先生主张思想自由，不可定于一尊，故在民元废止祭孔，其实他自己非是反对孔子者，若论其思想，倒是真正之儒家也。其二，主张学术平等，废止以外国语讲书，改用国语国文，同时又设立英法德俄日各文学系，俾得多了解各国文化。其三，主张男女平等，大学开放，使女生得入学。以上诸事，论者所见不同，本亦无妨，以我所见则悉合于事理，若在现今社会有所扞格，未克尽实行，此乃是别一问题，与是非盖无关者也。蔡先生的教育文化上的施为既多以思想主张为本，因此我以为他一生的价值亦着重在思想，至少当较所施为更重。蔡先生的思想有人戏称之为古今中外派，或以为近于折衷，实则无宁解释兼容并包，可知其并非是偏激一流。我故以为是真正儒家，其与前人不同者，只是收容近世的西欧学问，使儒家本有的常识更益增强，持此以判断事物，以合理为止，故即可目为唯理主义也。《蔡子民先生言行录》二册，成于民国八九年顷，距今已有二十年，但仍为最好的结集，如诸公肯细心一读，当信吾言不谬。在这以前有《中国伦理学史》一卷，还是民国前用蔡振名义所著，近年商务印书馆又收入"中国文化丛书"中，虽是三十余年前的小册子，至今却还没有比他更好的书，这最足以表现他的态度，我想正是他最重要的功绩。说到最近则是民国二十三年，在"安徽丛书"第三集《俞理初年谱》中有他的一篇跋文，也值得注意，其时蔡先生盖是六十八岁矣。起头便云：

> 余自十余岁时，得俞先生之《癸卯类稿》及《存稿》而深好之，历五十年而好之如故。

文中分认识人权与认识时代两项，列举俞氏思想公平通达处，而于主张男女平等尤为注重，此与《伦理学史》所说正是一致，可知非是偶然。我最爱重汉王仲任、明李卓吾、清俞理初这三位，尝称为中国思想界不灭之三灯，曾以语亡友玄同，颇表赞可，蔡先生在其书中盖亦有同意也。王仲任提示宗旨曰疾虚妄，李卓吾与俞理初亦是一路，其特色是有常识，唯理而复有情，其实即是儒家的精髓，惜一般多已枯竭，遂以偶有为奇怪耳。王君自昔不为正人君子所齿，李君乃至以笔舌之祸杀身，俞君幸而隐没不彰，至今始为人表而出之，若蔡先生自己因人多知其名者，遂不免有时被骂，世俗声影之谈盖亦是当然，唯不佞对于知不知略有自信，亦自当称心而言，原不期待听者之必以我为是也。

我与蔡先生平常不大通问，故手头别无什么遗迹可以借用，只有民国廿三年春间承其寄示和我茶字韵打油诗三首，其二是和自寿诗，均从略。一首题云"新年"用知堂老人自寿韵，别有风趣，今录于下方：

> 新年儿女便当家，不让沙弥袈了裟。（原注：吾乡小孩子留发一圈而剃其中边者，谓之沙弥。《癸巳存稿》三，"精其神"一条引经了筵阵了亡等语，谓此自一种文理。）
>
> 鬼脸遮颜徒吓狗，龙灯画足似添蛇。
>
> 六么轮掷思赢豆，（吾乡小孩子选炒蚕豆六枚，于一面去壳少许，谓之黄，其完好一面谓之黑，二人以上轮掷之，黄多者赢，亦仍以豆为筹码。）数语蝉联号绩麻。（以成语首字与其他末字相同者联句，如甲说"大

学之道"，乙接说"道不远人"，丙接说"人之初"等，谓之绩麻。）

　　乐事追怀非苦话，容吾一样吃甜茶。（吾乡有"吃甜茶讲苦话"语。）

　　署名则仍是蔡元培，并不用别号。此于游戏之中自有谨厚之气，我前谈《春在堂杂文》时也说及此点，都是一种特色。蔡先生此时已年近古稀，而记叙新年儿戏情形，细加注解，犹有童心，我的年纪要差二十岁，却还没有记得那样清楚，读之但有怅惘，即在极小处前辈亦自不可及也。

　　报载蔡先生于三月五日以脑溢血卒于九龙，因写此小文以为纪念。廿九年三月六日。

1942 年《古今》（月刊）第 6 期，古今出版社

蔡子民

周作人

（一）

复辟的事既然了结，北京表面上安静如常，一切都恢复原状，北京大学也照常的办下去，到天津去避难的蔡校长也就回来了，因此七月三十一日的日记上载着至大学访蔡先生的事情。九月四日记着得大学聘书，这张聘书却经历了四十七年的岁月，至今存在，这是很难得的事情，上面写着"敬聘某某先生为文科教授，兼国史编纂处纂辑员"，月薪记得是教授初级为二百四十元，随后可以加到二百八十元为止。到第二年（一九一八）四月却改变章程，由大学评议会议决"教员延聘施行细则"，规定聘书计分两种，第一年初聘系试用性质，有效期间为一学年，至第二年六月致送续聘书，这才长期有效。施行细则关于"续聘书"有这几项的说明：

"六、每年六月一日至六月十五日为更换初聘书之期，其续聘书之程式如左，敬续聘某先生为某科教授，此订。

"七、教授若至六月十六日尚未接本校续聘书，即作为解约。

"八、续聘书止送一次，不定期限。"这样的办法其实是很好的，对于教员很是尊重，也很客气，在蔡氏"教授治校"的原则下也正合理，实行了多年没有什么流弊。但是物极必反，到了北伐成功，北京大学由蒋梦麟当校长，胡适之当文科学长的时代，这却又有了变更；即自民国十八年（一九二九）以后仍改为每年发聘书，如到了学年末不曾收到新的聘书，那就算是解了聘了。在学校方面，生怕如照从前的办法，有不合适的教授拿着无限期的聘书，学校要解约时硬不肯走，所以改用了这个方法，比较可以运用自如了吧。其实也不尽然，这原在人不在办法，和平的人就是拿着无限期聘书，也会不则一声的走了；激烈的虽是期限已满，也还要争执，不肯罢休的。许之衡便是前者的实例，林损（公铎）则属于后者，他在被辞退之后，大写其抗议的文章，在《世界日报》上发表的致胡博士的信中，有"遗我一矢"之语，但是胡博士并不回答，所以这事也就不久平息了。

蔡子民在民国元年（一九一二）南京临时政府任教育总长的时候，首先即停止祭孔，其次是北京大学废夫经科，正式定名为文科，这两件事在中国的影响极大，是绝不可估计得太低的。中国的封建旧势力倚靠孔子圣道的定名，横行了多少年，现在一古脑儿的推倒在地上，便失了威信，虽然它几次想卷土重来，但这有如废帝的复辟，却终于不能成了。蔡子民虽是科举出身，但他能够毅然决然冲破这重樊篱，不可不说是难能可贵。后来北大旧人仿《柏梁台》做联句，分咏新旧人物，其说蔡子民的一句是，"毁孔子庙罢其祀"，可说是能得要领，其余咏陈独秀、胡适之诸人的惜已忘记，只记得有一句是说黄侃（季刚）的，却还记得，这是"八部书外皆狗屁"，也是适如其分。黄季刚是章太炎门下的弟子，平日专攻击弄新文学的人们，所服膺的是八部古书，即是《毛诗》《左传》《周礼》《说文解字》《广韵》《史记》《汉书》《文选》是也。蔡子民的办大学，主张学术平等，设立英法日德俄各国文学系，俾得多了解各国文化。他又主张男女平等，大学开放，使女生得以入学。他的思想办法有人戏称之为古今中外派，或以为近于折衷，实则无宁说是兼容并包，可知其并非是偏激一流，我故以为是真正儒家，其与前人不同者，只是收容近世的西欧学问，使儒家本有的常识更益增强，持此以判断事物，以合理为止，所以即可目为唯理主义。《蔡子民先生言行录》二册，辑成于民国八九年顷，去今已有四十年，但仍为最好的结集；如或肯去虚心一读，当信吾言不谬。旧业师寿洙邻先生是教我读"四书"的先生，近得见其评语，题在《言行录》面上者，计有两则云：

> 子民学问道德之纯粹高深，和平中正，而世多訾
> 嗷，诚如庄子所谓纯纯常常，乃比于狂者矣。
> 子民道德学问，集古今中外之大成，而实践之，加
> 以不择壤流，不耻下问之大度，可谓伟大矣。

寿先生平常不大称赞人，唯独对于蔡子民不惜予以极度的赞美，这也并非偶然的，盖因蔡子民素主张无政府共产，绍兴人士造作种种谣言，加以毁谤事实，证明却乃正相反，这有如蔡子民自己所说，"惟男女之间一毫不苟者，夫然后可以言废婚姻"。其古今中外派的学说看似可笑，但在那时代与境地却大大的发挥了

它的作用，因为这种宽容的态度，正与统一思想相反，可以容得新思想长成发达起来。

（二）

讲到蔡孑民的事，非把林、蔡斗争来叙说一番不可，而这事又是与复辟很有关系的。复辟这出把戏，前后不到两个星期便收场了，但是它却留下很大的影响，在以后的政治和文化的方面，都是关系极大。在政治上是段祺瑞以推倒复辟的功劳，再做内阁总理，造成皖系的局面，与直系争权力，演成直皖战争；接下去便是直奉战争，结果是张作霖进北京来做大元帅，直到北伐成功，北洋派整个坍台，这才告一结束。在段内阁当权时代，兴起了那有名的五四运动，这本来是学生的爱国的一种政治表现，但因为影响于文化方面者极为深远，所以或又称以后的作新文化运动。这名称是颇为确实的，因为以后蓬蓬勃勃起来的文化上诸种运动，几乎无一不是受了复辟事件的刺激而发生而兴旺的。即如《新青年》吧，它本来就有，叫作《青年杂志》，也是普通的刊物罢了，虽是由陈独秀编辑，看不出什么特色来。后来有胡适之自美国寄稿，说到改革文体，美其名曰"文学革命"，可是说也可笑，自己所写的文章都还没有用白话文。第三卷里陈独秀答胡适书中，尽管很强硬的说：

"独至改良中国文学当以白话文学正宗之说，其是非甚明，必不容反对者有讨论余地必以吾辈所主张者为绝对之是，而不容他人之匡正也。"可是说是这么说，做却还是做的古文，和反对者一般。（上边的这一节话，是抄录黎锦熙在《国语周刊》创刊号所说的。）我初来北京，鲁迅曾以《新青年》数册见示，并且述许季弗的话道，这里边颇有些谬论，可以一驳。大概许君是用了民报社时代的眼光去看它，所以这么说的吧。但是我看了却觉得没有什么谬，虽然也并不怎么对。我那时也是写古文的，增订本《域外小说集》所说梭罗古勃的寓言数篇，便都是复辟前后这一个时期所翻译的。经过那一次事件的刺激，和以后的种种考虑，这才翻然改变过来，觉得中国很有"思想革命"之必要，光只是"文学革命"实在不够，虽然表现的文字改革自然是联带的应当做到的事，不过不是主要的目的罢了。所以我所写的第一篇白话文，乃是《古诗今译》，内容是古希腊谛阿克列多思的《牧歌》第十，在九月十八日译成，十一月十四日又加添了一篇题记，送给《新青年》去，在第四卷中登出的。题记原文如下：

一，谛阿克列多思（Theokritos）《牧歌》是希腊二千年前的古诗，今却用口语来译它，因为我觉得它好，又相信中国只有口语可以译它。

什法师说，译书如嚼饭哺人，原是不错。真要译得好，只有不译。若译它时，总有两件缺点，但我说，这却正是翻译的要素。一，不及原本，因为已经译成中国语。如果还同原文一样好，除非请谛阿克列多思学了中国文自己来做。二，不像汉文——有声调好读的文章，因为原是外国著作。如果用汉文一般样式，那就是我随意乱改的胡涂文，算不了真翻译。

二，口语作诗不能用五七言，也不必定要押韵，只
要照呼吸的长短作句便好。现在所译的歌就用此法，且
试试看，这就是我所谓新体诗。

三，外国字有两不译，一人名地名（原来著者姓名
系用罗马字拼，今改用译音了），二特别名词，以及没
有确当译语，或容易误会的，都用原语，但以罗马字作
标准。

四，以上都是此刻的见解，倘若日后想出更好的方
法，或者有人别有高见的时候，便自然从更好的走。

这篇译诗与题记，都经过鲁迅的修改，题记中第二节的第二
段由他添改了两句，即是"如果"云云，口气非常的强有力，其
实我在那里边所说，和我早年的文章一样，本来也颇少婉曲的风
致，但是这样一改便显得更是突出了。其次是鲁迅个人，从前那
么隐默，现在却动写起小说来，他明说是由于"金心异"（钱玄
同的诨名）的劝驾，这也是复辟以后的事情。钱君从八月起，开
始到会馆来访问，大抵是午后四时来，吃过晚饭，谈到十一二点
钟回师大寄宿舍去。查旧日记八月中的九日、十七日、廿七日来
了三回，九月以后每月只来过一回。鲁迅文章中所记谈话，便是
问抄碑有什么用，是什么意思，以及末了说，"我想，你可以做
一点文章"，这大概是在头两回所说的。"几个人既然起来，你不
能说决没有毁坏这铁屋的希望"，这个结论承鲁迅接受了，结果
是那篇《狂人日记》，在《新青年》次年四月号发表，它的创作
时期当在那年初春了。如众所周知，这篇《狂人日记》不但是篇

白话文，而且是攻击吃人的礼教的第一炮，这便是鲁迅、钱玄同所关心的思想革命问题，其重要超过于文学革命了。

<h2 style="text-align:center">（三）</h2>

如今说到了林、蔡斗争的问题，不由得我在这里不作一次"文抄公"了，但在抄袭之先，还须得让我来说明几句。北洋派的争斗，如果只是几个军阀的争权夺利，那就是所谓狗咬狗的把戏，还没有多大的害处，假如这里边夹杂着一两个文人，便容易牵涉到文化教育上来，事情就不是那么的简单了。段祺瑞派下有一个徐树铮，是他手下顶得力的人，不幸又是能写几句文章、自居于桐城派的人，他办着一个成达中学，拉拢好些文人学士，其中有一个自称清室举人的林纾，以保卫圣道自居，想借了这武力，给北大以打击；又连络校内的人做内线，于是便兴风作浪起来了。最初他在上海《新申报》上发表《蠡叟丛谈》，是《谐铎》一流的短篇，以小说的形式，对于北大的《新青年》的人物加以辱骂与攻击，记得头一篇名叫《荆生》，说有田必美、狄莫与金心异——影射陈独秀、胡适与钱玄同的姓名——三个人，放言高论，诋毁前贤，被荆生听见了，把这班人痛加殴打，这所谓荆生乃是暗指徐树铮。用意既极为恶劣，文词亦多草率不通，如说金心异"畏死如猬"，畏死并不是刺猬的特性，想见写的时候是气愤极了，所以这样的乱涂。随后还有一篇《妖梦》，说梦见这班非圣无法的人都给一个怪物拿去吃了，里边有一个名元绪公，即是说的蔡孑民，因为论语注有"蔡，大龟也"的话，所以比他为

乌龟，这元绪公尤其是刻薄的骂人话。蔡子民答复法科学生张厚载的信里说得好：

> 得书知林琴南君攻击本校教员之小说，均由兄转寄《新申报》。在兄与林君有师生之谊，宜爱护林君；兄为本校学生，宜爱护母校。林君作此等小说，意在毁坏本校名誉，兄徇林君之意而发布之，于兄爱护母校之心，安乎否乎？仆生平不喜作谩骂语轻薄语，以为受者无伤，而施者实为失德。林君詈仆，仆将哀矜之不暇，而又何憾焉。惟兄反诸爱护本师之心，安乎否乎？往者不可追，望此后注意。

林琴南的小说并不只是谩骂，还包含着恶意的恐吓，想假借外来的力量，摧毁异己的思想；而且文人笔下辄含杀机，动不动便云宜正两观之诛，或曰寝皮食肉，这些小说也不是例外；前面说作者失德，实在是客气话，失之于过轻了。虽然这只是推测的话，但是不久渐见诸事实，即是报章上正式的发表干涉，成为林、蔡斗争的公案，幸而军阀还比较文人高明，他们忙于自己的政治的争夺，不想就来干涉文化，所以幸得苟安无事，而这场风波终于成为一场笔墨官司而完结了。我因为要抄录这场斗争的文章，先来说明几句，却是写得长了，姑且作为一段，待再从《公言报》的记事说起吧。

《周作人回想录》，湖南人民出版社，1982 年

蔡元培逸事

马叙伦

蔡子民先生元培，初字鹤卿，吾浙山阴人也，为同里李莼客慈铭之弟子。少时，事叔父至恭，叔父嗜雅片膏，一夜，叔父于烟榻上忽忽睡去，先生不敢离去，叔父觉，见先生犹侍立焉，乃促之出。先生以翰林起家，不供职；清光绪二十五六年间，先生居杭州，议办师范学堂，被阻而止。元室物故，乃娶于江西黄氏；结婚之日，一去俗仪，仅设孔子位而谒礼焉。元室子无忌，时六七岁，是日特为制清制一品衣冠而服之。时，平阳宋平子先生及余师瑞安陈介石先生皆有名于时，先生请平子演说，平子教新夫人以后母之道，皆创闻也。光绪廿九、三十年间，先生在上海，办爱国女子学校，又治《警钟报》，为革命之倡导。隆冬之日，余往访，先生仅服薄棉袍，长才蔽膝，受寒，流涕不绝，盖居窭，报以私资支持之者也。其入翰林也，试者得其卷大喜，评其文盛称之，而于其书法则曰："牛鬼蛇神。"

《石屋续渖》，上海建文书店，1949 年

114

回忆蔡元培先生和草创时的光复会

俞子夷

从一九〇二年至一九〇五年，曾先后两度跟随蔡子民（元培）师，参与过光复会部分活动，接触过某些英雄人物，亦听到过不少壮烈事迹，一经提及，种种印象即在脑海中复现。

一　南洋公学墨水瓶风潮

南洋公学是盛宣怀用电报局、招商局的盈余款办的。起先是师范学堂，后来扩大，有上院（相当于学院程度）、中院（六年制中学），还有小学（与师范班联系）；上院更有铁路班，一九〇一年又设特班，为经济特科作预备。我是一九〇一年考取入学的。一九〇二年秋，我们班里发生了所谓墨水瓶风潮，从反对国文教师郭某而全班被开除，更扩大到上院、中院全体学生退学（师范及小学未波及）。事情的经过大体是这样：

夜饭后自修前，各班同学，经常串教室，三五成群谈天，教师桌椅周围每成为会集谈笑的中心。教桌抽屉里有不少空墨水瓶，也有人一面说笑，一面拿出墨水瓶来玩弄。某晚自修铃响后，我班国文教师郭先生来监自修，发现椅上有个墨水瓶，认为同学故意同他捣蛋，责令座位与教桌最近之伍、贝两同学务必查出，二人实不知情。第二天，郭报告汪总办后，布告处揭示总办条谕：伍、贝二同学不敬师长，各记大过。因此引起全班同学不平，排队到总办住宅，向总办声明二同学无辜，请免予记过。总办避而不见，反认为同学们聚众要挟，不守堂章，全班开除。

当夜，我班邀上、中院各班代表开会，申诉冤屈，同时向各班告别。第三天，各班开会听代表报告后，纷纷表示支援我们，上院特班尤其热烈。不久，上、中院全体罢课，在礼堂里开全体大会。发言者均谴责郭先生、汪总办压制同学。大会决定，下午全体去盛督办处请愿，盛派人接见学生代表，叫大家先回校，夜里再听后命。

夜饭后又开大会，督办已派人来，登台者是中院学生素所景仰的特班教习蔡元培翰林。蔡师平时不来中院，与中院同学很少接触，但特班同学与中院某一班同上英文课，我班二位姓贝的同学经常和特班高材生在课余往来。特班同学对蔡师极信仰，从此等往来中，中院同学受到很大影响，当时学生中科举思想相当浓厚，对翰林非常尊崇，但对蔡师的景仰则不仅在翰林，主要在以翰林而能精通新学且以之教特班，不但全校，恐全上海亦少见第二人。

蔡师出言十分简洁，问我们要求什么？大家说："收回开除记过等成命！"他问有无限期？我们说："明天上午十点钟前，如无圆满答复，我们全体退学！"他说："好！明天等回音！"说完，在一阵掌声中下台而去。这一夜，我班同学急忙收拾书物行李者很多。第二天九点钟，已经有不少人雇好独轮车，到钟楼上大钟声报十点，大家就把行李搬上小车，排队出校，我班同学多数排在前列。约半小时后，奉督办安抚命的使者到校，则上、中院已空无一人。从一个空墨水瓶，而爆发成上、中两院全体退学，其原因并不简单，决非一朝一夕所致。

南洋公学的培养目标，是造就忠于清廷的洋务人材，一切设施均有所谓"中学为体，西学为用"的性质，与约翰（大学）之专为训练买办有所区别，这两校在当时的东南具有同等的声誉，而南洋公学的尊孔与忠君，却表现得很突出。每逢朔望，总办率全体师生排队至礼堂用三跪九叩礼谒圣。八月二十七日孔诞，每年均悬灯结采，放假庆祝。此等尊孔方式恰与约翰之星期日做礼拜，阳历十二月二十五日庆祝耶稣圣诞相匹敌。同学间常明言："我们崇孔针对约翰崇耶"，反映了"我们将来做深通中西的新式官，约翰学生只好做洋人手下的买办"的思想。少数同学口头上也不时流露鄙薄约翰的言词，说："他们毕业后只能到新关（海关）、邮局、洋行里去当小写或大写（职员）。"这个学校尽管在美籍监院和教师领导下学西学，在学生中暗地里却有一种不甘受洋人奴役的反帝思想的萌芽。

辛丑议和成，壬寅春，载沣出国赔礼，路过上海，特来南洋公学视察。学生排队在马路旁接送，行三跪九叩礼请圣安，向钦差打扦，比之孔诞有过之无不及。我班郭先生特别高兴。他平时讲《东华录》提到"圣祖"之类，表现得格外庄敬严肃。现在亲王来看他上课，他格外恭顺殷勤。学校当局满以为这是最好的现实的忠君教育，但结果适得其反。

甲午战争，学生都还记得。很多学生所以投考南洋，多少受到戊戌维新的影响。不久前的庚子之役与辛丑之和，再一次丧权辱国，更加深大家对清廷的反感。所以载沣之来，同学中不少人窃窃私议："只会到这里来耀武扬威，见了外国人便屈伏赔礼。"再则徐家汇附近驻有庚子时来的外国军队，骑着马横冲直撞，在附近小酒店内酗酒胡闹。这种种都加深了大家对外国人的愤慨，对清廷无能的痛恨。

不光是种种现实的反面教育，新出版的书报对同学的影响也不小。梁启超新办的《新民丛报》，订阅者很多。出了四期即行停刊的《国民报》，不少人认为该报主张"自由""平等""共和"，比《新民丛报》更彻底。忽有人从旧书堆中找出《桃花扇传奇》《扬州十日记》《嘉定屠城记》来，一时争相传诵。此外，描述美国人迫害黑人的《黑奴吁天录》，描述英国人迫害印度人的《累卵东洋》等译本书，亦吸引很多同学。上院特班同学最爱看新书，看得最多，而且有蔡师指导他们看。中院很多同学亦间接受到他的启迪。

特班的蔡师提倡新学说，我班的郭先生宣扬《东华录》中"圣祖"的"武功"，恰恰代表两种对立的思想。景仰蔡师，鄙视郭某，上、中院学生完全一致。总之，多方面的因素使矛盾逐步尖锐化，终于由一个旧墨水瓶做导火线，爆发成基本上是全校性的退学风潮。

二　中国教育会与爱国学社

南洋公学学生全体退学，蔡师亦愤而辞职，与若干同志组成中国教育会，并创立爱国女校。一部分南洋退学生与蔡师商，借中国教育会之助，筹设爱国学社继续学业。退学生全体加入教育会为会员，经费、教师及种种校务均由中国教育会负责，膳食自理，而生活则完全自治。一部分会员教，一部分会员学，故称学社而不称学堂，称学员而不称学生。草创伊始，一切殆全由蔡师主持，领导。首先是经费问题。蔡师不顾自己儿子病危，赴南京与蒯若木为学社筹措经费，家人追至轮船埠，仍登轮而去。

墨水瓶风潮给别的学校不小影响，陆续发生或大或小的反抗学校压制的风潮。南京陆师学堂的风潮，一时又很激动人心。退学生代表章士钊、林立山来上海接洽，我们竭诚欢迎。他们全体加入学社，房舍扩充，学员增多，声势大振。中国教育会与爱国学社同在一处办公，会中经常有新学界名人出入来往。现在记忆所及，有吴江柳亚子、金松岑，嘉兴敖梦姜，广西马君武，四川邹容以及《苏报》的陈梦坡等。蔡师的号召力与教育会、爱国学社的吸引力着实不小，一时群贤毕至，少长咸集，差不多成为上海新学界的一个重要中心。南洋退学生一时气愤而出，初出时未免有些彷徨，后来创立学社，经费有人支援，合于理想的好教师及意气相投的青年接踵而至，集合在八幢西式弄堂住屋里，精神上感到无限温暖与自豪。

大家醉心新学，一般文化科目外，有哲学、政治学、革命的佛学；英文也用"真公民"作课本，日文班参加者更踊跃。后来不少人竟能译书，更有借译书卖稿所得贴补膳杂费者。此时上海译印日文书的风气极盛，特班中有些同学集资组成名为"支那翻译会社"的机构，并出期刊名《翻译世界》，其创刊辞首句

"二十世纪之世界，翻译之世界也"，一时传为笑柄。总之求知欲旺盛，确是个普遍现象，反映了在内忧外患交迫中知识分子的迫切需求。

学员们迫切希望使自己成为文武双全的爱国者，对兵操的兴趣特浓。南洋公学中院亦有体操，由一位约翰毕业的英文教师兼教，口令全用英文。尽管他时常演讲体操对健康的益处，但同学常借口身体不适，纷纷找校医出条证明请体操假。学社里学员适相反，在未租得场地时，不论晴雨，各小队分头找小院、走廊等空地认真练习，并轮任小队长。操衣的领袖、裤管上均饰有红镶边的宽黑条，穿上十分威武。在公学时，上操前勉强换操衣，一散队立即换去；学社的学员有终日穿操衣上课者，甚至有出外亦不换便衣者。蔡师亲自参加，对学员更多鼓舞。他同样穿操衣上操，从不脱课，同样轮做小队长，学喊口令。自从南京陆师学堂章、林等同学加入后，连同原来二位何老师（海樵，山渔）共四位教师，改学德国式兵操，并备木枪练习瞄准，射击。这种训练，有一组织名称，叫"军国民教育会"。兵操在初期，意义仅为抵御外侮作准备。热烈参加，认真练习，实由于经常在徐家汇附近见到出入驰骋的外国驻军而激起了反感。后来，思想转向革命，兵操的目的亦随之变为武装起义的准备。用武装革命推翻帝王专制的思想，是经过相当时期直接间接的教育，逐步发展起来的。农民起义我们均以客观主义的态度对待，即唐才常的起义也未曾给大家思想上以直接的影响与鼓舞，只对其殉难同情而已。至于孙中山的起义，学员中更鲜有人道及。后来有人借到日文《三十三年落花梦》，其中有孙逸仙起义的记述，于是大家争相传看，对中山先生开始有所认识。

初时，大家只知道爱国，求学，什么都学，凡是新的都认真的学。在诸师教导下，日益关心政治、时事，民族意识也因而日益增强。章师的《驳康有为书》《逐满歌》更激动人心。《革命军》出版，鼓动力益大。在南洋公学时，《桃花扇》《扬州十日记》等，只限于小部分人喜爱，此时，章、邹三文殆成为全体学员阅读，谈论，以至信仰的中心。"莫打鼓，莫打锣，听我唱支逐满歌……"与"刀加我颈，枪指我胸"等等歌诵之声遍闻自修室及宿舍中。从《三十三年落花梦》中译出的逸仙先生的起义事迹，亦成为课余谈论中心。过去对《新民丛报》只觉不够昧，此时则嫌其主张大不对头。章、邹三文可以视当时教育会与学社对内外的正式宣言，亦即以排满革命为爱国救国的基本纲领。

从此学社风气大变，倡言革命已胜过求学。上课时谈，课余时亦谈，社内谈不过瘾，每星期总有一二个政策在张园公开演讲。除预定演讲者一二人外，任何人随时可上台讲，所讲问题不同，但中心思想总离不开排满革命。宗仰师和爱国女学学生林过素（少泉三妹）亦上台讲过。有些游客油腔滑调，把"和尚革命""女学生革命"当作笑料，我们置之不理。从泥城桥福源里至张园有相当距离，学员数十人，穿上操衣，成双行队伍沿静安寺路开正步走去走回，认真，热烈，大家的心目中，演讲会是一件大事，比功课不知重要多少倍。

除定期演讲外，在《苏报》上陆续发表提倡革命的文章，由蔡、章等人轮流执笔。当时上海除《申》《新》等大报外，还有些小报。《苏报》主持人陈梦坡亦爱国女学创办人之一。南洋公学风潮后,《苏报》辟"学界风潮"栏,借资号召,声价大起。后请章士钊主笔,约教育会诸公轮流撰文,一时轰动全上海。部分学员之善作文者,遂借学社附小名义,办一刊物名《童子世界》,从儿童的立场来谈革命。初办时单张石印,三日刊,后改铅印月刊,一时销路亦不坏。

从此,教育会、学社,自新学界中心转变为宣传革命的中心,斗争矛头对着清廷。《苏报》《革命军》等书报的传播,大大鼓舞了人心,吓坏了清廷统治东南的大吏,乃以"创立爱国会社""倡革命诸邪说"为由上报,"奉旨"通电沿海各省"严密查拿此等败类惩办",而《苏报》案遂发作。

近暑假前,风声忽紧,蔡师避青岛,陈梦坡走日本,章师被逮,邹容自首,吴稚晖脱逃。学员们得知后,一时人心惶惶,亦有主张坚持不散者。但巡捕房连下警告,不得已,几天里纷纷离散。但思想上,认识上,却变化不小。退学我们认为是胜利,解散亦只是暂时的挫折。经此考验,除一部分人转变方向外,不少人却继续作进一步的斗争。

学社取名"爱国"与新成立的女学同名,蔡师及教育会诸公对此二者视同一对亲子女,爱护倍至。但"爱国"的含义笼统,仅仅表示对卖国苟安者不满以示与之对立。一九〇二年秋至一九〇三年夏,结集在一起的人却有急速的转变,最后明确认识到二点:一、反对专制的君主统治;二、反对满人。其主要原因亦只有二点:一、统治者不敢抵御外侮,而只会压迫人民;二、贪污腐败而不肯发愤图强。至于革命后如何建设,则倾向于资产阶级的民主、自由、平等之类，而且主要在政治上，对于经济基础则全未考虑。学员生活的自治制，即此等民主思想的集中表现。教师不管，生活方面种种制度，由全体大会议订，并投票选举干事负责。另选执法员若干人，监督，检查，违者照章处理，必要时开大会公决。

由笼统的爱国转变到排满革命，不是偶然的。一方面是诸师与新书刊直接间接的教育与启迪，这是正面教育；另方面，国事日非，是反面教育。远者如一位原在天津北洋公学肄业的学员讲八国联军围攻天津的实况，使听者人人发指；近者如广西王之春的引狼入室，东三省风云日急，无不令人愤慨，邹容《革命军》里的"刀加我颈，枪指我胸"说出了我们心里的话。

百几十人相处，并不一帆风顺，时间虽不满一年，但亦发生过几次不同程度的波折。小的不说，最严重的是意见分歧，形成内讧。起因是某日四川客邹容在演讲中说，"中国教育会创办爱国学社，收容南洋公学退学生"，因而引起一部分学员的不满，认为此言否定了退学生自办学社，亦即否定了退学生是学社的主人，这是对退学生的侮辱。邹言确与实际有出入，然而邹非初创时参加协商的人，他所说的只是照常例推断，应可原谅。不知因何，部分退学生事后竟向邹质问，并在《童子世界》上作文攻击。章师亦不明开办经过，为邹辩护，于是又与章师争吵。吴稚晖又出来帮同部分学员与章、邹对垒。后来参加争论的人增加，教师中分成章、邹与吴两派，愈争愈烈，最后学社脱离教育会而独立。因一句无关重要的话而发展成严重的内讧，吴不无推波助澜之嫌。

三 爱国女学与光复会

一九〇三年夏，蔡元培师为《苏报》案避青岛。是年冬，返沪办一日报，名《俄事警闻》。次年，日俄开战，日报改名《警钟》。是年秋，蔡师再度主持爱国女学（在爱国学社执教时兼长女学）。我则于爱国学社散后随同学往日本。初秋，由宗仰师（亦避至日本，与孙中山先生同寓横滨）介绍至横滨华侨所办中学学堂任教。一九〇五年初夏，我回上海，由蔡师介绍至新民学堂当教师。此校初创，由安徽万福华主持，实为其从事革命活动的机关。初冬，万枪击王之春，未中被逮，新民解散，蔡师招我至爱国女学。

爱国女学发起比爱国学社早些，开学比较迟些，学生很少，我去时暂教低班国文。蔡师知道我对化学有兴趣，嘱我研制毒药，所需器材由科学仪器馆供应。这是当时上海唯一的国人自办的理化器材供应机构，当然绝大多数是日本进口货，但已有工场开始仿制及修配。钟观光先生，宁波柴桥人，热爱科学，设此机构，对学习研究理化者帮助极大。更译印过两种化学书，一为《定性分析》，一为《伊洪论》，概述当时新兴的电离学说。我课余读书，实验，试制氰酸，一试即成。蔡师嘱工友弄来一猫，强令其服，只几滴，猫即中毒死。蔡师认为液体毒药，使用不便，易被人发觉，必须改制固体粉末。于是向日本邮购了一批药物学、生药学、法医学等书，从事研究，但无大进展，而研究的对象，不久即转向炸药。

试制炸药有个秘密组织，人数不多，地点在冷僻的弄里，邻近全是贴召租的空屋。何海樵是熟识的，爱国学社时教过我们兵操。另一位是苏凤初，系初相识。开始时，举行个类似会党里的"歃血为盟"的庄严仪式。实验室陈设简单，桌凳外，全是药瓶及玻璃器皿。每天定时学习，先制雷银；第一次成功，第二次浓烟上喷而失败，第三次又成功。棉火药颇易制，硝基甘油则屡试不成。反复研究，原因是硝酸、硫酸不够浓。钟先生处只有普通试验用的。打听到外国药房有强酸出售，利用我短发西装，可以冒充日本人出入采购，不易惹人注目。外白大桥塊的"大英药房"有上好强酸，"科发药房"的甘油很纯，三种东西分作三次买。用这等药品一试即成，连试连成。我们只有一部江南制造局译印的《化学大成》作参考，日文书关于炸药的远不如关于毒药的易得。学完暂告一段落，此后着重各自分别研究。末一种爆炸力极大，何曾把玻璃研成粉末，与制成品拌和，突然爆炸，满面受伤，久治始愈。日文化学书提到此种液状物宜用"硅藻土"吸收，但我们无法弄到。

这个小组只管试制炸药，弹壳问题是否另有小组负责不得而知。组织极端秘密而严格，同组共有几人我也不知；所知者，只是同时试制的三人。杨笃生同组，久后始知。但是我亦为弹壳事做过一次居间人。蔡师拿一份何海樵绘的图样嘱我设法接洽一个工厂试制。经常往来的薛立生表示过他厂内无法试制。探询数处后，最后我往科学仪器馆接洽，店员允交工场研究后再决定。临行前，我给以英文地址、姓名，几日不见答复，往询原经手店员，他说：工场不能做，已将原件邮寄退回。问明所投邮筒地点后，我即用英文写信向邮局查询，一二日后图样寄到，并附言说，上次按址递送，收件处答以无此人故退。再查向工友，则云确有此事，因不知英文姓名是谁，这里不住外国人，故不收。那天我适外出，没有预先通知工友，事有凑巧，邮件恰在这时送来，几乎将要件丢失。弹壳做不成，贻误了大事，后来得知杨笃生为此事致函蔡师催促，北京方面正待使用（即指是年九月吴樾事言）。

将近寒假前，蔡师与我谈起组织问题，他提示几点纲要，嘱我起草一种章程，会名定"光复"，以示光复我们汉族祖国之意。写成他斟酌修改后，我用氯化钴液誊在六行二十格的老式文格上。章程在行间，格内另有墨笔抄一篇古文。氯化钴写时带红色，烘干即无色，喷水受潮，又现淡红色。

章程以外，有一套通信用的暗语，多以商业中词汇语句作代，例如："销路畅"代"工作顺利"，"生意不好"代"情势不利"之类。成员亦各有一类似店号的代用姓名，例如我的代号是"怡康"。更有一套相见时探询用的暗语，例如：你认识黄先生吗？（是否成员）何时认识？（参加年月）何地认识？（入会地点）问答时，必须做些手势，例如问答那一题时，右手伸中指，无名指，小指并置右膝上，问答另一题则须头向左看看。据说此种方式均是模仿会党的做法。从此等情况看，那时发起组织的光复会，是个秘密的暗杀团体。

寒假不久，蔡师堂弟国亲先生带其未婚妻来。国亲先生是来教国文的，其未婚妻则准备入学读书。汤尔和来，与我同时住后厢房内，携一水烟袋，晨起必坐在被窝中吸几分钟，且吸且与我谈，如是者好几天始去。女学堂假期中很多男客人出入，易惹邻居注目，于是在门口贴一"假期音乐研究会"的纸条作掩护。汤能奏风琴，唱歌，音乐教师吴丹初住在附近，仍常来校，并拿出昆曲折子来教我们，学拍"收拾起大地山河一担装"。蔡师本不住校，假中仍来，反比开学时到校的时间多些。阴历过年，吃年夜饭，喝酒猜拳，兴高采烈。蔡师善劝酒，我被灌醉，回房大吐，他们散席后还有些人结伴去逛马路。所谓一九〇四年（甲辰）冬，上海成立光复会，殆即指此。并没有正式开成立会、议决会章、推选会长等事。时太炎师在狱中。从往来者与蔡师分别接谈的情况看，不难推知会是在极度秘密的方式中成立的。或者另有正式成立会，当时未招我参加，亦很难说。然后来见到名册，则我名及店号确在内。

从此时起直到暑假，往来的客人难得有间断的日子。回忆中印象较深的如：黄兴常穿响皮底鞋，赵声、徐锡麟，每来辄谈捐官、做官等事。赵的一套武官行头（皮衣包，帽笼及一双靴）时常寄存在我所住的厢房内（男子住校者只我一人）。秋瑾的服装举止，完全像日本女学生，鞠躬礼十分到家，别的中国留日女学生在这一点上每易露马脚。陶成章、龚未生住在校内译催眠术，蔡师对催眠术颇感兴趣，据说此术亦可用作暗杀工具。

假后的女学，面目一新，校舍扩充，师生增加，更重要的是教学内容有很大改革，并且办学宗旨明确。如增设法国革命史，俄国虚无党史等科，蔡师手著校歌有"特殊新教育，旧法新俄吾先觉"句，可以明确这个女学为训练青年女子实行暗杀以实现虚无主义的机构。特重化学科，五六个高班生每日学一时，由我担任。新辟的校舍，楼下供蔡师全家及我居住，楼上一部分划给学校，留出一间作化学实验室。此室及楼下宿舍与学校间虽有便门可通，但平时不用。学生来实验室上化学课，须从大门出入。这样表面上看，像一普通住家，可以减少外人对楼上试制炸药的注意。某日，将要实验氢气点火，先一晚我预试不慎爆炸，损坏器皿不少。玻片飞溅，我唇边擦破出血，火油灯亦被震熄，但稍远处桌上正在滤洗的硝基甘油无恙，险哉！险哉！事后误传，当是炸药爆炸，实情如上。

一九〇五年春，芜湖安徽公学校长李德音来上海请化学教员，蔡师介绍我去。暑假回上海，蔡师将离沪他去，女学名义上由蒋师维乔继，实际工作由徐紫虹任教务，吴书箴任庶务。从此女学转变成普通中学。革命性的特殊新教育，昙花一现，为时仅一个学期。

再去芜湖前，蔡师尚在沪，未与我提及光复会事。后接师函，介绍我明年返沪转黄炎培主持的广明学堂。并云光复会有文件、工具、书籍一批交我保管，又嘱日后同志往来过沪，我应多与联络。寒假回沪，受委托者将这批物件点交给我，从此成为我行李的一个重要部分。文件内有店号名册、同志来信、暗语表、账簿，上文所提那份图样亦在内，惟独不见会章。辛亥后，我草率将文件焚化。当时想法幼稚而片面，以为工具可供实用，文件已成明日黄花，对历史文物全未注意其价值。工具书籍在抗日战争中散失，只有一把小钳，一个螺丝钻，我经常携带、备用，至今尚在。

偃旗息鼓并非形势不利，各地革命情况正在高涨。后悉蔡师用一种方式将光复会并入同盟会，即个别介绍会员先后加入同盟会，光复会在上海方面的活动停止。事实上，会员已分散各地，要活动也少人主持。蔡师《我在教育界的经验》一文中关于这一时期的叙述，只提及介绍某某入同盟会及同盟秘密小组，而对于秘密性的光复会则只字不提。并入之说，此可旁证。但光复会部分会员（其中有先入同盟会者）则另行改组，公开活动，故不承认并入之说。有人认为蔡师"短于策略"，"不耐，人事烦扰"，"会事无大进展"，实即嫌其不发展，所以要加以改组使之大发展。亦有人认为小集体并入大集体，秘密性的小会发展成公开的大会，是进步的表现。不过，事实上并而未并，后来更分歧日甚。

蔡师当时的安排颇耐人寻味。一面介绍我至广明学堂，嘱保管光复会物件，但不介绍我入同盟会；一面介绍广明黄校长入同盟会，并另以一份店员名单交他保存，而又不以此事告知我（一九五四年黄炎培来杭，闲谈中始提及）。前者似表不并，后者又像表示并，但这只是猜度而已。

广明在一九〇七年初迁浦东，改为浦东中学。春季某日，有人在我手中塞一纸条，铅笔字，只数语，言孙少侯来申住某处，约某日某时一晤，无署名。如期往虹口一家日本旅馆，上楼入室，见孙病卧床上。不久，另一探病者来，初疑为一日本女子，细视乃秋瑾同志。只此三人，彼此交换些会员的情况，约谈一小时而别。蔡师嘱留沪作联络工作，仅有这一次，此后至辛亥，未遇过会中同志。是年夏，秋瑾同志在绍兴被害，孙后来在北京被袁世凯软禁，而为洪宪请愿六君子之一。

一九六一年六月

《文史资料选辑》第77辑，中国文史出版社，1981年8月

我和北大（节选）

沈尹默

我是在一九一三年进北京大学教书的，到一九二九年离开，前后凡十六年，其间所经历者，所见闻者，诸如新旧之争，内部倾轧，蔡元培之长校与离职，蒋梦麟之长校，"五四"运动之于北大，等等，有足述者。惟北京大学自清末京师大学堂以来，迄今垂六十余年，人事沧桑，变化甚大，我在北大十六年间，仅为其中一片段，盖无可为系统之概述，因就记忆所及而掇拾之，谨作参考。

蔡元培长北大之来由

蔡元培在一九一二年任教育总长，为时甚暂，即辞职，后去德国深造。大约在一九一六年，蔡到北京，其时，胡仁源正代理北大校长之职。

北大代理校长何燏时大约在一九一四至一九一五年间，辞职回诸暨老家去了，辞职的原因不详，但不外也是内部人事之争，赶何，我疑胡仁源亦在内。何辞职后，即由预科学长胡仁源代理校长，预科学长由胡的好友、留美学生沈步洲继任。不久，沈步洲调任教育部专门教育司司长，是北大的顶头上司。蔡元培之长北大，盖出于沈步洲之策划。

天下事说来也怪。沈步洲为什么要作此策划呢？原来，沈和他的好友胡仁源发生了矛盾。据说，胡平日语言尖刻，在开玩笑时，得罪了沈步洲。沈也是一个睚眦必报的人，所以欲谋去胡而后快，他就抬出蔡元培来，通过教育总长范源濂、次长袁希涛向北洋政府推荐。蔡先生为海内外知名之士，沈抬出蔡来长北大，当然振振有词。北洋政府呢，对办什么大学并不感兴趣，但是大学之为物，外国都有的，中国也不能没有，且蔡元培这块名流招牌也还是有用的，范源濂一推荐，当局就首肯了。

那时我曾在北京医科专门学校兼课，医专的校长是汤尔和。有一天，我到医科学校上课，汤尔和对我说："我告诉你一件事。你看沈步洲这个人荒唐不荒唐，他要蔡先生来当北京大学校长。你看北大还能办吗？内部乱糟糟，简直无从办起。"我回答说："你以为胡次山（仁源）在办学校吗？他是在敷衍，如果蔡先生来办，我看没有什么不可以。"汤说："呀！你的话和夏浮筠一样，他也认为蔡先生可以来办北大，既然你们都认为如此，那我明天就去和蔡先生讲，要他同意来办北大。"

夏浮筠和蔡元培在德国同学，夏回国较早，严复长北大时即来北大教书，浮筠和尔和是同乡，极得尔和的信任。

果然，汤尔和去见蔡元培，极言北大之可办。蔡先生之同意出长北大是否即由汤之一言，我不得而知，但总之，蔡先生在一九一七年一月就到北大来当校长了。

我和蔡元培先生

汤尔和对我谈蔡元培到北大当校长的时候，我和蔡先生尚无一面之雅。尔和对我谈话以后大约第三天，我在译学馆上课（北大预科当时不在马神庙，在北河沿译学馆旧址），忽然门房来通知我："有一位蔡元培先生来看您。"我大吃一惊，一则是素昧平生，颇觉意外；二则是心中不免思索：社会上已哄传蔡先生将任北京大学校长，蔡先生已是中年以上的人了，阅历、世故应是很深，可这次不大世故，既然要看我，大可到我家里去，何必到北大预科这个公开场所来呢。

蔡先生和我见面后，谈及尔和介绍，特来拜访。略谈片刻辞去，目的在于相识一下。

蔡先生出任北大校长后，在我心中就有一个念头，北京大学应当办好，蔡先生负重名，我们应当帮助他把北大办好。有一天，我去看蔡先生，和他作了一次长谈。

我说："蔡先生，这次北洋政府借您的招牌来办北大。到了有一天，您的主张和政府有所不同，他马上就会赶走您。所以，您现在对北大应进行改革，但有一点要注意，凡改革一件事，要拿得稳，不然的话，一个反复，比现在更坏。"

蔡说："你的话对，你的意见是怎么办呢？"

我说"我建议您向政府提出三点要求：第一，北大经费要有保障。第二，北大的章程上规定教师组织评议会，而教育部始终不许成立。中国有句古话：百足之虫，死而不僵。与其集大权于一身，不如把大权交给教授，教授治校，这样，将来即使您走了，学校也不会乱。因此我主张您力争根据章程，成立评议会。第三，规定每隔一定年限，派教员和学生到外国留学。"

我的建议，以成立评议会为最重要，蔡先生深以为然，完全采纳，向当局提出，果然达到了目的。

蔡先生和我的关系，自那时开始，事隔数十年，蔡已归道山，我至今思之，犹感慨系之。

蔡先生是旧中国一个道地的知识分子，对政治不感兴趣，无权位欲。我于蔡先生的学问无所窥，然观其到北大之初所持办学主张，有两点可资一谈：

（一）北大分工、理、文、法、预五科，蔡先生来后，力主将工科划归天津北洋大学，停办法科，使北大专办文理一科，预科照旧。蔡先生的教育思想似乎是以美学教育为中心，他来以后添设教育系（本来只有文学、哲学二系）；他一向反对学政治法律，因此主张不办法科（未获通过）；他不重视工科，似乎是受了"形而上者谓之道，形而下者谓之器"的影响。

（二）蔡先生到北大后，采取兼容并包的方针，辜鸿铭、王国维、胡适之、陈独秀等新的旧的，左的右的，同时并存。蔡先生云："夫大学者，囊括大典，网罗众家之学府也。"蔡先生的教育思想继承了中国封建教育的某些传统，又吸收了西方资产阶级自由主义的精神，这些教育思想今日当然已成陈迹，但在五四运动之前，对推动当时旧中国的教育事业，开社会风气，似有一定的作用。

蔡先生的书生气很重，一生受人包围，民元教育部时代受商务印书馆张元济（菊生）等人包围（这是因为商务印书馆出版教科书，得教育部批准，规定各学校通用，就此大发财）；到北大初期受我们包围（我们，包括马幼渔、叔平兄弟，周树人、作人兄弟，沈尹默、兼士兄弟，钱玄同、刘半农等，亦即鲁迅先生作品中引所谓正人君子口中的某籍某系）；以后直至中央研究院时代，受胡适之、傅斯年等人包围，死而后已。胡、傅诸人后来和我势同水火，我南迁后，蔡先生时在京沪间，但我每次拟去看蔡先生，均不果，即胡、傅等人包围蔡所致。

综观蔡先生一生，也只有在北大的那几年留下了一点成绩，蔡先生曾云："自今以后，须负极重大之责任，使大学为全国文化之中心，立千百年之大计。"然而，在已沦为半殖民地的旧中国，爱国的知识分子努力学习西方，企图以新学救国，终于成了一场幻梦。五四运动以后，北大自蔡先生而下的知识分子，或左，或右，或独善其身，或趋炎附势，或依违两可，随世浮沉。

我和陈独秀

光绪末叶，陈独秀（那时名仲甫）从东北到杭州陆军小学教书，和同校教员刘三友善。刘三原名刘季平，松江人，是当时江南的一位著时望的文人，以刘三名，能诗善饮，同我和沈士远相识。有一次，刘三招饮我和士远，从上午十一时直喝到晚间九时，我因不嗜酒辞归寓所，即兴写了一首五言古诗，翌日送请刘三指教。刘三张之于壁间，陈仲甫来访得见，因问沈尹默何许人。隔日，陈到我寓所来访，一进门，大声说："我叫陈仲甫，昨天在刘三家看到你写的诗，诗做得很好，字其俗入骨。"这件事情隔了半个多世纪，陈仲甫那一天的音容如在目前。当时，我听了颇觉刺耳，但转而一想，我的字确实不好，受南京仇涞之老先生的影响，用长锋羊毫，又不能提腕，所以写不好，有习气。也许是受了陈独秀当头一棒的刺激吧，从此我就发愤钻研书法了。

我和陈独秀从那时订交，在杭州的那段时期，我和刘三、陈独秀夫妇时相过从，徜徉于湖山之间，相得甚欢。

一九一七年，蔡先生来北大后，有一天，我从琉璃厂经过，忽遇陈独秀，故友重逢，大喜。我问他："你什么时候来的？"他说："我在上海办《新青年》杂志，又和亚东图书馆汪原放合编一部辞典，到北京募款来的。"我问了他住的旅馆地址后，要他暂时不要返沪，过天去拜访。

我回北大，即告诉蔡先生，陈独秀到北京来了，并向蔡推荐陈独秀任北大文科学长。蔡先生甚喜，要我去找陈独秀征其同意。不料，独秀拒绝，他说要回上海办《新青年》。我再告蔡先生，蔡云："你和他说，要他把《新青年》杂志搬到北京来办吧。"我把蔡先生的殷勤之意告诉独秀，他慨然应允，就把《新青年》搬到北京，他自己就到北大来担任文科学长了。

我遇见陈独秀后，也即刻告诉了汤尔和，尔和很同意推荐独秀到北大，他大约也向蔡先生进过言。

《新青年》搬到北京后，成立了新的编辑委员会，编委七人：陈独秀、周树人、周作人、钱玄同、胡适、刘半农、沈尹默。并规定由七个编委轮流编辑，每期一人，周而复始。我因为眼睛有病，且自忖非所长，因此轮到我的时候，我请玄同、半农代我编。我也写过一些稿子在《新青年》发表，但编辑委员则仅负名义而已。

胡适是在美国留学时投稿《新青年》，得到陈独秀的赏识的，回国以后，在北大教书。《新青年》在北京出版后，曾发生一件事：钱玄同、刘半农化名写文章在《新青年》发表，驳林琴南复古谬论，玄同、半农的文笔犀利，讽刺挖苦（当时，"打倒孔家店"的口号已提出来），胡适大加反对，认为"化名写这种游戏文章，不是正人君子做的"，并且不许半农再编《新青年》，要由他一个人独编。我对胡适说："你不要这样做，要么我们大家都不编，还是给独秀一个人编吧。"二周兄弟（树人、作人）对胡适这种态度也大加反对，他们对胡适说："你来编，我们都不投稿。"胡乃缩手。由这件事也可看出，胡适从"改良文学"到逐渐复古，走到梁任公、林琴南一边，不是偶然的。

蔡元培的走和蒋梦麟的来

蔡先生到北大后，尽管我们帮他的忙，但教育部袁希涛对蔡很不好，遇事掣肘。袁是江苏教育会系统黄任之的左右手，时蒋维乔亦在教育部，他们就派教育部的秘书、蔡元培的连襟陈任中每天上午十一时挟着皮包坐在北大校长室监视蔡先生，遇事就横加干涉。蔡先生曾经很不痛快地对我说："这真是岂有此理，连我派的管账的人（黄幼轩）他们都要干涉，并且派陈任中监视我，干涉学校行政。"

教育部对蔡先生掣肘的详细情况我不得而知，袁希涛对蔡不好，在我想来，是江苏教育会已隐然操纵当时学界，想包围蔡先生为江苏教育会所用，而蔡先生被我们包围了，因此他们就捣蛋，此在旧社会，亦系常有的事，在民初北京官场中更不足为奇。

蒋梦麟本是蔡元培的学生，后由黄任之送他去美国学教育，目的当然是为江苏教育会系统培养人才。蔡先生到北大后，增设教育系，在评议会提出，聘蒋梦麟为教育系主任，大家同意，就打电报到美国去，要蒋梦麟回来。

不料过了几天，蔡先生对我说："不好了，黄任之大发脾气，说我抢他的人，那就算了吧。"其事遂寝。蒋梦麟由美归国后，我们也就不提此事了。

五四运动结束后，蔡先生离京，不知何往，北大评议会议决，派我和马裕藻（幼渔）、徐森玉（时任职北大图书馆）、狄膺（学生代表）到杭州去找汤尔和，目的是迎蔡先生回来。汤尔和因北京各学校在五四运动中罢课，即回杭州。我们不知蔡先生的行踪，但肯定汤尔和是一定知道的，因此，直诣杭州。

到杭州后，先由我一个人去找汤尔和。我一到门口，尔和就迎出来，说："我昨天就知道你来了，蒋竹庄从北京来电报说：'某某阴谋家到杭州来了，你要注意！'"我听了也不答腔，先问他蔡先生在何处，他说："我明天陪你去看蔡先生。"

翌日，尔和偕我到西湖上某庄子（大约是刘庄），见到蔡先生，正在谈话时，尔和走开了（打电话之类的事），蔡先生对我说："很奇怪，尔和昨天来告诉我，你们来了，要我回去，但尔和劝我不要回去，我说，不回去怎么办呢？他说要蒋梦麟代替我去做校长，你说奇怪不奇怪？"蔡接着讲："我对尔和说，当初评议会通过办教育系，要梦麟来，任之大吵，你现在要梦麟代我当校长，要通过任之才行。尔和说："任之昨天在杭州，现在到厦门讲学去了，不必告诉他了。"蔡先生又说："你说怪不怪！当初不同意，现在连讲都不必和他讲了。"

总之，蔡先生就答应了。蔡先生对汤尔和如此信任，任其摆弄，我始终不解其故。和蔡见面后，尔和要我们回北京说："蔡先生可以回来，但暂时不能来，由蒋梦麟代理。"北大诸人亦不知其故，就此了事。

蒋梦麟来以后，也就是黄任之插手进来后，我就想离开北大。北大章程上规定教授任满七年，可以出国进修一年，我就在评议会提出要去法国，胡适反对，他说国文教员不必到法国去，我说：我去过日本，那就到日本去吧。评议会通过了，蒋梦麟不放，他以为我们这一伙人是一个势力，会拆他的台，无论如何不放。到一九二一年，才答应除月薪照发外，另给我四十元一月，到日本去了一年。到日本后，我眼睛就发病了。一九二二年，蒋梦麟和胡适联合起来，把教政分开，以校长治校。胡适是骨子里一开始就反对评议会，至此达到了他的目的，评议会成为空的，取消了教授治校。

一九六六年一月

《文史资料选辑》第 61 辑，政协全国文史资料研究委员会编，中华书局，1979 年

蔡先师港居侍侧记

余天民

我于离开母校北大后，曾经三度随侍蔡孑民先师。一在南京中华民国大学院开办时，二在上海国立中央研究院成立时，三在抗战开始上海沦陷后蔡先师旅港时。历来搜辑有关蔡先师生平言行之书刊报章，数量本有可观，并拟更加搜罗，予以整理。惜经过两次战火，皆成劫灰。另有一小部分，事先托粤友携去校勘，久已音问梗塞，恐亦未必能幸予保全，原欲为先师作一有系统之长篇传记，至此几将绝望。兹值先师逝世二十周年，依理应有文字表示以申感念。按先生于民国二十九年三月五日在港逝世，今年三月五日，适届逝世二十周年纪念，其逝世情形，早详各报，毋庸赘述。惟先师自旅港以来，关于其忧国忧民之深心，淑身淑世之主意，暨安贫乐道之克己精神种种事实表现（包括轶事与其他），实莫不予人以甚深之印象，虑海内外人士，容或未尽知悉，我因为二十六年由日抵港，继续侍侧。计自先师生前至殁后，觉得所见所闻，殊有不少可资补述以垂型当世者，恐日久遗忘，援笔志之，谅亦关心先师生平者所乐闻也。

赴渝因病阻化名周子馀

蔡先师原居上海，自从二十六年日军侵华淞沪撤守后，方由沪微服抵港。初拟取道香港转入内地，惟因前沪度七十岁生辰后大病一次，身体日趋衰弱，又素患足疾，不堪劳动，只得听从医生劝告，在港暂居。无时不思往渝，翊赞中枢，共赴国难。但恨屡以病阻，不克成行。在港息影，谢绝应酬，除遇特别事体外极少与各界往来。后迁居九龙柯士甸道新寓，更少过港，专心养疴。自病危移入医院，为时不过两天，而此一代儒宗遂与世长辞。其后胜利还都，竟不及亲见，遗憾曷极。

先师原有几个别号，已见传略中。最后自号子民，系取《诗经·大雅·云汉》篇"周馀黎民，靡有孑遗"二句中字联合而成。及其避倭难居港，又改姓名为周子馀。盖先师母家姓周，乃改用周姓，子馀二字，亦从上述诗经原句中化出，以子字形似孑，与原句馀字并合而成子馀。实际上先师素抱革命思想，所用子民二字，即因满军入关后，残暴异常，如"扬州十日""嘉定三屠"之例，数见不鲜。先师用此号，表示所馀黎民，再无有遗类，借敌忾同仇之意。后又因日军侵略，人民死无噍类，在避寇难时，复改用子馀，因不便再用子民字，以此代之。按古代青州俗呼无孑遗即"无噍类"，见《汉书·高帝纪》如淳注，《史记》正文为"无遗类"，义同。先师化名用此，足见其慨遥深矣。

旅港学术讲演提倡美育

二十七年五月二十日，先师在香港圣约大礼堂美术展览会演说一次。其中最警策之语云："鄙人（则）以为美术乃抗战时期之必需品，抗战时期所最需要的，是人人［皆］有宁静的头脑，又有强毅的意志，'羽扇纶巾'，"轻裘缓带'，胜亦不骄，败亦不馁'，是何等宁静？'衽金革，死而不厌'，'鞠躬尽瘁，死而后已'，是何等强毅？这种宁静而强毅的精神，不但前方冲锋陷阵的将士不可不有；就是在后方供给军需，救护伤兵，拯济难民，及其他从事于不能停顿之学术（或）事业者，亦不可不有。有了这种精神，始能免于疏忽错乱散漫等过失，始在全民抗战中，担负得起一份任务。为养成这种宁静而强毅的精神，固然有特殊的机关从事训练，而鄙人以为推广美育，也是养成这种精神之一法"（演说词登香港商务印书馆民国二十九年四月一日蔡元培先生逝世特辑）。

此次演说，中外名流毕集，主席为香港大学副校长施乐特，香港总督罗富国爵士暨港绅罗旭和爵士等均列席。此外学商各界听讲尤极踊跃，人数之多空前未有。然先师旅港数年而参加集会公开演说者，仅有此一次，自不能不认为异数。

先师为国际反侵略运动大会中国分会作会歌一首：

> 公理昭彰，战胜强权在今日，概不问领土大小，军容赢诎，文化同肩维护任，武装合组抵抗术，把野心军

阀尽排除，齐努力。

　　我中华，泱泱国，爱和平，御强敌，两年来，博得同情洋溢，独立宁辞经百战，众擎无愧参全责，与友邦共奏凯旋歌，显成绩。

　　款署"蔡元培拟作，用满江红词调"。

　　先师在港数年，为词学上之表现而作歌，亦仅一首。我记得由日归来，抵港后，谒先师，陪游浅水湾，曾呈纪游诗，中有"星星渔火满江红"之句，颇蒙激赏，旋又将满字改为半字。先师问故，我说：我此句何足道，王渔洋真州诗"半江红树卖鲈鱼"方是名句耳。先师说：自然各（有）佳处，但在抗战时，用满江红，恰可表现壮气，当更出色。因此我对于先师用《满江红》调所作之歌，曾纪以诗云："高年爱国有谁同，千载豪情胜放翁。还我河山赓逸调，白头人唱满江红。"

　　先师在港养疴期间，绝少见客，北大同学在港人数，以粤籍居多，咸以先师年迈体衰，未敢扰其精神。除有要务就教外，平常极少晋谒。有时因纪念母校，邀请致训，先师亦因病辞谢未去。在港至好，如张一麟、王云五二先生，亦偶晤谈，为时甚短。至远道来宾由国内或国外来访者，先师不忍拂其意，略一把晤，惟因医嘱，仍有时间限制，否则须事先约定始可。例外者其子侄及亲戚数人，时来候安。至于我因系掌记室及任家庭教读，每周仅按时来数次而已。然因此亦偶承命代见宾客，详询来意，再为转达。例如陶行知先生由国外抵港来访，即受命代见，同例还有数次，不备述。

宣传抗日不肯前往欧美

先师极关怀国事，当二十六年抗战初发动时，上海尚未沦陷。我在东京，曾函请先师致力于抗日工作。先师在沪覆信，谓已从文化学术方面积极进行。未几，避难到港，即展开此项工作。因为中央研究院与各国文化学术界联系，常以国际之版品交换为媒介，而即于出版物中宣扬我文化教育，揭示敌暴行，并传播种种有利抗战事实，以期收得道多助之益，虽留港养疴，实与参加前方抗日工作无异，故其《满江红》词中有句云，"文化同肩维护任"，即表达此种意思。窃虑许多人或未必知悉，特于此阐明，方不负先师救国之苦心。

先师在港，迭接国内外人士函，请移居昆明，或旅行国外如菲律宾与新家坡等处，均经婉辞。有一次张静江先生赴美，邀请先师同行，亦经面辞，以身负中央研究院职责，文化学术工作，关系国家百年大计，未可一日停顿，实不能远离，希为原谅云云。其富于责任感及慨然抱以身殉道之精神，实为常人所不及也。

为男女公子取名皆奇特

先师男女公子共六人，长男无忌，次男柏龄，长女威廉，皆前室出，取名或以古人名，或以欧西地名人名，总觉与众不同。迨续娶周夫人，生男女三人，长女名醉盎，取《孟子》"醉然见于面，益于背"之义。次男名怀新，取陶潜"良苗亦怀新"之义。三男名英多，取《世说》"其人磊呵而英多"之义，皆甚奇特，又英多喜画马，用笔甚矫拔，曾接先师函称："英多以旧历午年生，最喜看马画马，特写一马奉赠，借博一粲。"我曾为诗以谢，先师原函已影印珍藏。

先师家寓九龙柯士甸道，附近多旅居苏浙人士，咸慕先师德望寿考，遇有小儿女将取名号，必求之先师，因语出吉人，可仰叨福荫也。先师一概来者不拒，有求必应，所取皆吉利名字，而且字面堂皇，雅俗共赏，故得者皆大欢喜以去。例如儿童学名沈凤，要先师取名别号，先师书朝阳二字，取世说张华称"顾颜先凤鸣朝阳"之语，其语源出《诗经·大雅·卷阿》"凤凰鸣矣，于彼高冈。梧桐生矣，于彼朝阳"，经先师解释命名用意，如此有典有则，念出字字好听，安得不使人异常高兴。又如张静江先生之侄智哉女士，亦曾托我代其亲友求先师取过名，有许多儿童得到好名号，常常欢呼先师为老寿星或佛菩萨，以表示其内心之喜悦。

最后一次欢度儿童节

二十八年四月四日先师与夫人在宅率男女公子庆祝儿童节，来宾有任鸿隽（叔永）夫人携子女到会，闽省教育家何尚平先生，则由远道新到，我亦参加，另为其戚属数人。先师为主席，致词毕，旋由在座者各述感想，我亦就各国儿童节与日本儿童节有所发挥。因是时日军侵华，野心暴露，而日本男女素不平等，儿童节亦分男女界限，有两个儿童节。其女童节为三月三日，男童节为五月五日，比之英美两国都只有一儿童节，显然不同，证明日人思想与民主自由国家大相背驰，致养成野蛮横暴恶性，为世界公敌。先师与来宾，均认为见解正确，随由小朋友等联合唱歌后，再由每人各唱一歌，每人各说一童话中有趣味故事，并共同做许多儿童游戏始毕。在节目进行中，先师与夫人分别以糕点水果饷客，招待倍极殷勤。游戏毕复备饭，席间先师欢甚，曾顾男女公子云：下一次儿童节，可邀几个小朋友来参加热闹。言犹在耳，不意翌年三月即逝世，竟不及待儿童节来临，迄今回忆，倍觉泫然。

先师在港所阅之书，多系借自商务印书馆王总经理云五先生处，且以曾患目疾，不能阅小字，后借阅明刊《王阳明全集》大字版本，无时释手，以前亦曾借阅过陆放翁全集，先师以王氏学问功业昭著，陆氏为爱国诗人，故喜阅两家集子，恒自励以见志。我在内厅教课，对面即书斋，常看到先师振襟危坐，凝（神）浏览，有尚友古人之意，辄心仪不已。

周济寒儒恻隐为怀

先师恺悌慈祥，对寒士恻隐为怀。旅港时有粤籍诗人廖平子，早岁从事革命，恬淡高洁，不屑钻营，以吟咏自遣，工画梅，家无隔宿之粮，妻女以织屦为生，廖处之晏如，尝手写诗册，按月赠送知好，敬慕先师，恒呈诗请教，其诗戛戛独造，不落恒人蹊径，先师特重其人，赏其诗，每值送诗册，即酌赠法币拾元，每月皆然，历年从未间断，并广为揄扬，取得各方资助，以维持其现状，似此高谊，真令许多为富不仁者愧死。盖先师时月入仅少许法币，折合港币，以应付种种开销，其捉襟见肘，窘困可以想见，乃尚顾及寒儒，分廉周济，杜诗"安得广厦千万间，大庇天下寒士尽欢颜"，先师自身无一椽之庇，在港亦系赁庑而居，广厦一间尚且无，更谈不到千万间，而利济为怀如此，若不表而出之，世人何由知其阴德，更何由知其苦况。后来先师病入医院以迄逝世，贫无以殓，多赖港中知好王云五先生等及在港北大师生共营丧务，随后政府亦略发治丧费，合并料理善后事宜，而此高风亮节之大儒，乃得以长眠于地下。

介绍人才不限于北大

先生港居，仍极热心扶植后进，曾接某君由渝寄来快函，自称北大毕业，困顿渝市，无以为生，恳赐嘘植。先生素不识其人，阅其文字可用，即飞函介绍渝方某机关，不久发生效力，已到差矣。讵某机关登记证件，验明非北大毕业，乃系北京某私立大学出身，其主持人急函先师，是否认识其人。先师覆函，大意谓不必问是北大、非北大，但看是人才、非人才。如果北大出身不是人才，亦不可用；如果非北大出身是人才，仍然要用。君有用人之权，我尽介绍之责，请自行斟酌。结果某仍照用，后有函向先师道歉，并谢提拔。先师覆函，不特不责其欺罔蒙蔽，反勉其努力服务，不必再提往事云云。其器度之恢宏，人格之伟大，于此可见一斑。

"每开书卷见先生"

二十八年冬，先师在港度七十三岁生辰，我曾写寿诗八绝四首为祝。其末云："何须笔舌数勋名，即颂九如亦俗声。长奉子民言行录，每开书卷见先生。"先师览之微笑，连称不敢当。时吴门张一麟（仲仁）先生为座上嘉宾（已逝世），亦加谬赞。仲老曾任过教育总长，并且是先师多年老友，人品学问，当世共仰，与南通张季直先生，同称江苏二老。我游姑苏时，由先师介绍往谒，多蒙殷勤照拂，并导游穹窿山等名胜，深情若掬。以后我留日，曾写《海内知己录》一书，内列平生受知师长及先达多人，仲老亦列为知己之一。（是书于我离日时，被日警检查，搜去数册，扣不发还，独此册另放一处，幸获存留。抵港后，经寄送仲老阅过，并蒙题诗于上，不久因日军侵港散失。）此时两老人促膝谈心，涉及当年从政办学经过，眉飞色舞，逸趣横生，不过仲老健康似较胜，先师则常患足疾，饮食比较少，而忧国怀抱，则彼此如一，迄今思之，同深向往。

先师家绍兴，素爱饮花雕。惟蔡夫人因其在上海过七十岁生辰，禁不起祝嘏者群起晋爵，饮酒过多，遂致大病一次，几乎不起。自后对于先师饮酒，每次仅以一小盅为度，逾限不予供应。故先师恒与亲朋谈及，以未得畅饮为憾事。但因夫人殷勤爱惜，亦觉苦中有乐。我偶蒙赐馔时，总以看到先师饮一小玻璃杯即止，从未添过壶，此可知阃令之严，亦足见爱护之切。

先师长女公子威廉，系前室黄夫人出，留学法国习美术，后与留法林文铮君结婚。抗战时期，以产难亡于昆明，经林君火急电港报知，周夫人因先师年老，虑哀伤爱女过度，受不起重大刺激，竟匿不以告。直至许久，先师偶阅报，载有滇中消息，始知此事。先师慨叹说：生寄死归，人之常事，即明告，亦无妨，何须秘密。实则其本人素持达观，念父女之情，虽不免伤感，亦断不致过哀。

先师家庭唱和之乐

先师有时在客厅会晤亲友，偶背门而坐，夫人虑其受寒，辄取大衣披其背上。又先师每思扶杖散步郊外，必先由夫人详审天气寒暖，方得启行。或偶因久坐，想外出在附近地方闲眺，夫人加以劝止。因为爱护过度，不免使老人身体缺乏运动，一遇疾病，自然减少抵抗力。我每想邀先师到外面空旷处慢慢行走，使其筋骨舒畅，血液流通，贯注全身，以增进健康，但可惜常难如愿。

蔡夫人曾留学法国，擅长油画，住上海时，尝以巴黎油画为先师描摹全身，维妙维肖，确系神来之笔。先师题诗云："我相迁流每刹那，随人写照各殊科。惟卿第一能知我，留起心痕永不磨。"夫人曾有和作，我仅记得有"天荒地老总不磨"一句。后来在香港，还看先师与夫人仍互有叠韵之作，诗已不复省记。又二十八年春，值蔡夫人五十寿辰，先师亲为诗以祝云："蛮驱相依十六年，耐劳嗜学尚依然。岛居每恨图书少，春至欣看花鸟妍。儿女承欢凭意匠，亲朋话旧谂心田。一樽介寿山阴酒，万鏊千岩在眼前。"夫人亦有和诗甚长，但非和韵，姑从略。按先师此诗，有二"依"字，我原想将"相依"易为"相怜"，避免与下"依"字重复，但以先师亲笔，未敢擅更。（蔡先生后自改"相依"二字为"生涯"。——编者注）又忆古人律诗同字者亦不少，故亦无推敲尽致之必要。我因先师家庭唱和之乐，当世殊不多见，曾呈诗云："联吟记得是双声，乐奏房中思人云。风雅一家人两个，宣文君与武夷君。"盖纪实也。

襄助文书并兼任教席

先师身任中央研究院院长，港居养疴，不免常有文字应酬，在休养中不得不觅人代庖，尤其是院中亦间有公文来此，需要处理，因我在当地教课，且系多年师生，乃就近邀我为其秘书，月致生活费法币六十元，并特函重庆中央研究院按月照寄，以后中研院即依此数寄款，每月由先师亲交由我盖章于收条上领取。故我所藏影印先师遗札中，"中研院之收条，请于盖章后交下"之语，即指此。先师原函，早在中研院有案，因为战时我远在香港居住，故此款系指生活费，并非每月之固定薪水。又先师亦知我另有书教，原不靠此，只不过稍予补助而已，否则区区六十法币，值港币几何，而岂能一朝居此哉。先师满以为胜利还都后，还要再展抱负，为国家大大尽力，讵知竟一瞑不视，实出其本人意料之外。

先师除邀我为秘书外，另聘我为家庭教席，月订修金法币二十元，由其家致送。因男女公子三人肄业各校，虑其中根基薄弱，故需要回家补习国文、历史等课程。但我原在外教书，又因师生关系，故只领中研院所发之秘书生活补助费，而家庭所送之教师修金，则坚辞未受。蔡夫人因我不受修金，故按年与节，必馈赠寒暖衣服与零用品，却之不恭，受之反愧。后来先师介绍我于香港商务印书馆总经理王云五先生处任该馆特约编辑，选译日本平凡社大辞典，按字数计酬。云老于民十八年原为中央研究院社会科学研究所法制组主任（所长由先师兼），我在该组任研究工作，因有此道谊渊源，又聘我为家庭教师，我亦只领译书报酬，而不受教师修金。其女公子鹤仪（现留美），男公子学农（现在港为牙医博士），我教过，但为时不及蔡兄之久。迨港九情势紧急，渡海不便时，即无形停顿。而香港在日军突袭下，亦随即沦陷。此外尚可补述者，先师与夫人又介绍我在张智哉女士家为家庭教师，女士系张静江先生侄女，其女公子徐景淑在九龙学校肄业，亦需要补习国文，我只教过月，旋因张女士赴沪，即告结束。凡兹所述，胥由先师提携，春风惠我，何可忘也。

惠赠书籍指示作词

先师在港，赠我李慈铭诗词两部及中华出版之《辞海》两大册，至今珍爱赠品，恍如白发慈祥老人点首含笑亲手授与时也。李慈铭，字莼伯，号莼客，浙江会稽人，与先师同乡，清光绪六年登进士第，累官至监察御史，数上书言事，不避权要。值中日甲午之战，因感伤国事，愤慨填膺，遂卒于官。工诗词及骈文，有《湖塘林馆骈体文抄》《白华绛跗阁诗集》《越缦堂集》《越缦堂日记》等书，凤器重先师，以为异日之成就，当远胜于己。先师初入故都，曾馆其家，不久应会试，亦捷南宫，为先后同年，今以其遗书授我，期许甚殷，自审碌碌，奚足以副后望，惭汗曷极。《辞海》系中华书局赠送先师，乃转以赠我，极便于征引故实，胜于兼金之锡也。此二书于香港沦陷时，仓卒脱险，不克携出。迨三十八年再赴香港，旧居停主人告以兵燹中，百物化为乌有，此二书在破簏中，独无恙，殆有神物护持，其信然耶。

我曾以词学请益于先师，承示"词之流派颇多，以常州派为正宗，当先读张皋文、翰风兄弟之《词选》《续词选》，周介存之《词辨》，再博览诸家，择所嗜者多读之，自不致误入歧途"，并谓"弟于此（事）所涉甚浅，姑以所经历者奉告，备参考耳"，语详遗札，不备录。函系民国二十七年五月三日所写，先师于患难流离中，仍极注意文学，启发门人，不遗余力，其诲人不倦之热忱，真值得钦仰。

先师因我任家庭教师，特加礼貌。每值上课时，必先在书室迎候，下课时，必送至门口，殷勤握别。男女公子有时应亲友邀约，或过港就医，常预先来函请我放假一日，或另请改期。计二十七年十一月九日一函，同年十二月二十四日一函，二十八年三月十四一函，其中应约一次，就医两次，详见致我遗札中，均已影印保存，以志永慕。我是其学生，理应为老师服务，不当在尊师重道之列，此等过度礼貌，虽然是伟大人格表现，但转令我惭愧无地自容矣。

先师在港之最后手迹

先师在港因年老体衰，遇有应酬文字，以极力避免为原则，凡无法避免之序文寿诗哀辞及联语，多请我代笔，间为更易数字，至于亲撰应酬，殊不多作，仅有谢王云五先生借书数函，另和张仲仁先生来诗两首及上述之美术展览会演说词与《满江红》歌词等等，均系亲撰。又曾为已故文学家作全集文一篇，亦系经人请求至再至三始为之，其例极少见。间亦偶为题赠，如为菲律宾马尼拉华侨商务特刊题辞云："积两年之奋斗，祈最后之胜利。"又为任鸿隽先生亲题扇面，为王鹤仪女士（云五先生女公子）书赠立轴，均系在港最后手迹，弥觉可珍。凡此皆就我所知而言，但因先师间有未交下之件，当然亦有不及知者，此属例外，仍为最少数。

我在港所存留之先师遗墨，仅家传一篇，长联及横轴各一幅，此外遗札十余封而已，长联写杜工部"钓竿欲拂珊瑚树，诗卷长留天地间"，横轴写李越缦诗"檐花一尺黄梅雨，梦到山阴五月初，燕子日长人未至，帘垂茶熟卧看书"四句，遗札辞长，不备录。先师殁后，重庆中央研究院登报求征遗墨，将各件分别摄影寄院保存。迨香港沦陷，只身脱险，抵渝后，再向中央研究院领出原摄影之各项遗墨，重新将家传及长联与横轴分别放大。胜利还都，携至南京，不久又遭变乱，事先将摄影各遗墨寄香港友人处，旋京沪相继撤守，复仓皇抵港，无意中在旧书肆发现先师所书之家传原手册，不禁欢喜若狂，如获至宝，乃托港友与肆主交涉，减价赎回，于四十一年由港带至台湾，此项遗墨，失而复得，疑有莫之为而为者，殆先师灵爽实式凭之欤。

按先师所书之家传遗墨，前承国立台湾大学钱校长思亮先生予摄照，北大同学亦踵其后摄成若干，分赠同人，兹将钱校长致我之原函摘录如左：

> ……蔡孑民先生遗墨，前承惠允摄照，藉流传，至佩。此项遗墨，除已分送台大及台北图书馆外，并拟一份赠送中央研究院，以孑民先生系该院之创办人，该院现在搜罗其遗著及手札，谅亦必邀先生同意也。随函并检照片一份，用致谢忱，敬请察收是荷。

弟钱思亮敬启
四十一年十二月二十四日

在港九养病甚少出游

先师向有足疾，关系早年寒窗用功，染受湿气所致，经于留德时医治，未曾断根，时愈时发，其所以留港未赴重庆，虽因年迈体衰，与足疾亦不无关系。故其在港九游览名胜时极少，据我所知，总计数年间，仅同王云五先生游浅水湾一次，香港仔一次，同我游道风山一次，浅水湾一次。游浅湾是先生全家自动邀我同去。至于道风山风景，是由几位挪威籍牧师用人工培成，教堂以耶稣教为主体，融合释道回诸教而炉冶之，取道一风同之义，故名。先师游后，曾函称"风景极佳，道友不俗"云云。在浅水湾游时，还无意邂逅久违之粤籍艺术家李金发君，原是先师当大学院长时秘书，此时已经面圆团发胖几乎前后判若两人。以后我两次邀请先师游青山，第一次覆信说："近日内子患颊部淋巴腺肿，敷药已渐愈，但须避风，星期二游青山之约，不能不改期，俟他日另订。"第二次覆信说："弟日内颇畏此长途，恐衰老之躯，不能支持，心领盛情，务请原谅。"便表示不另订日期，从此再未提起游事，我亦因老人身体屡屡不适，不便再请，一直到其逝世为止，再不曾陪游过，追随杖履，已渺不可得，真是感恨无穷。

晚年多病与营养有关

先生港居生活费用，常感不敷。因中央研究院月薪，仅为少数法币；而在港开支，非港币不可。按其比率，所得无几，房租既昂，又米珠薪桂，加以子女教育医药等费，已属不易维持，而在沪原有之苍头老妪等，以难中不忍抛弃，一并带来，食指益繁，更兼款接亲朋，周济寒士，其经济状况，左支右绌，较一般肩挑背负者，亦远觉逊色，真所谓"三晋之大夫，不若邹鲁之仆妾"也。因环境愈加困难，故先师日用饮食，均甚节省，每病从未延医彻底医治。俗语说，头病医头，脚痛医脚，只治标而不治本，积久大病一发，而药石遂告无灵矣。此实由物质生活压迫过重，致老人身体，未获充分营养，因之日趋衰弱。虽各方不少书信慰问，但究属空言，无补实效，譬之树无土养，鱼无水养，其能久乎！先师生平无所不包，有所不为。无所不包者，广大也；有所不为者，狷洁也。惟广大，故兼容并蓄；惟狷洁，故非义不取。以先师人品若是之崇高，顾安肯屈节于朱门豪族，富商巨贾，而优优现倪以乞怜耶？其贫病而死，宜也。

与广东人特有因缘

王云五先生曾为文，述蔡先生与广东人之种种关系，我更进而谈蔡先师与广东人有缘。此不仅先师轶事中之最有趣味者，而且包括先师逝世前后许多佳话，可与云五先生之言相印证。试看先师晚年居于港，殁于港，葬于港，香港本来是广东块土地，非有缘而何。其生平得力师友，多半是广东人，不特有缘，并且是奇缘。因为蔡先师十七岁入学当秀才，其时学台是广东香禺潘峄琴（衍桐）先生，二十三岁应乡试中举人，其时主考是广东顺德李文田先生。蔡先师又称与梁卓如（任公）为己丑同年（见《蔡子民先生传略》），梁先生是广东新会人。国民党孙总理中山先生，领导革命，手创民国，蔡先师早年在沪亦鼓吹革命，后加入同盟会，孙先生任临时大总统，蔡先师担任教育总长，随后又加入中国国民党，始终为党尽力，热诚赞助，孙先生亦广东人（原籍香山县，改为中山县）。蔡先师于民国元年政府北迁时，为第一任教育总长，其时内阁总理为广东中山县唐绍仪（少川）先生。及至蔡先师逝世，初移厝于东华义庄月字七号殡房，无意中发现唐先生殡房仅隔一室，两位内阁元老从元年到二十年相别如是之久，而其遗体竟比邻相处，不特生有缘，死亦结缘，何其巧也。尤奇者，蔡先师逝世，因时间仓卒，各方多不及知，而病榻弥留之际，除近亲数人外，独有数十年知好之王云五先生在侧。

王先生亦广东中山县人。以及治丧委员会中，代表党国加盖党国旗于棺上者，为吴铁城、俞鸿钧两先生，追悼会中代表中央与国府致祭者，为许崇智、陈策两先生，代表北大教职员及同学致祭者，为叶恭绰先生，亦全是广东人。至于扶柩送殡之北大同学，除作者与外省少数同学外，无往不是广东人。此外各界公祭，沿途排队执绋者尤更仆难数。可以说从蔡先师登科第迄于营丧葬，无一不与广东人有重大关联。换言之，蔡先师之生荣死哀，似乎由广东人安排，都有前因。释家说法，最重因缘。蔡先师前生与广东人结有香火缘而能出现此奇迹耶？！

先师逝世，蔡夫人异常哀恸，神经显然失常，家中男女公子方幼，无人照顾，各方唁慰家属，函电纷来，治丧会张一麟、任鸿隽、叶玉甫诸先生，皆以我是先师秘书，又兼家庭教师，一致劝我暂移居先师家，为其临时照料。我因自己是学生身份，何敢越礼僭居师长之家，而且先师亲属子侄辈，亦有数人在港，照理说，疏不间亲，尤应避嫌，以免招人指摘，故表示只从旁尽力照顾，而谢绝移居先师家。在诸公关切先师家庭，固属可感，而我之爱护其家属，抑岂后于诸公，不过因与先师为道义师生，揆之于礼，心有未安，固亦有自维学生立场之必要。旋由其内亲二人来宅照管，众意方安，我心亦慰，而仍时予从旁协助，转述此段故实，亦可知关心先师身后者殊非少数也。

令德感人永志不忘

先师殁后，夫人公子，哭泣至哀，无忌大世兄于数日后由昆明飞港奔丧，大家更哭成泪人，夫人数说先师心慈如佛，及如何相待之厚，语哽咽不成声。无忌兄说：自幼小至长成，只蒙慈爱，从未打骂过一次。言之倍极伤心，旁人一致劝慰，齐说先师待任何人都好，无人不念，家属更何消说。又平日随从冯桂与后堂老妪，同声称先师仁慈，全无架子，极平民化，只要称先生，不许呼老爷，比别人家大不相同。平时加意体恤，逢年过节，无论如何困难，必设法加送一点钱，家庭用度则尽量节省，皆相向零涕不已。我住九龙，曾移居数处，有时遇着旧房东一人或数人，闻先师殁，齐声说死了好人，偏偏恶人长寿，天道真是无凭。又出殡日，亲见附近居民，都焚纸钱冥锭叩拜，齐说是送先师归天成神，感人之深，不料竟至如此。愚夫愚妇之言，虽涉迷信，然生而为英，死而为灵，亦不容否认。香港各报，都称扬先师道德文章，并世无两，但千篇一律，流于公式化，倒不如从里歌巷祭亲身见闻中，一点一滴来叙述，反觉亲切而动人。特写人所不注意之事实，以彰先师之伟大。

选自《蔡元培先生全集》，孙常炜编，台湾商务印书馆，1977 年

悼蔡子民先生

朱家骅

蔡子民先生于本月五日在香港因病谢世，噩耗传来，凡属知交，罔不痛悼。

家骅于民国初年在上海始见先生。其后六年，家骅归自欧洲，主教北大，先生正为北大校长。迨家骅为中山大学副校长，先生则为大学院院长。先生后改任中央研究院院长，家骅又一度承乏是院之总干事。前辈风范，清劲渊穆，挹之不尽。至其功在党国，言满天下，有口皆碑，不待一一缕举。兹当全国为位哀悼之日，特就其最足垂范士林、楷模后世者，略述二三，以志永怀。

先生之革命精神，贯彻一生，始终无间。初愤清廷失政，敝屣虚荣，鼓吹改革。继而追随总理努力革命，以后之负笈海外，掌教国内，乃至最后之领导研究工作。无论治学治事，均本其坚苦卓绝之精神，勇往前进，实事求是。故卒能克服环境，获有斐然之成绩，为中外所推重。洎抗战军兴，先生以健康所限，养疴香港，不克再事奔走，然对于研究工作仍遥为主持，弗使停顿，对于国事亦仍无时忘怀，此种坚苦卓绝之奋斗精神，实足为一般后进所效法。

当民国初建之际，实利主义在世界上方盛行一时。弊之所极，已使凌弱暴寡之帝国主义蓬勃汹涌而莫可遏止。先生在南京任临时政府教育总长，力倡国民道德教育，藉冀补其偏而救其弊；并提倡美育，期以充实人生之内容，涵育道德之观念。倘使此种主张能切实施行，民初十余年间之军阀私争及政治腐败之情形，当可赖以获免。虽先生任职不久，未得促其实现，但自由平等博爱之精神，已经先生之倡导而深中于人心，有裨于革命之成功者至为深切，先生之不可及者此又其一。

前清末叶，暮气所中，人心濒死。我总理首倡革命，已予国民以重大之兴奋，促起其思想上之显著变化。惜革命大业未能在当时一蹴而成，复因洪宪之变、复辟之役，思想界渐有摇摇无主之趋势。幸总理领导之革命再接再厉，日底于成。先生出长北大以后，提倡思想革命，培植有为青年，造成本党革命之生力军。此诚为先生不会磨灭勋绩之一。

学术救国为先生所揭橥之主张。故在主持北大期间，对我国固有之学术，董理精研，不偏不废；同时复将欧美各国学术之精华尽力灌输，沟通融会。洎后主办中央研究院，以埋头苦干之精神，获得至足珍贵之成绩。凡北京大学及中央研究院所有对于中国学术上之贡献，殆均系先生领导主持之力。独惜先生中道溘逝，未及亲见抗战建国之成功，对于学术上再作更进一步之建树。但学术救国之宏基，已由先生手自奠定矣。

先生德大有容，在主持北大期间，对于当代学人尽力延揽，无偏无陂；虽各学者相互之间，不免有学派主张之争，但对于先生则无不翕然敬服，终鲜闲言，故能各尽所长，荟为学术上伟大之成果，此尤足以窥见先生之德之醇，而为一般人士所不易企及者也。

先生往矣，在国家失此老成，在本党失此耆宿，在一般青年失此师表，徇为抗战期间至可痛心之事。但先生对于党国已尽其应尽之责任，而有伟大贡献。所望吾人效法先生努力奋斗之精神，竭尽智能，报效党国，使抗战早日胜利，建国早日观成，则先生有知，亦当含笑于九泉矣。

选自《蔡元培先生全集》，孙常炜编，台湾商务印书馆，1977 年

第二辑　子民自述

一　我的老家及家世

绍兴山阴县笔飞弄故宅

前清同治六年（一八六七年）丁卯十二月十七日亥时，我生于浙江省山阴县城中笔飞弄故宅。

那时候，山阴县属绍兴府。绍兴府有八县，山阴、会稽两县署与府署同城，自废府以后，乃合山阴、会稽两县为绍兴县。笔飞弄是笔飞坊中的一弄。相近有笔架山、笔架桥、题扇桥，王右军（即王羲之）舍宅为寺的戒珠寺，王家山（即戢山）。相传右军在此的时候，一老妪常求题扇，有一日，右军不胜其烦，怒掷笔，笔飞去，这就是笔飞坊的缘故。此说虽近于神话，但戒珠寺山门内有右军塑像，舍宅为寺的话，大约是可靠的。

世代经商

我家明末由诸暨迁至山阴，我祖先有营木材业者，因遭同行人妒忌，被斧砍伤，受伤后遂不复理木材业。自此祖又两世，至我曾祖，行四。我曾祖之兄行三者，营绸缎业于广东，因偷关被捕，将处极刑，家中营救，罄其所有，免于一死。

我祖父营典当业，为当铺经理。遂在笔飞坊自置一房，坐北朝南，有大厅三楹。生我父兄弟七人。先三叔好武艺，外出，不知所往，亦不知所终。留在家同居者只六子耳。六叔、七叔年最幼，长子及二、四、五子均已结婚。先祖又在屋后加盖五楼五底，以备大家庭合住之用。我等为大房，住一楼一底之外，尚多一骑楼，骑楼虽多只一间，亦意存优待于长子也。

我同胞兄弟四人，四弟早殇，实为兄弟三人，即我有一兄一弟。

我有两姊，均未出阁，均在二十左右病故；有一幼妹，亦早殇。

先父为钱庄经理，二叔为绸缎店经理，四叔亦经营钱庄，五叔、七叔为某庄副经理，全家经商，惟六叔读书。

我家至我六叔，始考试入学（秀才）。后并补廪（廪生）。自六叔以前，祖传无读书登科之人。

父亲故去

一八七七年六月廿三日，我的父亲去世。父亲讳宝煜，字曜山。任钱庄经理。去世后，家中并没有积蓄。我的大哥仅十三岁，我十一岁，我的三弟九岁。亲友中有提议集款以充遗孤教养费者，我母亲力辞之。父亲平日待友厚，友之借贷者不必有券，但去世后，诸友皆自动来还，说是良心上不能负好人。母亲凭借这些还款，又把首饰售去了，很节俭地度日，我们弟兄始能生存。我父亲的好友章叔翰先生挽联说："若有几许精神，持己接人，都要到极好处。"

我父亲在世时，四叔父也任钱庄经理，五叔父及七叔父均任钱庄的二伙（即副经理之意），二叔父任绸庄经理，六叔父在田氏塾师，都有职业。我的外祖父家周氏，大姨母家范氏，四叔母的母家王氏，都住在笔飞弄，而且家境都还好，亲戚往来，总是很高兴的，我们小孩儿，从不看到愁苦的样子。我父亲去世以后，我们这一房，固然陷于困苦，而不多几年，二叔父、五叔父、七叔父先后失业，即同住一弄的亲戚家，也渐渐衰败起来。

我那时候年纪虽小，但是听我母亲与诸长辈的谈论，也稍稍明了由盛而衰的缘故，引起感想，所以至今没有忘掉。

我的母亲

我母亲素有胃疾，到这一年（即一八八五年），痛得很剧，医生总说是肝气，服药亦未见效。我记得少时听长辈说：我祖母曾大病一次，七叔父秘密刲臂肉一片，和药以进，祖母服之而愈，相传可延寿十二年云云。我想母亲病得不得了，我要试一试这个法子，于是把左臂上的肉割了一小片，放在药罐里面，母亲的药，本来是我煎的，所以没有别的人知道了。后来左臂的用力与右臂不平均，给我大哥看出，全家的人都知道了。大家都希望我母亲可以延年，但是下一年，我母亲竟去世了。当弥留时，我三弟元坚，又割臂肉一片，和药以进，终于无效。我家还有一种迷信，说刲臂事必须给服药人知道，若不知道，灵魂见阎王时，

165

阎王问是否吃过人肉，一定说没有吃过，那就算犯了欺诳的罪。所以我母亲弥留时，我四叔母特地把三弟刲臂告知，不管我母亲是否尚能听懂。

一八八六年正月廿二日，我母亲病故，年五十岁。我母亲是精明而又慈爱的，我所受的母教比父教为多，因父亲去世时，我年纪还小。我本有姊妹三人，兄弟三人，大姊、大哥、三弟、三妹面椭圆，肤白，类母亲。二姊、四弟与我，面方，肤黄，类父亲。就是七人中第一、第三、第五、第七（奇数）类母，第二、第四、第六（偶数）类父。但大姊十九岁去世，二姊十八岁去世，四弟六岁殇，七妹二岁殇。所以受母教的时期，大哥、三弟与我三个人最长久。我母亲最慎于言语，将见一亲友，必先揣度彼将怎样说，我将怎样对。别后，又追想他是这样说，我是这样对，我错了没有。且时时择我们所能了解的，讲给我们听，为我们养成慎言的习惯。我母亲为我们理发时，与我们共饭时，常指出我们的缺点，督促我们的用工。我们如有错误，我母亲从不怒骂，但说明理由，令我们改过。若屡诫不改，我母亲就于清晨我们未起时，掀开被头，用一束竹筷打股臀等处，历数各种过失，待我们服罪认改而后已。选用竹筷，因为着肤虽痛，而不至伤骨。又不打头面上，恐有痕迹，为见者所笑。我母亲的仁慈而恳切，影响于我们的品性甚大。

二　十年私塾寒窗

始进家塾

一八七二年，我始进家塾，塾师是一位周先生。那时候初入塾的幼童，本有两种读书法：其一是先读《诗经》，取其句短而有韵，易于上口。《诗经》读毕，即接读"四书"（即《大学》《中庸》《论语》《孟子》）。其一是先读《三字经》《百家姓》《千字文》《神童诗》《千家诗》等书，然后接读"四书"。我们的周先生是用第二法的。但我记得只读过《百家姓》《千字文》《神童诗》三种。那时候塾中以读书为主要功课，先生坐着，学生立在先生之旁，先生先读，学生循声仿读，然后学生回自己座位，高声读起来。读书以外，只有两种功课，一是习字，一是对课。

习字，先用描红法，即购得红印范本，用墨笔描写。先由先生把住学生的手，依样描写，连笔画的先后也指示了。进一步摹写，是墨印的或先生写的范本，叫作影格，用纸蒙着上面，照样摹写，与现在用拷贝纸的样子。再进一步临写，是选取名人帖子，看熟了，在别纸仿写出来。

对课，是与现在的造句相近，大约由一字到四字。先生出上联，学生想出下联来。不但名词要对名词，静词要对静词，动词要对动词，而且每一种词里面，又要取其品性相近的。例如先生出一山字是名词，就要用水字、海字来对他，因为都是地理的名词（即都是品性相近的词）。又如出桃红二字，就要用柳绿、薇紫等词来对他。第一字都用植物的名词，第二字都用颜色的静词。别的可以类推。这一种功课，不但是作文的开始，并且也是作诗的基础。所以对到四字课的时候，先生还用圈字的法子，指示平仄的相对。平声字圈在左下方，上声左上方，去声右上方，入声右下方。学生作对子时，必要用平声对仄声（仄声包上、去、入三声），仄声对平声。等到四字对作得合格了，就可以学五言诗，不要再作对子了。

严厉的李塾师

因父亲见背，无力再聘塾师，我就在我家对门李申甫先生所设的私塾读书了。李先生的教授法，每日上新书一课，先朗读一遍，令学生循声照读，然后让学生回自己位置上复读，到能背诵止，余时温习已读各书。在上课以前，把读过的书统统送到先生的桌上，背先生而立，先生在每一本上撮一句，令学生背诵下去，如不能诵或有错误，就责手心十下退去，俟别的学生上课后再轮到，再背诵，如又有不能诵或错误，就责手心二十下。每次倍加。我记得有一次背诵《易经》，屡次错误，被责手心几百下。其他同学当然也有这种状况。

学作八股文

我一八七九年始试作制艺，就是俗称八股文的。那时候试作制艺的方法，先作破题，止两句，是把题目的大意说一说。破题作得合格了，乃试作承题，约四五句。承题作得合格了，乃试作起讲，大约十余句。起讲作得合格了，乃作全篇。全篇的作法，是起讲后，先作领题，其后分作六比或八比，每两比都是相对的。最后作一结论。由简而繁，确是一种学文的方法。但起讲、承题、破题，都是全篇的雏形。那时候作承题时仍有破题，作起讲时仍有破题、承题，作全篇时仍有破题、承题、起讲，实在是重床叠架了。

就学王子庄老师

一八八〇年始就学于王子庄先生，先生讳懋修，设馆于探花桥，离我家不过半里。我与三弟朝就塾，晚归家，在塾午餐，每月送米若干，每日自携下饭之菜。其他同学有回家午餐的，有宿于先生所备之宿舍的。是时我已读过"四书"及《诗》《书》《易》三经，又已读删去丧礼之《小戴记》（那时候读经，专为应试起见，考试例不出丧礼题，所以不读丧礼），正读《春秋左氏传》。先生为我等习小题文（未入学的，考试时文题多简短，叫作小题；乡、会试的题较长，叫作大题），不可用"四书五经"以外的典故与词藻，所以禁看杂书。有一日，我从一位同学借一部《三国演义》看，先生说看不得，将来进学后，可看陈寿的《三国志》。有一日，我借得一部《战国策》，先生也说看不得。但王先生自记〔己〕却不是束书不观的。他因为详研制艺源流，对于制艺名家的轶事，时喜称道，如金正希（声）、黄陶庵（淳耀）的忠义，项水心（煜）的失节等等。又喜说吕晚村，深不平于曾靖一案。又常看宋明理学家的著作，对于朱陆异同，有折中的批判。对于乡先生王阳明固所佩服，而尤崇拜刘蕺山，自号其居曰仰蕺山房。所以我自十四年至十七年，受教四年，虽注重练习制艺，而所得常识亦复不少。

那时候，在王先生塾中的同学，不下三十人，与我最要好的是薛君朗轩。薛君长于我两岁，住大路，他每晚回家，必经过笔飞弄口，所以我们每日回家时必同行，路上无所不谈，到笔飞弄口始告别。

那时候，我所做的八股文，有不对的地方，王先生并不就改，往往指出错误，叫我自改。昼间不能完卷，晚间回家后，于灯下构思，倦了就不免睡着，我母亲常常陪我，也不去睡。有一次，母亲觉得夜太深了，人太倦了，思路不能开展了，叫我索性睡了，黎明即促我起，我尔时竟一挥而就。我终身觉得熬夜不如起早，是被母亲养成的。

十七岁中秀才

这三年里边，我记得考过小考两次。那时候小考分作县考、府考、道考三级。县考正试一场，复试五场。府考正试一场，复试三场。道考由提学使主持，旧称提学道，所以叫作道考，正试一场，复试一场。每次考试的点名，总在黎明以前。我母亲于夜半即起煮饭，饭熟乃促我起，六叔父亦来共饭，并送我进考场。所以为我的考试，我母亲也辛苦了多少次。直到我十七岁，才进了学（根据当时清朝的制度，考中秀才，也就获得了进入官立学校深造的资格）。那一期的提学使是广东潘峄琴先生，讳衍桐，广东番禺人。

三 科举之路漫漫

到省城乡试

一八八五年八月初旬，我第一次随六叔父往杭州，应乡试。启行这一日，照六叔父成例，祭祖告别。晚餐后上乌蓬〔篷〕船，船行一夜，到西兴，渡钱塘江，到杭州。初八日黎明进考场，作"四书"文三篇，五言八韵诗一首，初九日出场。十一日第二次进场，作"五经"文五篇，十二日出场。十四日第二次进场，对策问五道，十五日出场。杭州与萧山只隔一江，故萧山人应试者常回家赏中秋。凡第一场、第二场试卷上有犯规的，如烧毁或不合格式等，辄于蓝纸上写号数，揭之考场照壁，俗称上蓝榜。我虽初次观场，幸而未上蓝榜。

乡试卷不但编号糊名，并须由官派誊录用朱笔誊写一份，使考官不能认识考生的笔迹。但誊录往往潦草塞责，使考官不能卒读，因此有一部分誊录，先期与考生接洽，于首行若干字内，插用某某等三字，以便检出，特别慎写，借以取得特别酬资。

每次留场二日，饮食须自备，考生自携白米及冷肴、汤料等。每号有一勤务兵，时称号军，所携之米，本可付号军代煮，但号军多不良，所以我等都自携紫铜炊具，叫作五更饥的，用火酒炊饭。

每号之末间即厕所，坐近末间，每闻恶臭。又登厕时亦常苦呼吸为难，则携艾绳进场以避秽。

集万余人于考场，偶有神经错乱，于试卷上乱写情诗或漫画杂事，甚而至于自杀的。闻者每附会事因，认为报应，并且说点名将毕时，有官役举一黑旗，大呼"有恩报恩，有冤报冤"云云，皆无稽之谈，但那时候常常听人道及的。

乡试后举人例游西湖，那时候游湖的都出涌金门，门外有茶馆数处，忆其一名三雅园。由此地呼舟可游彭公祠（即三潭印月）、左公祠（左宗棠公祠）、蒋公祠（蒋益澧公祠）、刘公祠（刘典公祠）等处，都是满清功臣，所以辛亥后都废，只有三潭印月，至今尚存，但也没有人再提彭公祠的名了。别墅忆只有高庄与俞楼。

杭州人喜用主试的姓作俏皮的对子，是年主考为白、潘二君，杭人就用《白蛇传》同《金瓶梅》作对，是"精灵犹恋金山寺，魂魄长依紫石街"。

伴读徐君

一八八六年我以田春农先生的介绍，往徐氏为徐君以愁（名维则）伴读，并为校勘所刻《绍兴先正遗书》《铸史斋丛书》等。

我自十七岁以后因不再受王子庄先生之拘束，放胆阅书。六叔父茗珊先生所有之书，许我随意翻阅，如《说文通训定声》

《章氏遗书》《日知录》《困学纪闻》《湖海诗传》《国朝骈体正宗》《绝妙好词笺》等，都是那时候最喜读的书。于是就学作散文与骈文，每有所作，春农先生必大加奖励，认为可以造就，所以介绍我到徐氏，一方面固为徐君择友，一方面为给我以读书的机会，真是我生平第一个知己。

田氏、徐氏，藏书都很多。我到徐氏后，不但有读书之乐，亦且有求友的方便。王君寄顾（名佐）为以愻弟硕君之师，熟于清代先正事略等书，持论严正。以愻之师朱君莪卿，人甚豪爽，善为八股文与桐城派古文。魏君铁珊（名彧）有拳勇，能为诗古文辞，书法秀劲，皆尔时所识。以愻之伯父仲凡先生（名树兰）搜罗碑版甚富。那时候，年辈相同的朋友，如薛君朗轩、马君湄莼、何君阆仙等，都时来徐氏，看书谈天。曾相约分编大部的书，如《廿四史索引》《经籍纂诂补正》等，但往往过几个月就改变工作。这种计划，都是由我提出，但改变的缘故，也总是由我提出，所以同人每以我的多计划而无恒心为苦。徐君以尝评我为"无物不贪，无事不偏"。

受益最大的三本书

我十七岁，考取了秀才，我从此不再到王先生处受业，而自由读书了。那时我还没有购书的财力，幸而我第六个叔父茗珊先生有点藏书，我可以随时借读，于是我除补读《仪礼》《周礼》《春秋公羊传》《谷梁传》《大戴礼记》等经外，凡关于考据或词章的书，随意检读，其中最得益的，为下列各书：

一、朱骏声氏《说文通训定声》。清儒治《说文》最勤，如桂馥氏《说文义证》、王筠氏《说文句读及释例》，均为《说文》本书而作。段玉裁氏《说文解字注》，已兼顾本书与解经两方面。只有朱氏，是专从解经方面尽力。朱氏以引申为转注，当然不合，但每一个字，都从本义、引申、假借三方面举出例证，又设为托名标帜，与各类语等同类，不但可以纠正唐李阳冰、宋王安石等只知会意不知谐声的错误，而且于许慎氏所采的阴阳家言如对于天干、地支与数目的解说，悉加以合理的更正。而字的排列，以所从的声相联，字的分部以古韵为准，检阅最为方便。我所不很满意的，是他的某假为某，大半以臆见定之。我尝欲搜集经传中声近相通的例证，替他补充，未能成书，但我所得于此书的益处，已不少了。

二、章学诚氏《文史通义》。章先生这部书里面，对于搭空架子、抄旧话头的不清真的文弊，指摘很详。对于史法，主张先有极繁博的长编，而后可以有圆神的正史。又主张史籍中人、地名等均应有详细的检目，以备参考。我在二十余岁时，曾约朋友数人，试编二十四史检目（未成书）；后来兼长国史馆时，亦曾指定编辑员数人试编此种检目（亦未成书），都是受章先生影响的。

三、俞正燮氏《癸巳类稿》及《癸巳存稿》。俞先生此书，对于诂训、掌故、地理、天文、医学、术数、释典、方言，都有详博的考证。对于不近人情的记述，常用幽默的语调反对他们，读了觉得有趣得很。俞先生认一时代有一时代的见解与推想，不可以后人的见解与推想去追改他们，天算与声韵，此例最显，这就是现在胡适之、顾颉刚诸先生的读史法。自《易经》时代以至于清儒朴学时代，都守着男尊女卑的成见，即偶有一二文人，稍稍为女子鸣不平，总也含有玩弄等的意味。俞先生作《女子称谓贵重》《姬姨》《娣姒义》《妒非女人恶德论》《女》《释小补楚语笄内则总角义》《女吊婿驳义》《贞女说》《亳州志木兰事书后》《尼庵议》《鲁二女》《息夫人未言义》《书旧五代史僭伪列传后》《易安居士事辑》《书旧唐书舆服志后》《除乐户丐户籍及女乐考附古事》《家妓官妓旧事》等篇，从各方面证明男女平等的理想。《贞女说》篇谓："男儿以忠义自责则可耳，妇女贞烈，岂是男子荣耀也？"《家妓官妓旧事》篇，斥杨诚斋黥妓面，孟之经文妓鬌为"虐无告"，诚是"仁人之言"。我至今还觉得有表彰的必要。我青年时代所喜读的书，虽不止这三部，但是这三部是我深受影响的，所以提出来说一说。

金榜题名

一八九〇年春，往北京应会试，偕徐君以愁行。先至杭州，因雨滞留数日，向某公司借小汽船拖无锡快船至上海，因那时候还没有小轮船公司的缘故。到上海后，寓北京路某茶栈，徐氏有股份的。有人请吃番菜，看戏，听唱书，游徐园、张园，那时候张园称作味莼园，左近房屋不多。愚园正在布置。由上海乘招商局轮船到天津，换乘内河船到通州，换乘骡车到北京。

那时候，我们同乡京官有鲍敦甫、吴解唐、王止轩诸翰林，李莼客、娄炳衡诸部曹。莼客先生是我在徐氏的时候常常读他的诗文与尺牍的，又常听杨宁斋先生讲他的轶事，所以到京后，最崇拜的自然是他了。

会试后，我中试，房师为王黻卿先生（讳颂蔚），是很有学问而且怜才的。座师虽有四位，而我的卷子却在孙崃山先生（讳毓筠）手中。是年会试题为"子贡曰夫子之文章至惟恐有闻"。我的文中有"耳也者心之译，躬之督也及顺译道张督权而已矣"等语，有人问孙先生："督躬有来头吗？"孙先生说："这何必有来头。"这一年的殿试，文韵阁写□间阎而□□一句，误落阎字，乃改而为面，又写一而字，预备倩友人代为挖补，仓猝间不及改，即缴卷。阅卷时，有人疑间面误写，翁叔平知是文君，特为解释说："此有所本，我们年轻时，尝用间面对檐牙。"遂以第二名及第。当时北京流传一对子："间面居然登榜眼，督躬何必有来头。"

因殿试朝考的名次均以字为标准，我自量写得不好，留俟下科殿试，仍偕徐君出京。此行往返，均由徐氏请一酒商张湘文氏做伴照料，张君对我很关切，甚可感。

做上虞县志局总纂

一八九〇年，上虞县设修志馆，朱黻卿氏为馆长，王寄颐氏为编纂，聘我为总纂。我为拟访事例：以山水、都里、土产为各乡取录之例，以道里、山、水、祠庙、院塾、先正遗事、忠义、烈女遗事、节烈、书籍、家谱、碑碣等为各里分录之例。又为拟志目，分地篇、吏篇、户篇、礼篇、刑篇、工篇、学篇、书篇、

碑篇、列传、士女篇、杂篇、文征等篇，大抵本章实斋氏之说而
酌为变通，名目既不同旧志，而说明又多用古字、古句法。同事
多骇异之，喧传于馆外，引为笑谈。我作《罪言》一篇，取万历
本及嘉庆本上虞旧志之目与我所拟者作一表，并说明或因或革之
故，然彼等攻击如故，我遂辞职回家。

补应殿试朝考

一八九二年我又往北京，补应殿试朝考。向来殿试卷是专
讲格式，不重内容的，只听说张香涛氏应殿试时不拘格式，被取
一甲第三名。我那时候也没有拘格式，而且这两年中也并没有习
字，仍是随便一写，但结果被取为二甲进士。闻为汪柳门先生
（讳鸣銮）所赏识。有一位阅卷大臣，说此卷字不是馆阁体。汪
说：他是学黄山谷的。于是大家都在卷子后面圈了一个圈，就放
在二甲了（根据清制，补行殿试者，例不得入一甲）。朝考后充
庶吉士。是年回绍兴。

南下游历

一八九三年四月十八日出游，由宁波至上海，又乘长江船
往南京、镇江、扬州及靖江县，七月到广州，寓清嶕总局，陈孝
兰先生陔所招待也。陶心云先生（濬宣）适在广雅书局，常取廖
季平氏之新说，作子所雅言至好古敏以求之者也等制艺数篇，我
亦戏取是年广东乡试题《如有王者必世而后仁》，作一篇，陶先

生自作一评，并为征求朱蓉生山长、徐花农学使、吴梦蜚孝廉等各缀一评而印行之，题为《蔡太史拟墨》，其意至可感也。陶先生为言，廖季平氏在广雅时，常言诸经古文本出周公，今文本出孔子，孔子所记古制，皆托词，非实录，例如禹时代，洪水初平，扬州定是荒地，《禹贡》乃言贡丝，自是孔子照自身所处时代写之耳。其他新说，类此甚多。然廖氏除印行关于今古文之证明外，最新之说并不著之书。南海康长素氏（祖贻）闻其说而好之，作《新学伪经考》，时人多非笑之，惟石茂才称许康氏，说此人不凡云云。我于是得廖、康二氏已印行的著作，置行箧中。

　　冬，由广州至潮州，以同年李雪岩君之介绍，寓澄海林君冠生处。李君以说北京话及苏州话，林君甚诚笃，又有陈君爱南时偕谈燕，喜说梁节庵、康长素诸人琐事。汕头海关绍兴沈雪帆君与其子步洲，招待甚周。

四 委身教育

甲午听惊雷

（一八九四年）六月间，日本兵侵入朝鲜，京官多激昂。我正与黄鹿泉、王书衡、吴雁厂、胡锺生诸君为诗钟之会，亦尝赋诗与寄愤，但未尝参加松筠庵联名主战的宣言。

冷眼观变法

（一八九八年）戊戌，与友人合设一东文学社，学读和文书。是时，康、梁新用事，拜康门者踵相接。孑民与梁卓如君有己丑同年关系，而于戊戌六君子中，尤佩服谭复生君。然是时梁、谭皆在炙手可热之时，耻相依附，不往纳交。直至民国七年，为对德宣战问题，在外交后援会演说，始与梁卓如君相识。然八月间，康党失败，而孑民即于九月间请假出京，乡人因以康党疑之，亦不与辩也。

孑民是时持论，谓康党所以失败，由于不先培养革新之人才，而欲以少数人弋取政权，排斥顽旧，不能不情见势绌。此后北京政府，无可希望。故抛弃京职，而愿委身于教育云。

绍兴中西学堂

那时候，绍兴已经有一所中西学堂，是徐君以恕的伯父仲凡先生所主持的。徐先生向知府筹得公款，办此学堂。自任督办（即今所谓校董），而别聘一人任总理（即今所谓校长），我回里后，被聘为该学堂总理。

我任绍兴学堂总理。该学堂学生，依年龄及国学程度，分为三斋，略如今日高小、初中、高中的一年级（数学及外国语例外）。今之北京大学校长蒋梦麟君与北大地质学教授王烈君，都是那时第一斋的小学生。今之中央研究院秘书马祀光君，浙江省教育厅科员沈光烈君，都是那时第三斋的高才生。堂中外国语旧有英、法两种，任学生选修。我到后，又添了一种日本文。教员中授哲学、文学、史学的有马湄莼、薛朗轩、马水臣诸君，授数学理科的有杜亚泉、寿孝天诸君，主持训育的有胡钟生君。在那时候的绍兴，可谓极一时之选。但教员中颇有新旧派别。新一点的，笃信进化论，对于旧日尊君卑民、重男轻女的习惯，随时有所纠正；旧一点的不以为然。讨论的机会，总是在午餐与晚餐时。因为餐室是一大厅，列许多方桌，每桌教员一人，学生六人，凡不与学生同桌之教员与总理，同坐中间圆桌。随意谈天，总不免涉及政治上、风俗上的问题，所见不同，互相驳辩，新的口众，旧的往往见绌。此种情形，为众学生所共闻，旧的引以为辱。而我与新派的教员却并不想到这一点。

旧派的教员，既有此观念，不能复忍，乃诉诸督办。督办是老辈，当然赞成旧派教员的意见，但又不愿公开地干涉。适《申报》载本月二十一日有一正人心的上谕，彼就送这个上谕来，请总理恭录而悬诸学堂。我复书痛诋，并辞职，后经多人调停，我允暂留。

尝试书院改革无果

当我离绍兴中西学堂以前，嵊县官绅聘我为剡山书院院长。照旧例，每月除官课由知县主持外，举行师课一次，由院长出"四书"文题、试帖诗题各一，为评定甲乙就算了。院长到院与否，都无关系。我觉得此种办法，实太无聊，到院后，曾演讲数次，说科学的有用，劝院生就性所近，分别考求；但书院经费有限，不能改进，我担任一年，就辞职了。

那时候，诸暨有丽泽书院，亦聘我为院长，我未能到院，一年后，我力劝改为学校了。

宁绍会馆

那时候，留居嘉善县的宁波、绍兴两府同乡建立宁绍会馆，聘我为馆中董事。因为嘉善同嘉兴等县，自太平天国事变以后，本地人经兵与疫的两次扫除，地旷人稀，农田尽成荒地。先有湖南人领地垦荒，绍兴人继之。绍兴离嘉善较近，往垦的更多；日久，遂有购数百亩、数千亩的地主，招佃代种，于是关系渐趋复杂。而宁波、绍兴的商人，来此地开设钱庄、杂货铺的，也与年俱增。又宁波人的习惯，客死者必须归葬，力不能归柩时，须有一停柩的地方。宁绍会馆的设立，一方面用以调解地主与佃户，或农人与农人间的纠纷；一方面用以改良旧日停柩的公所。因地主中有单君继香者是我旧日学生，提议请我，经其他发起人赞同，所以有此聘书。但我虽去过好几次，也不过对于立案、定章等事稍有帮助，没有多大的贡献。

当我在嘉善的时候，我见县衙门的告示，禁止安吉、孝丰人来此养蜂。推原其故，安、孝居民善养蜂（当然是旧式的），常用木桶袋蜂群，分寄于邻近各县民居的窗前，给小费，托照料，定期来割蜜，本是两利的事业，不意嘉善等县人忽扬言蜂采蜜，于谷有害，禀官禁止，自此遂沿为成例。其实蜂为植物界虫媒之一种，于果谷是有益的；但积非成是，一时竟无术纠正。

在杭州

我在绍兴学堂时，偶往杭州，得识许君秋帆（沅）。许君以丹徒人宦游杭州。设一方言学社，教授英文，曾至绍兴学堂参观。曾为我等述吴君稚晖在南洋公学训练学生的成效，我始注意于吴君之为人。

我自离绍兴学堂后，曾与童君亦韩同往杭州，筹办师范学校。是时杭州著名的学堂有二：一为高等学堂，用求是学堂改组的，其程度约如今日的高中。一是养正书塾，是私立的，其程度约如今日的初中。养正书塾的教员，如陈介石、林少泉、陈叔通诸君，监学邵伯君，均时相过从。学生中如汤尔和、杜杰峰、马夷初诸君，均杰出之才。林、陈诸君出一白话报；林君后改号白水，以犀利的白话文著名，实于是时开始练习之。高等学堂所聘的教员，有宋君燕生（恕），博览，广交游，善清谈。著有《六斋卑议》，反对洛闽理学，颇多新思想，但虑患特深，特喜作反语，自称著有十种《鸣冤录》，如《汉学鸣冤录》等等，中有一种是《满洲鸣冤录》。又尝为驻防营的桂翰香作诗集序，汤、马诸君深不以为然。

我与章太炎君相识，亦始于此时。我与童君亦韩自杭州往临安，为绍兴同乡组织小学校，路过余杭，访章君于其家。童君与章君本相识，故为我介绍。章君本名炳麟，字枚叔，但是时以提倡排满之故，自比于明遗老顾亭林、黄梨洲两先生，因改名为绛（亭林名），而字太炎（取于黄太冲、顾炎武）。是时所发表的是第一版的《訄书》。此书汉人虽读之感痛快，但畏祸，不敢多为传布；而杭州驻防金梁，乃购数十部分赠满人之识字者，说："汉人已如此，我们还可不振作吗？"金君倒真是章君的知己了。

执教南洋公学

我三十五岁（一九〇一年）任南洋公学特班教习。那时候南洋公学还只有小学、中学的学生；因沈子培监督之提议，招特班生四十人，都是擅长古文的；拟授以外国语及经世之学，备将来经济特科之选。我充教授，而江西赵仲宣君、浙江王星垣君相继为学监。学生自由读书，写日记，送我批改。学生除在中学插班习英文外，有愿习日本文的；我不能说日语，但能看书，即用我的看书法教他们，他们就试译书。每月课文一次，也由我评改。四十人中，以邵闻泰（今名力子）、洪允祥、王世澂、胡仁源、殷祖同、谢沈（今名无量）、李叔同（今出家号弘一）、黄炎培、项骧、贝寿同诸君为高才生。

我的第二次婚姻

我的元配王夫人之卒，已过了一年，友朋多劝我续娶，并为我介绍相当之女子；我那时提出五条件：（一）天足者；（二）识字者；（三）男子不得娶妾；（四）夫妇意见不合时，可以解约；（五）夫死后，妻可以再嫁。同乡的人，对于（一）（二）两条，竟不易合格；而对于（四）条又不免恐慌，因而久不得当。有林君为言都昌黄尔轩先生之次女天足，善书画。黄先生方携眷属需次杭州，可托人探询。我适与童君又往临安，抵余杭，薄暮，童君识余杭革局长叶祖芗君，往投宿。叶君设宴相款，我大醉，叶君谅我真率。晚餐后，叶君导观大厅中所悬之图画，均极精细之工笔画，款署黄世振，字亦秀劲。叶君说，这是我同乡黄君尔轩之女，甚孝，尝刲臂疗父疾，工书画。童君就告以我有求婚的意思，叶君慨然以媒介自任。后来借叶君之力，我得与黄女士订婚，己丑己亥月（实为辛丑十一月廿二日），结婚于杭州。

是时，子民虽治新学，然崇拜孔子之旧习，守之甚笃。与黄女士行婚礼时，不循浙俗挂三星画轴，而以一红幛子缀"孔子"两大字。又于午后开演说会，云以代闹房。

其时子民好以《公羊春秋》三世义说进化论，又尝为三纲五伦辩护，曰："纲者，目之对；三纲，为治事言之也。国有君主，则君为纲，臣为目；家有户主，则夫、父为纲，而妇、子为目。此为统一事权起见，与彼此互相待遇之道无关也。互相待遇之道，则有五伦。故君仁，臣忠，非谓臣当忠而君可以不仁也。父慈，子孝，非谓子当孝而父可以不慈也。夫义，妇顺，非谓妇当顺而夫可以不义也。晏子曰：'君为社稷死则死之。'孔子曰：'小杖则受，大杖则走。'若如俗所谓君要臣死，臣不得不死，父要子死，子不得不死者，不特不合于五伦，亦不合于三纲也。"其时子民之见解盖如此。

中国教育会

是时留寓上海之教育家叶浩吾君、蒋观云君、钟宪鬯君等发起一会，名曰中国教育会，举子民为会长。

中国教育会成立于一九〇二年四月，会址设在上海泥城桥外福源里 21 号。中国教育会成立的本意是推动国内教育事业的发展，下设教育、出版、实业三部，但后来多从事政治活动，成为国内最早的革命团体之一。中国教育会的活动主要有：为收容南洋公学退学青年设立爱国学社、爱国女学，并办有科学仪器馆、镜今书局、《中国白话报》、军事讲习会、同川学堂、女子俱乐部等，另常熟支部办有塔后小学，同里支部办有自治学社。此外，中国教育会还曾假张园组织演说，并经常为《苏报》撰稿，发起拒法、拒俄运动。一九〇三年七月"苏报案"发生后，中国教育会遭受打击，于一九〇七年停止活动。

爱国女学

　　一九〇二年，我在南洋公学任教员。是时，经莲三先生尚寓上海，而林少泉先生偕其妻林夫人，及其妹林宗素女士自福州来，均提倡女学。由我与亡室黄仲玉夫人招待，在登贤里寓所开会。到会者，除经、林二氏外，有韦氏增珮、增瑛两女士，吴彦复先生偕其女亚男、弱男，及其妾夏小正三女士，陈梦坡先生偕其女撷芬，及其二妾蔡××、蔡××三女士。我与林、陈诸先生均有演说。会毕，在里外空场摄影，吴彦复夫人自窗口望见之而大骂，盖深不以其二女参与此会为然也。未几，薛锦琴女士到沪，蒋智由先生设席欢迎，乃请仲玉与林氏姑嫂作陪，而自身不敢到席。盖其时男子尚不认娶妾为不合理，而男女之界，亦尚重避嫌如此。爱国女学，即在此种环境中产生也。是年冬，由蒋智由、黄宗仰两先生提议，设立女校，我与林、陈、吴三先生并列名发起，设校舍于登贤里，名曰爱国，而推蒋先生为校长。未几，蒋先生往日本游历，我被推继任。开办时，所有学生，即发起人家中之女子。及第二年始招外来女生。而第一届学生，多因年龄长大、家务分心而退学，故学生甚少。

　　爱国女学第一次之发展，在爱国学社成立以后，由吴稚晖先生提议，迁校舍于学社左近之泥城桥福源里，并运动学社诸生，劝其姊妹就学；而学社诸教员，亦兼任女学教课。尔时本校始有振兴之气象。

第二次之发展，则在钟宪鬯先生长校时期。是时，张竹君女士初自广州来，力倡妇女经济独立之必要，愿教以手工。钟先生因于本校课程中加手工，而且附设手工传习所，请张女士及其弟子传授。由本校学生之宣传，而内地妇女，纷来学习。其他手工传习所虽停办，而爱国女学之声名，传播已广。

第三次之发展，则为蒋竹庄先生长校时期，厘定课程，使适合于中小学教育之程途；订建校舍，使教室与运动场有相当之设备。从此本校始脱尽革命党秘密机关之关系——我长本校，前后数次，凡革命同志徐伯荪、陶焕卿、杨笃生、黄克强诸先生到上海时，我与从弟国亲及龚未生同志等，恒以本校教员资格，借本校为招待与接洽之机关。其时，较高级之课程，亦参革命意义，如历史授法国革命史、俄国虚无党故事；理化注重炸弹制造等。又高级生周怒涛等，亦秘密加入同盟会。而入于纯粹的教育事业之时代。

第四次之发展，则为季融五先生长校时期，遵教育部学制，划分初级中学、高级中学、体育专科与附属小学四部；迁至江湾路尘园，由租赁之校舍而进于自建；校产沙田，亦经整理。于是学校之基础，盖亦稳固矣。

东瀛之行

在南洋公学时，曾于暑假中往日本游历一次，与高君梦旦同船，到东京后，亦同寓一旅馆。是时，桐城吴挚甫君（汝纶）新任京师大学堂监督，到日本考察，日人以"清国大儒"称之，宴会无虚日，盖吴君任直隶莲池书院甚久，以桐城派古文授诸生，为日人所素识，且尔时日人正以助中国推行教育自任，对于此惟一国立的大学，自然特别注意了。我本预备逗留一个月，忽逢吴君稚晖被日警逮解出境的案，遂陪吴君回国。

吴君自前几年游日一次后，称日本教育进步，劝亲友送子弟赴日留学，自愿任监护之役，所以第二次赴日，从往者颇多。其中年龄长一点、志气高一点的，都想学陆军，吴君率以往使馆，请公使介绍；是时中国驻日公使蔡钧，揣摩政府意志，不轻送汉人受军事教育。见吴君所率诸生意气颇激昂，愈不敢转请于政府，托词拒绝，屡去屡拒。最后一次，吴君与诸生留使馆不归，必待公使允许始离馆。使馆招日本警役入馆，拘留吴君于警署，遣散学生。第二日早晨，留日学生开会，商营救吴君及责问公使的办法。我与高君亦共商吴挚甫君，请营救吴君。后探知日方将递解吴君出境，留学生陆君世芬等愿任沿途照料的责任，但至远到神户为止。有人说：蔡钧恼羞成怒，说不定一面向政府报告，诬吴君为康党；一面与日人密商，送吴君往天津，引渡于津吏，直送北京；倘非有人能同往天津，随时援救，则甚为危险，询有无谙悉北方情形，并愿同往者；我自认有此资格，遂偕行。及上船后，日警即不过问，而所乘船又直赴上海，我遂与吴君同抵上海。

那时候，我国留日学生，竞唱各省分途革新的方策，各省留学生分出杂志，如《浙江潮》《新湖南》等等。《浙江潮》的主笔，是海宁蒋君百里与诸暨蒋君伯器（蒋观云之子），同学陆军，成绩优异，有"浙江二蒋"之称。

吾国侨日商人，与留学生关系较密的，有东京的王锡三与神户的孙实甫，均宁波人。浙江第一次派遣学生留日，为章宗祥、陆世芬、吴世欺、陆宗舆等四人，均由王君招呼。孙君对于吴君事，甚尽力，我等到神户时，即宿于其寓。

爱国学社

南洋公学自开办以来，有一部分之教员及管理员不为学生所喜。吴稚晖君任公学教员时，为组织卫学会，已起冲突。学生被开除者十余人。吴君亦以是辞职，赴日本。而不孚人望之教员，则留校如故。是年（一九○二年）十一月间，有中院第五班生，以误置墨水瓶于讲桌上，为教员所责。同学不平，要求总理去教员，总理不允，欲惩戒学生。于是激而为全体退学之举。特班生亦牺牲其保举经济特科之资格，而相率退学，论者谓为孑民平日提倡民权之影响。孑民亦以是引咎而辞职。

南洋公学学生既退学，谋自立学校，乃由孑民为介绍于中国教育会，募款设校，沿女学校之名，曰爱国学社。以孑民为代表，请吴稚晖君、章太炎君等为教员。与《苏报》订约，每日由学社教员任论说一篇，而《苏报》馆则每月助学社银一百圆以为酬。于是《苏报》馆遂为爱国学社之机关报矣。吴君又发起张园演说会，昌言革命。会南京陆师学堂退学生十余人，亦来学社，章行严君其一也。于是请彼等教授兵式体操。孑亦剪发，服操衣，与诸生同练步伐。无何，留日学生为东三省俄兵不撤事发起军国民教育会，于是爱国学社亦组织义勇队以应之。是时，爱国学社几为国内惟一之革命机关矣。

会社分裂

方爱国学社之初设也，经费极支绌。其后名誉大起，捐款者渐多，而其中高才生，别招小学生徒，授以英、算，所收学费，亦足充社费之一部。于是学社勉可支持，而其款皆由中国教育会经理，社员有以是为不便者，为学社独立之计划，布其意见于学社之月刊。是时会中已改举乌目山僧为会长，而子民为副会长与评议长。于是开评议会议之。子民主张听学社独立，谓鉴于梁卓如与汪穰卿争《时务报》，卒之两方面均无结果，而徒授反对党以口实。乌目山僧赞成之，揭一文于《苏报》，贺爱国学社独立，而社员亦布《敬谢中国教育会》一文以答之。此问题已解决矣。而章太炎君不以为然，以前次评议会为少数者之意见，则以函电招离沪之评议员来，重行提议，多数反对学社独立。子民以是辞副会长及评议长，而会员即举章君以代之。于是子民不与闻爱国学社事矣。

青岛少憩

我在爱国学社时，我的长兄与挚友汤垫仙、沈乙斋、徐显民诸君均愿我离学社，我不得已允之，但以筹款往德国学陆军为条件；汤、徐诸君约与我关切者十人，每年各出五百元，为我学费。及学社与中国教育会冲突后，我离社，往德的计划将实现。

徐君从陈敬如君处探听，据言红海太热，夏季通过不相适宜，不如先往青岛习德语，俟秋间再赴德。于是决计赴青岛。陈君梦坡为我致介绍于李幼阐君。李君广东人，能说普通话，谙德语，在青岛承办工程方面事业，设有《胶州报》，其主笔为广东易季圭君。李君初于馆中辟一室以居我，我租得一楼面后，乃迁居，自理饮食。日到李君处习德语，后李君无暇，荐一德国教士教我。不到两个月，我的长兄来一电报，说："家中有事速归。"我即回沪，始知家中并无何等特殊之事。汤、徐诸君以爱国学社既停办，我无甚危险，遂取消集款助学之约，而嘱我长兄留我于上海，谋生计。于是我不能再往青岛，而德语亦中辍。

五　沪上革命

办报生涯

我回上海后，有甘肃陈镜泉君，自山东某县知县卸任后，来上海，稍有积蓄，愿意办一点有助于革命的事业，与中国教育会商，决办一日报，名为《俄事警闻》，因是时俄国驻兵东三省，我方正要求撤退，情势颇紧张，人人注意，故表面借俄事为名，而本意则仍在提倡革命。以翻译俄国虚无党之事实为主要部分。论说预列数十目，如告学生、告工人、告军人之类。每日载两篇，一文言，一白话。推王君小徐主编辑及译英文电。我与汪君允宗任论说及译日文报。乃日俄开战，我国转守中立，我等没有面目再对俄事发言，乃改名《警钟》。王君主张不直接谈革命，以避干涉。及王君他去，我与汪君迭任编辑，遂不免放手，蹈《苏报》覆辙。我与王、汪诸君皆不支薪俸，印刷费由陈君任之。后来陈君又办一镜泉书局，他的资本为经理所干涉，陈君不能再任此报印刷费，则由我等随时由各方面募集小款，勉强支持。我等到不能支持时，乃由刘申叔、林少泉诸君接办，后被封停办。

准备暗杀暴动

自东京同盟会成立后，杨笃生君、何海樵君、苏凤初君等，立志从暗杀下手。乃集同志六人，学制造炸弹法于某日人，立互相鉴察之例，甚严。何君到上海，访子民密谈数次。先介绍入同盟会，次介绍入暗杀团，并告以苏君将来上海转授所学于其他同志。其后苏君偕同志数人至，投子民。子民为赁屋，并介绍钟宪鬯君入会，以钟君精化学，且可于科学仪器馆购仪器、药品也。开会时，设黄帝位，写誓言若干纸，如人数，各签名每纸上，宰一鸡，洒血于纸，跪而宣誓，并和鸡血于酒而饮之。其誓言，则每人各藏一纸。乃教授制炸药法，若干日而毕。然能造药矣，而苦无弹壳。未几，黄克强、蒯若木诸君，先后自东京来，携弹壳十余枚。是时王小徐君、孙少侯君已介绍入会，乃由孙君携弹药至南京隐僻处，试之，不适用。其后杨笃生君来，于此事尤极热心，乃又别赁屋作机关，日与王、钟诸君研究弹壳之改良。其时费用，多由孙君担任，而经营机关，则子民与弟元康任之。元康既由子民介绍入会，则更介绍其同乡王子馀、俞英厓、王叔梅、裘吉生及徐伯荪诸君。徐君是时已联络嵊、天台诸会党，而金、衢、严、处诸府会党，则为陶焕卿君所运动。子民既介绍陶君入会，则乘徐、陶二君同到上海之机会，由子民与元康介绍陶君于徐君，而浙江会党始联合焉。制弹久不成，杨君奋然北行。抵保定，识吴樾君及其他同志三人，介绍入会。并为吴君介绍于子民，言吴君将送其妹来上海，进爱国女学校。吴君后来函，言有事不能即来。未久而中国第一炸弹，发于考察宪政五大臣车上。子民等既知发者为吴君，则弹必出杨君手，恐其不能出京。孙少侯君乃借捐官事北上，访杨君于译学馆。知已被嫌疑，有监察者。其后杨君卒以计，得充李木斋君随员而南下。

创立光复会

我在《警钟》报馆时，曾再任爱国女学校长，那时候，我以女学作为革命党通讯与会谈的地点。各教员中，与闻此事的，以从弟国亲及龚君未生为最多。龚君本随陶君焕卿（成章），属往金、衢、严、处等地，运动会党，劝他们联合起来，待时起事。而绍兴又有一派秘密党，则为嵊县王君金发、祝君绍康所统率，而主动的是徐君伯荪（锡麟）。此两派各不相谋，而陶、徐两君均与我相识；我就约二君到爱国女学，商联络的方法，浙东两派的革命党，由此合作，后来遂成立光复会。

加入同盟会

我入同盟会在乙巳年（光绪三十一年，一九〇五年），为同盟会成立之年，或其次年，介绍入会者，何海樵也。

次年，黄克强持孙先生手书来，派我为上海支部部长。是年，我返绍兴故乡一行。

我在爱国女学，从弟国亲相助数年，我已为介绍入同盟会。国亲回绍兴，参与女学、报馆等事，又为王子余、裘吉生、王叔梅、俞英厓诸君介绍入会。秋竞雄女士在东京时已与徐伯荪、陶焕卿诸君订为同志，回国后，即在绍兴运动。嵊县姚茂甫君迁居绍兴。爱国学社旧同志敫梦姜君亦时来绍兴。那时候，绍兴一个小地方，革命的空气颇为浓厚，但均守秘密，普通人士认为新党罢了。诸同志建议办一绍兴学务公所，用以促进绍属八县的教育事业。推我为所长，促我回里，我于是回绍兴，办学务公所，邀裘吉生、杜海生诸君相助，先办一师范传习所，讲授各种教育上需要的科学。要办一师范学校，筹款辄为人所阻挠，我愤而辞职。

六　留学德国

赴德留学

我那时候预备离开绍兴，适北京友人来信，说政府要派翰林院编检出国留学，留日、留欧，由本人自择，劝速往北京登记。我自离青岛后，本时时作游学计划，得此消息，不能不心动，遂往北京。适同乡章君一山（梫）长译学馆，请我为教授，任乙班的国文及西洋史。我本拟在北京度岁，静候派遣消息；不意从弟国亲忽来一电："家中有事，速归。"我遂惘惘然走平汉路南下，因天津口已冻了。回家后，始知家中实无甚要事，彼闻有不利于我的传说，特促我南避。北京的朋友，知道家中的电，亦认为必有他故。章君恐为我所累，特来一电，解教授之约。然我欲不为所阻，度岁后，我仍往北京。

我到京后，承陈君仲骞相招，寄住赣南馆，盖陈君所娶，为黄夫人的第四妹，君与我为僚婿。到北京后，始知编检志愿游学的人数太少，政府遂搁置不办，适得孙君慕韩（宝琦）使德的消息，乃托他的兄弟仲（宝瑄）及叶君浩吾为我关说，愿在使馆中任一职员，以便留学；我亦自访孙君，承孙君美意，允每月津贴银三十两，不必任何种职务。一方面与商务印书馆商量，在海外为编教科书，得相当的报酬，以供家用。我遂于是年五月间随孙使由西伯利亚铁路赴德。

初到柏林

到柏林后，我与齐、钱二君同寓，齐君本通德语、钱君善英语，我得两君助力不少；齐君本译学馆学生，他的同学顾君孟余（兆熊）留德已数年，诸事熟悉，我等所请的德语教员，均顾君所代选代订。又由顾君而认识薛先生仙舟（颂瀛）、宾君敏陔（步程）。

薛先生爱国好学，自奉甚俭，携他的甥女韦增瑛女士留学，常自购蔬菜，借房东厨房自烹。最恶同学中的游荡者，对于娶西妇的人，尤时时痛骂。闵我初学德语的艰苦，排日为我讲德语的文法，而嘱我为彼讲中国古文，作为交换条件，我得益不少。

宾君是豪爽的人，留德较久，于各方面情形，甚熟悉，初到德国的同学，赖他帮忙的很多。中山先生到德国建设同盟会时，即在宾君寓所开会，然我在德时，宾君从未谈及，直至回国后十余年，宾君为其母夫人征寿序，始为我述此事。

同时留学柏林的，尚有马君武、夏浮筠（元瑮）诸君，亦时相过从；夏君每日于大学课程听完后，常到我寓，同往旅馆晚餐，或觅别种消遣（各人自付钱，不必相请）。

孙使恐我旅费不足，适唐君少川之侄宝书、宝潮等，来柏林留学，均不过十余岁，国学尚浅，因令于预备德语外，请我授国学，每月报酬德币百马克。

进莱比锡大学

我在柏林一年，每日若干时习德语，若干时教国学，若干时为商务编书，若干时应酬同学，实苦应接不暇。德语进步甚缓，若长此因循，一无所得而归国，岂不可惜！适同学齐君宗颐持使馆介绍函向柏林大学报名，该大学非送验中学毕业证不可，遂改往莱比锡（Leipzig）进大学。那时候，中国学生留学莱比锡的，还只有张君仲苏（谨）一人，且与齐君同籍直隶，同在译学馆肄业，与齐君甚相得。我接齐君报告后，遂向孙使声明，而于戊申暑假中往莱比锡。

莱比锡属撒克逊王国，在它的都城特来斯顿邻近。特来斯顿山水著名，莱比锡风景平常。但德意志最高法院在此，又每年有一次市集，各方货物辐辏；它的大学自设立以来，已历五百年。

该大学设有中国文史研究所，主持的教授为孔好古氏（August Conraty），彼甚愿招待中国学生，我由彼介绍进大学，毫无留难。

第二年，迁居莱比锡，进大学听讲，凡三年。于哲学、文学、文明史、人类学之讲义，凡时间不冲突者，皆听之。尤注重于实验心理学及美学，曾进实验心理学研究所，于教员指导之下，试验各官能感觉之迟速、视后遗象、发音颤动状比较表等。进世界文明史研究所，研究比较文明史。又于课余，别延讲师，到寓所，讲授德国文学。

冯德教授

我所听的讲义，是冯德（Wilhelm Wundt）的心理学或哲学史（彼是甲年讲心理，乙年讲哲学史，每周四时，两种间一年讲的）；福恺尔（Vokelt）的哲学；兰普来西（Lemprechs）的文明史；司马罗（Schmalso）的美术史；其他尚听文学史及某某文学等。我一面听讲，一面请教师练德语，一面请一位将毕业的学生弗赖野氏（Freyer）摘讲冯德所讲之哲学史。借以补充讲堂上不甚明了的地方。

冯德是一位最博学的学者，德国大学本只有神学、医学、法学、哲学四科（近年始有增设经济学等科的）；而冯德先得医学博士学位，又修哲学及法学，均得博士；所余为神学，是彼所不屑要的了。他出身医学，所以对于生理的心理学有极大的贡献。所著《生理的心理学》一书，为实验心理学名著。世界第一个心理学实验室，即彼在莱比锡大学所创设的。又著民族心理学、论理学、伦理学、民族文化迁流史、哲学入门（此书叙哲学史较详），没有一本不是元元本本，分析到最简单的分子，而后循进化的轨道，叙述到最复杂的境界，真所谓博而且精，开后人无数法门的了。

那时候冯德一派的学者摩曼教授（Meumann），适也在这大学。他是应用心理学的实验法于教育学及美学。所著《实验教育学讲义》，是在瑞士大学的讲稿。又著《现代美学》及《实验美学》两书，虽篇幅不多，而门径分明。我想照他的方法，在美学上做一点实验的工作。于是取黑色的硬纸，剪成圆圈，又匀截为五片，请人摆成认为最美的形式。又把黑色硬纸剪成各种几何形，请人随意选取，列为认为最美的形式。此等形式，我都用白纸双钩而存之，并注明这个人的年龄与地位，将待搜罗较富后，比较统计，求得普通点与特殊点，以推求原始美术的公例。但试验不及百人，归国期迫，后来竟未能继续工作。

兰普来西教授

兰普来西氏是史学界的革新者，他分历史为五个阶段：（一）符号时代；（二）雏形时代；（三）沿习时代；（四）个性时代；（五）主观时代。符号时代，是人类意识最蒙昧，几没有多大的分别。如中国文字上一二三三等指事的文，又如各民族图画上的几何形。人与人的关系，就是共同生活，饥了就食，倦了就寝，并没有何等有机的社会组织。雏形时代，就进一步，有一种类别的意识。如中国或埃及的象形文、鸟、兽、虫、鱼，各就它们一类中共有的特点表现出来。在社会上，自图腾以至于宗法，自渔猎以至于农工商业，渐成分工的组织。沿习时代，是一种停滞的意识，承雏形时代的习惯，变本加厉，不求其所以然。如中国文学由小篆变为楷书，诗文上的拟古，图画上的模仿。在社会上，贵族与平民，公民与奴隶，男与女，资本家与工人，都不考求他们的成立的因由，而确认为天然不平等的阶级，没有改变的可能。个性时代，就又进一步。如图画上之写真，每一个人的面目，不能移到别一人。人人有"人各自由"之观念。人人有自尊人格的气概；平民与贵族争，有法国的革命；奴隶与公民争，有林肯的解放黑奴；女子与男子争，有各种妇女运动；工人与资本家争，有社会主义，无一非"人权"的意识所表现。主观时代，为我见的扩大。是［如］孟子"万物皆备于我"的我，菲希德"我与非我"的哲学的我，并非为小己的竞争生存着想，而以全体人类为一大我。"禹思天下有溺者，犹己溺之；稷思天下有饥者，犹己饥之。""伊尹乐尧舜之道，思天下有不与被尧舜之泽者，若己推而纳诸沟中。""人人不独亲其亲，不独子其子，鳏寡废疾皆有所养。""人人各尽所能，各取所需。"这是社会主义者理想的世界，将要待人类文化更进时始能实现的。（因兰氏所举例证，我已记不清楚，箧中又无书可检，用己意说明，不知道失了兰氏本意没有）兰氏依此主张，著《德意志史》，那时候已出二十余本，尚未到现代，兰氏旋于一九一四年逝世。

兰氏所创设的文明史与世界史研究所，除兰氏外，尚有史学教授六七人，学生在三四年级被允许入所研究者，那时约四百人。我以外国学生，不拘年级，亦允入所并在兰氏所指导的一门中练习。他的练习法，是每一学期中，提出有系统的问题一组，每一问题，指定甲、乙二生为主任，每两星期集会一次，导师主席；甲为说明的，乙为反驳的或补充的，其他丙、丁等为乙以后的补充者。最后由导师作结论。进所诸生，除参加此类练习班外，或自由研究，或预备博士论文，都随便。

兰氏讲史，最注重美术，尤其造型美术，如雕刻、图画等。彼言史前人类的语言、音乐均失传；惟造型美术尚可于洞穴中得之，由一隅反三隅，可窥见文化大概。研究所中搜集各地方儿童图画甚多，不但可考察儿童心理，且可与未开化人对照。

美术与音乐

　　莱比锡大学礼堂中正面的壁画，为本地美术家克林该所绘。左部画一裸体而披蓝衫的少女，有各民族雏形的人物环拱着，这是希腊全部文化的象征。中部画多数学者，而以柏拉图及亚里士多德为中坚，柏氏着玄衣而以一手指天，为富于理想的象征。亚氏着白衣而以一手指地，为创设实证科学的象征。右部画亚力山大率群臣向左迈进，为希腊人权威的象征。克氏又采选意大利各种有色的文石雕一音乐大家贝多芬坐像，设在美术馆庭中。

　　此地美术馆，以图画为主，当然不及柏林、明兴等处美术馆的富有，但自文艺复兴以后的诸大家，差不多都有一点代表作品，尤其尔时最著名的印象派作家李勃曼，因曾寓此城，所陈列作品较多。其第三层将各国美术馆所收藏之名画，购其最精的照片，依时代陈列，阅者的印象虽不及目睹原本的深刻，然慰情聊胜无。我常想，我们将来设美术馆，于本国古今大家作品而外，不能不兼收外国名家作品；但近代作品，或可购得，而古代作品之已入美术馆的，无法得之，参用陈列照片的方法，未尝不可采用。

　　美术馆外尚有一民族学博物馆，馆长符来氏（Wöller），即在大学讲民族学者，我亦曾往听讲，其中所搜非洲人材料较多且精，因符来氏曾到该地。中、日亦列入，我亦曾助馆员说明中国物品。

有一花园名曰椰园（Palmgarten），因园中有一玻璃房，专培养热带植物。有一演奏厅，于星期日午后及晚间奏音乐，我常偕同学往听。德是音乐名家最多，普通人多能奏钢琴或提琴者，我也受他们的音［影］响，曾学钢琴，亦曾习提琴，然均不久而中辍。

有一戏院，每日演话剧或小歌剧。小歌剧轻松婉丽，同学张君仲苏最所爱听，我亦偶与同往。话剧多古今文学家作品，寄托遥深。又德国舞台科白，为标准德语，听戏亦为练习语言的一法。大学体谅学生，每日于门房中留有中等座位的折价券若干张，备学生购取。报纸则于星期日揭载七日戏目。我等愿于某日观某剧，如未曾读过剧本，可先购一本，于观剧以前读完它，更易得益。［莱比锡为德国印刷业集中地点，有一雷克漠书店（Becram）印行小本，版权满期的文学书或科学书，每号价不过二十生丁。］

德国最大文学家歌德氏（Goethe）曾在莱比锡大学肄业，于其最著名剧本《弗斯脱》中，描写大学生生活，即在莱比锡的奥爱摆赫酒肆中（Auerbach），此酒肆为一地底室，有弗斯脱博士骑啤酒的壁画，我与诸同学亦常小饮于该肆。（及民国十年，我借林宰平君重到莱比锡，再访该肆，则已改造为美轮美奂的饭馆了。）普通演《弗斯脱》剧本的，都只演第一本，即法国人所译编的歌剧，也只有第一本。第二本节目太繁，布景不易，鲜有照演的。惟莱比锡因系歌德就学之所，而弗斯德于芬斯脱节（Fenste）之夜，正欲服毒，闻教堂之歌舞而中止，所以莱城剧院于五月芬斯脱节前后，特排日连演第一、第二之两本。我在莱城三年，每年届期必往观。

我于讲堂上既常听美学、美术史、文学史的讲演，于环境上又常受音乐、美术的熏习，不知不觉地渐集中心力于美学方面。尤因冯德讲哲学史时，提出康德关于美学的见解，最注重于美的超越性与普遍性，就康德原书，详细研读，益见美学关系的重要。德国学者所著美学的书甚多，而我所最喜读的，为栗丕斯（T.Lipps）的《造型美术的根本义》（Grnndlage der Bildende Kunst），因为他所说明的感人主义，是我所认为美学上较合于我意之一说，而他的文笔简明流利，引起我屡读不厌的兴趣。

编书、译书

此四年中，编《中学修身教科书》五册、《中国伦理学史》一册，译泡尔生《伦理学原理》一册。

《中国伦理学史》，谓"孟子之杨朱即庄周为我即全己之义，《庄子》中说此义者甚多；至《列子·杨朱篇》乃魏、晋间颓废心理之产物，必非周季人所作"。又清儒中特揭黄梨洲、戴东原、俞理初三氏学说，以为合于民权、女权之新说。黄、戴二氏，前人已所注意，俞氏说，则子民始拈出之。

《中国伦理学史》，虽仍用日本远藤隆吉氏《支那思想史》之三时期分叙法，叙述的材料，亦多取给于此书，而详其所略、略其所详的却不少。其中如六朝人的人生观与清代黄梨洲、戴东原、俞理初三氏之编入，为我最注意之点。

奉行素食

子民在莱比锡时，闻我友李石曾言肉食之害，又读俄国托尔斯泰氏著作，描写田猎惨状，遂不食肉。尝函告我友寿孝天君，谓"蔬食有三义:（一）卫生;（二）戒杀;（三）节用。然我之蔬食，实偏重戒杀一义。因人之好生恶死，是否迷惑，现尚未能断定。故卫生家最忌烟酒，而我尚未断之。至节用，则在外国饭庄，肉食者有长票可购，改为蔬食而特饪，未见便宜。（是时局未觅得蔬食饭馆，故云尔。）故可谓专是戒杀主义也"。寿君复函，述杜亚泉君说:"植物未尝无生命，戒杀义不能成立。"子民复致函，谓:"戒杀者，非论理学问题，而感情问题。感情及于动物，故不食动物。他日，若感情又及于植物，则自然不食植物矣。且蔬食者亦非绝对不杀动物，一叶之蔬，一勺之水，安知不附有多数动物，既非人目所能见，而为感情所未及，则姑听之而已。不能以论理学绳之也。"

旅行经历

我在莱比锡三年，暑假中常出去旅行。德国境内，曾到过特来斯顿（Dresden）、明兴（München）、野拿（Jana）、都绥多菲（Dtisserdorf）等城市。德国境外，仅到过瑞士。往瑞士时，我本欲直向卢舍安（Lucean），但于旅行指南中，见百舍尔（Basel）博物馆目录中，有博克令（Bocklin）图画，遂先于百舍尔下车，留两日，畅观博氏画二十余幅，为生平快事之一。博氏之画，其用意常含有神秘性，而设色则以沉着与明快相对照，我笃好之。

我去欧洲，先后五次。其中，在德国耽搁的光阴最久，先后计算起来共有五年。在法国，差不多先后也有三年。在欧洲，旅行是很方便的，以我个人的感想，尤其是在德国。在大战以前，我们在德国，往来很自由，不要护照，简直和德国人一样。那时是在欧洲大学听讲的，到了暑假，便去德国名胜的地方游历，有时到瑞士去。瑞士的山水，是足以使人流连的，因为语言通，交通便，所以瑞士时常有我的足迹。

瑞士的确可爱，自然风景很好，设备很方便，瑞士的人又很和平。瑞士的人，对有色人种，并不注意。一样看待，一样亲爱，所以到瑞士去游历，总觉得很舒服。除了瑞士以外，还有法国南方及意大利边境一带，像丽士、蒙脱利爱，一直往南去，我都非常欢喜。因为这些地方都是向阳的，海水是青天，所谓碧海青天，的确不错。在这许多地方去旅行，身心都感觉到非常愉快。

还有一点，我觉到越是冷的地方，越是清洁，如荷兰以北的丹麦、瑞典、挪威这几个国家，气候愈冷，他们愈注意清洁。至于气候热的地方，就大不相同了，甚至于愈热愈差，对于清洁，比较冷的地方，就相去得远了。

我在旅行的时候，除游览名胜而外，对于有美术馆的城市，格外注意，如德国的 München——这个地名在英文好像读 Munich（慕尼黑），意大利的 Rome（罗马），Florence（佛罗伦萨），还有法国的巴黎，在每一个有美术馆的地方，我总是很细心地去看的。总括地说，我向来旅行，很注意三点：第一，是看一种不同的自然美；第二，研究古代的建筑；第三，是注意博物院的美术品。

响应辛亥革命

辛亥是我留德的第五年，我于丁未五月间经西伯利亚往德国。到柏林后，始知有徐伯荪先烈刺恩铭于安庆，及秋竞雄先烈等在绍兴遇害之事。上海报载，问官说："汝受孙文指使吗？"（大意如此）徐先烈说："我运动革命，已二十年，还要受别人指使吗？"驻德孙慕韩公使读到此，有点寒心，乃强作解嘲语说："革命党真是大言不惭。"

自丁未到辛亥五年间，差不多年年都有惊人的大事。例如丁未七月间，孙先生有钦廉之役。十一月，又有镇南关之役。戊申三月，有河口之役。是年十月，有熊成基先生在安庆起义。庚戌，有汪精卫先生刺载沣之事。至于辛亥二月间，温生才先生刺杀孚琦，黄花岗七十二烈士殉难，于是促成八月十九日之起义，而告一大结束。我也于是年回国了。

辛亥八月中旬（阳历十月初旬），德国大学的暑假尚未完，而中学已开课。我因几位德国朋友的介绍，往维铿斯多中学参观。这中学是私立的，是较为革新的，在课程上，重顿悟不重记诵；在训育上，尚感化不尚拘束，于会食前，诵一条世界名人格言，以代宗教式祈祷；注重音乐，除平时练习外，每星期必有一次盛大的演奏；学生得举行茶会，邀教员及男、女同学谈话。我寄住在此校教员宿舍中，历一星期，觉得他们合理化的生活，是很有趣的。我在此校住了一星期，忽见德国报纸上，载有武汉起义的消息，有一德国朋友问我：这一次的革命，是否可以成功？我答以必可成功，因为革命党预备已很久了。不久，又接到吴稚晖先生一函（自伦敦来，或自巴黎来，我此时记不清了），以武汉消息告我，并言或者是一大转机，我辈均当尽力助成（大意如此）。我于是先到柏林，每日总往同学会，与诸同学购报传观，或集资发电，大家都很热烈地希望各省响应就是了。同学中，有一位刘庆恩君，稍稍做了一点可资谈助的事：同学会中，本有两面小龙旗，插在案上花瓶中。有一日，刘君把这龙旗扯破了，他去备了两面五色旗来替它。又有一日，来了一位使馆的秘书，带笑着说道："袁宫保出来了，革命军势孤了！"仿佛很得意的样子。刘君骂道："放屁！"就打他一个耳光，别人赶紧劝开，那秘书也只好悄悄地去了。

我在柏林住了一个月光景，接陈英士先生电报，催我回国，我就从西伯利亚回来。

七 在动荡的民初岁月

力荐黄兴

到上海，正是黄克强先生由汉口来上海的时候，孙先生还没有到。有一日，说是有一个省代表会，将于第二日举大元帅，大约举黎宋卿先生的多一点。我因为听说黎先生本来不是赞成起义的，又那时候很有与北军妥协的消息，觉得举黎不妥，特地到汤垫仙先生处，同他磋商，适章太炎先生亦在座，详细讨论，彼等亦赞成我举黄的提议。但汤先生不肯于第二日直接举黄，而要求我亦到会，于会中推我为代表而投票举黄。不知何以要有如此曲折，我那时也不求甚解而允之。第二日，开选举会，依汤先生所定之手续，我投票举黄，章先生及其他有选举权者，皆举黄，盖事前受章、汤两先生疏通了。大元帅举定后，章先生忽起立，垂涕而道，大意说："黎先生究系首难的人物，不可辜负他，现在大元帅既选定，请设一副元帅，并举黎先生任之。"全体赞成。

出任教育总长

那时候，有十七省代表十七人齐集南京，将开会公举中华民国总统，这被举的当然是孙先生了。但是浙军的将领，因与光复会有关系，而又自恃是攻南京有功的，对于选举问题颇有异议。章君太炎时在黄浦滩某号屋中，挂了一个统一党的招牌有其弟子十余人左右之，其一即汪君旭东，并邀我寓其中。章君对于浙军将领的主张，甚注意，特嘱我往南京，与各省代表接洽，劝暂缓选举。我到南京后，晤几位代表，除湖南代表谭君石屏外，都主张举孙先生，也不赞成暂缓的办法。我归而报告，章君语我："如孙果被举，组织政府时，我浙人最好不加入。"我那时候空空洞洞地漫应之。后来孙先生果以十六票被举为总统（湖南代表独举黄兴），欲组织临时政府，命薛仙舟先生来招我，将以任教育总长，我力辞之；薛先生说："此次组阁，除君与王君亮畴外，各部均以名流任总长；而同盟会老同志居次长的地位；但诸名流尚观望不前，君等万不可推却。我今日还须约陈君兰生同去，备任财长，如君不去，陈更无望了。"我不得已而允之，即回寓取行装，章君引浙人不入阁之约以相难，扣我行装，我告以不能不一去，去而面辞，如得当，无问题，否则我当于报纸上宣布我背约之罪以谢君。章君之诸弟子，亦劝其师勿固执，乃容我往。我到南京后，见孙先生。面辞，不见许，乃拟一广告稿，寄章君之弟子，请其呈师订正，备发表。未几，其弟子来一函，说章君不愿发表云。

迎袁专使

孙先生将被举为总统的时候，诸名流的观察，袁世凯实有推翻满洲政府的力量，然即使赞同共和政体，亦非自任总统不可。若南京举孙先生为总统，袁成失望，以武力压迫革军，革军或不免失败，故要求孙先生表示"与人为善"之乐，于被举后声明，若袁氏果能推翻清廷，我即让位，而推袁氏为总统之惟一候补者。孙先生赞同而施行之，故清廷退位后，孙先生辞临时总统，而推袁世凯，袁世凯遂被举为总统。但孙先生及同盟会同志以为，袁世凯既被举为总统，应来南京就职，表示接受革命政府之系统，而避免清帝禅位之嫌，迭电催促，殊无来意，于是有派员之举，而所派者是我。

我的朋友说：这是一种"倒霉的差使，以辞去为是"。我以为我不去，总须有人去，畏难推诿，殊不成话，乃决意北行。此行同去者，有汪精卫、宋渔父、钮惕生、唐少川及其余诸君。凡三十余人，包定招商局"新裕"轮船。船中尽是同志，而且对时局都是乐观派，指天画地，无所不谈。我还能记得的是迁都问题，这是在南京各报已辩得甚嚣尘上的了。大约同盟会同志主张南迁的多，但在船中谈到这个问题，宋君渔父独主张不迁，最大的理由是南迁以后，恐不能控制蒙古。他的不苟同的精神，我也觉得可佩服的。船驶至天津左近，忽遇雾，停泊数日，在船中更多余暇，组织了两个会：一是六不会，一是社会改良会。

六不会是从进德会改造的。吴稚晖、汪精卫、李石曾诸君，以革命后旧同志或均将由野而朝，不免有染着官场习气的；又革命党既改成政党，则亦难保无官吏议员之竞争；欲提倡一种清净而恬淡的美德，以不嫖、不赌、不娶妾为基本条件（已娶之妾听之），凡入会的均当恪守，进一步则有不吸烟、不饮酒、不食肉、不做官吏、不做议员五条，如不能全守，可先选几条守之：同船的人，除汪君外，大都抱改革政治的希望，宋君尤认政治为生命，所以提议删去不做官吏、不做议员二条，而名此通俗化之进德会为六不会，以别于原有之进德会。

社会改良会是唐君少川所发起，而各人都有提议的。对于家庭市乡、礼仪习尚、慈善迷信，或应排斥，或应改良，或应增设，都有所论列。删去重复，忆有五十余条。同人签名发起，共三十三人，首列的是我的姓名蔡元培，最后的是江苏蔡培，亦是凑巧之一端。此会条文及发起人名单，忆曾付印，但今已无从寻检了。

到北京时，在前门欢迎的，当然非常之多，有官吏，有商人，有学生，而我所特别注意的，乃是龙泉孤儿院的学生，特与其最前的一位握手，而且演说几句。后来我要离北京时，特偕同人往孤儿院参观一回，并于所携公款中提出千元捐助该院，这也是此行的一种特殊纪念。

袁世凯方面，以梅酢胡同之法政学堂校舍为招待所，大约是一所停办的学校，所以不见有一点学校的设备。除唐君自有住宅、汪君住在他处外，同行的人都住在招待所。与袁见面，谈南行就职事，渠表示愿行，说肯想一脱离这个臭虫窝的方法，惟军队须有人弹压，如芝泉（段祺瑞）肯负责，我即束装。但袁派要人见面的，都力持袁不能南下之说。我的任务是迎袁，不能不力说南下之无害，相持了数日。一日（29日）晚餐后，我在钮君室闲谈，适汪君亦来，正谈笑间，忽闻啪啪的声音，有说是爆竹的声音，但钮君惕生说："我是军人，听得出是排枪声，恐有变。"

用电话到陆军部问，说的是第三师兵变。大门口亦有枪声，有人来报告，卫兵已不知去向了。于是大家主张由后面出去。有一人知道后墙对面，是一个青年会西人的住宅，先与接洽借住一夜。我等十余人觅后门不得，乃从小屋上逾墙而出，在西人客厅中兀坐至翌晨，始改寓六国饭店。

第二日，孙慕韩最先来慰问，说："昨夜我正在总统处，总统闻兵变，即传令须切实保护梅酢胡同，并说'人家不带一兵，坦然而来，我们不能保护，怎样对得住？'后来变兵闹得凶起来，左右请总统进地下密室，总统初不允，我等苦劝之，彼遂进密室，而我亦暂避六国饭店来了。"这一番话是否靠得住，也就无从证明。

闻变兵口号："袁宫保自己要到南京做总统去，不要我们了！我们还是各人抢一点，回老家去！"所以这一夜没有杀人放火，就是抢劫；抢到的就往乡间逃；而兵变的夜间，统兵的将领，不敢派未变之兵出去弹压。第二日，始派兵巡查，变兵渐渐绝迹了。而直隶等省，有几处承风而起，也闹着兵变。

于是袁派的更振振有词了：袁总统尚未离北京，已经闹到这个样子，若真离去，恐酿大乱；这些话是人人的口头禅了。我们到北京迎袁的人，当然不敢擅主，请示于孙先生，往返磋商，结果准袁世凯在北京就总统职，在□月□□日（3月10日）举行就职典礼。我们变相的使节就此完毕，而回南京。

继任教育总长

当我们将离北京以前，唐君少川商拟一内阁名单，得袁同意，仍以我为教育总长。我力辞之，乃易为范君静生。到南京后，范君闻此消息，忽出京，不知所之；又有人散布谣言，谓以范易蔡，乃因蔡迎袁无效而受惩。以此种种原因，孙先生及唐君等定要我继续任职。我托人询范君以可否屈任次长，渠慨然愿任，我于是仍为教育总长之候补者，提出于参议院而通过。

我所做的教育改革

我在国务院中做了几个月尸位的阁员，然在教育部方面，因范君静生及其他诸同事的相助，颇有可以记录的事情。

学部旧设普通教育、专门教育两司，我为提倡补习教育、民众教育起见，于教育部中增设社会教育司，以防止牵涉孔教，特请研究宗教问题之夏君穗卿任司长。不意我与范君离部以后，汪君伯棠代理教育总长时，夏君竟提议社会教育有提倡社会主义的嫌疑，须改名云云，我闻之甚为诧异。

我与范君常持相对的循环论。范君说："小学没有办好，怎能有好中学？中学没有办好，怎能有好大学？所以我们第一步，当先把小学整顿。"我说："没有好大学，中学师资哪里来？没有好中学，小学师资哪里来？所以我们第一步，当先把大学整顿。"把两人的意见合起来，就是自小学以至大学，没有一方面不整顿。不过他的兴趣，偏于普通教育，就在普通教育上多参加一点意见；我的兴趣，偏于高等教育，就在高等教育上多参加一点意见罢了。

我那时候，鉴于各省所办的高等学堂程度不齐，毕业生进大学时，甚感困难；改为大学预科，附属于大学。又鉴于高等师范学校之科学程度太低，规定逐渐停办；而中学师资，以大学毕业生再修教育学的充之（仿德国制）。又以国立大学太少，规定于北京外，再在南京、汉口、成都、广州，各设大学一所，后来我的朋友胡君适之等，对于停办各省高等学堂，发现一个缺点，就是每一省会，没有一种吸集学者的机关，使各省文化进步较缓。这个缺点，直到后来各省竞设大学时，才算补救过来。

清季的学制，于大学上有一通儒院，为大学毕业生研究之所。我于《大学令》中改名为大学院，即在大学中分设各种研究所，并规定大学高级生必须入所研究，俟所研究问题解决后，始能毕业（仿德国大学制），但在各大学未易实行。北京大学曾设一国学研究所，清华、交通等大学继之，最近始由教育部规定各国立大学所应设立科目。

清季学制，大学中仿各国神学科的例，于文科外，又设经科。我以为十四经中，如《易》《论语》《孟子》等已入哲学系；《诗》《尔雅》已入文学系；《尚书》、三礼《大戴记》、春秋三传，已入史学系，无再设经科的必要，废止之。

我认大学为研究学理的机关，要偏重文理两科。所以于《大学令》中规定：设法、商等科而不设文科者，不得为大学；设医、工、农等科而不设理科者，亦不得为大学。但此制未曾实行。而我于任北大校长时，又觉得文理二科之划分甚为勉强；一则科学中如地理、心理等等，兼涉文理；二则习文科者不可不兼习理科，习理科者不可不兼习文科，所以北大的编制，但分十四系，废止文、理、法等科别。

四十六岁（民国元年），我任教育总长，发表《对于教育方针之意见》，据清季学部忠君、尊孔、尚公、尚武、尚实的五项宗旨而加以修正，改为军国民教育、实利主义、公民道德、世界观、美育五项。

前三项与尚武、尚实、尚公相等，而第四、第五两项却完全不同，以忠君与共和政体不合，尊孔与信仰自由相违，所以删去。至提出世界观教育，就是哲学的课程，意在兼采周秦诸子、印度哲学及欧洲哲学以打破二千年来墨守孔学的旧习。提出美育，因为美感是普遍性，可以破除我彼此的偏见；美感是超越性，可以破生死利害的顾忌，在教育上应特别注重。对于公民道德的纲领，按法国革命时代所标举的自由、平等、友爱三项，用古义证明说："自由者，'富贵不能淫，贫贱不能移，威武不能屈'是也；古者盖谓之义。平等者，'己所不欲，勿施于人'是也；古者盖谓之恕。友爱者，'己欲立而立人，己欲达而达人'是也；古者盖谓之仁。"

超越党派

我既任教育总长，次长为景君大昭，乃邀钟宪鬯先生及蒋竹庄、王小徐、周豫才、许季茀、胡诗庐诸君同为筹备员，从事于本部组织、学制改革、学校登记等事。景君未尝推举一人，亦不问部事，惟有时与我谈话而已，盖景君是一不羁的文学家，又热心党务，对于簿书期会等事，殊不耐烦。但是我到北京后，景君代理，景君忽开数十人名单，加以参事、司长、科长、秘书等名义，而请总统府发委任状，除旧有各员外，大抵皆文学家而非教育家。在景君之意，为彼等先占一地位，庶北迁时不致见遗。但蒋、钟诸君深不以为然，我归南京，联名辞职。乃开一会议，我声明次长此举，固是美意，但不为其他教育行政的专家留若干地位，使继任的长官为难。又多人即被委任，而或为后任长官所淘汰，则反使本人难堪，不如乘此尚未正式发表之时，取消它。多数赞同我说，景君亦不反对，遂将几十张委任状送还总统府。闻秘书长胡君汉民深怪我此等举动，对于本党老同志不肯特别提拔。故政府北迁时，有人请胡君介绍入教育部，胡君对以"别部则可，教育部不能"。我那时候只有能者在职的一个念头，竟毫没有顾到老同志的缺望，到正式组织时，部员七十人左右，一半是我所提出的，大约留学欧美或日本的多一点；一半是范君静生所提出的，教育行政上有经验的多一点，却都没有注意到党派的关系。

唐绍仪内阁

那时候唐君所提出之阁员名单，除外交陆君子欣、陆军段君芝泉、内政赵君智庵、财政熊君秉三、交通施君植之外，司法王君亮畴、农林宋君渔父、工商陈君英士与我皆同盟会会员。唐君少川亦已入会，会员与非会员各得五人。到北京组织政府。陆君尚未回国，外交由唐君兼任，陈君英士不到，由次长王君儒堂代理。施君因常受同盟会会员不得意者之语责，谓："汝有何功于革命而据此高位？"表示消极，不常到国务会议。国务会议中，显然分为两派，袁派要用总统制，同盟会派要用责任内阁制。袁则用责任内阁之名而行总统制之实，军政、财政及任免名单，皆由总统府决定而后交政府发表。熊君、赵君常常不参加会议，袁派惟段君一人米敷衍，事事以迎合总统为要点。我那时尚是书生，常与争执，其实皆无关紧要的枝节问题。两方所集中致力的只有借款，一方由熊君出面，一方由唐君出面，各以捷足先得为快，然皆不成。有一次，熊君借成一小款，用英文合同送国务会议求承认，唐君与二王君提出有一二字用得不妥，然为总统所已决之办法，亦无法反对。

于是宋君忍不住了，以为政府已成立若干日，而尚无大政方针发表，殊不成话，愿任起草，同事当然赞成，草定后，在会议中传观一次，宋君亦有说明，都表示同意；盖宋君为同盟会中惟一之政治家，与进步党之汤济武、林宗孟诸议员有交情，提出后可望通过。但尔时惟一之难关是财政，故文中亦以财政为重要部分，虽用总理名义提出议会，而临时非财长加以说明不可；于是知照议会，定期全体阁员到会，有重要报告。在熊君方面，习惯于总统独断独行之方便，且对于农林总长之越俎代庖，尤为不快，于是在出席议会之前一日晚间，突借黄君克强为国民捐问题攻讦财长之电，驰函辞职，派员慰留，避匿不见。第二日出席议会，不能提出政策，仅报告政府困难情形，全体议员都有点诧异。有一进步党议员就责问总理，谓闻总理曾借到比款一千万，用途如何？何以不能报告？……这真是亡国总理。唐君愤愤，几不能置答。宋君要求代为说明，而议员又不许，遂空空洞洞地退席。

　　唐君已洞悉袁氏对于己之不信任，欲借议会中"亡国总理"之丑诋而辞职。各方面都慰留他，他亦无法决去，又敷衍了好几日。我也忍不住了，有一夜，我约了唐、宋、王、王四君密谈。我说目前情形，政府中显分两派，互相牵掣，无一事可以进行。若欲排斥袁派，使吾党同志握有实权，量力审势，决无希望。不如我辈尽行退出，使袁派组成"清一色"的政府，免使吾辈为人诽谤，同归于尽。尔时宋君不甚以为然，但亦没有较善的办法可以打破僵局的。于是决定，俟有适当机会时，吾党同志全体去职。

　　唐君担任组阁时，孙先生方面本也有几种条件：一是唐君必先加入同盟会，一是广东都督胡汉民、江西都督李烈钧必须维持外，须以王铁珊为直隶都督等等。在征袁同意时，袁亦含糊答应，唐君以为不成问题。不意唐君进同盟会一举，既引起袁派老同事的排挤，而直隶都督问题，又迟迟不肯发表；促之，则袁派用"釜底抽薪"法，劝王君铁珊离京，表示不任直督之决心；王君见风使帆，飘然而去。唐君一方面惧受吾党之诘责；一方面窥见袁氏对于同盟会、对于唐君个人已表示不再敷衍之端倪。而且他与袁共事多年，知道袁对于一个人有疑忌了，不管有交情无交情，必置之死地而后快。若公然辞职，危险殊甚。乃于□月□□日晨间与一西妇同车，赴车站，乘火车往天津，到天津寓所后，始电请辞职。照例慰留，唐君决不肯回，而陆君子欣适已回国，乃由陆君以外交总长代理总理，国务会议乃照常开会。我与二王及宋君亦联带辞职，袁派认为"拆台"，竭力挽留，梁君燕孙奔走最勤，宋君颇不以我等显然反袁为然。然我因有□日夜间之决议，持之甚坚，卒于同时去职。

再度赴德

我长教育部的时候，兰普来西氏曾来一函，请教育部派学生二人，往文明史与世界史研究所相助，我已于部中规定公费额二名，备择人派往，人选未定，而我去职。南归后，预料政治上的纠纷方兴未艾，非我辈书生所能挽救，不如仍往德国求学；适顾君孟余亦有此意；我遂函商范君静生，告以与顾君同往德国之计划，请以前所规定之公费额二名，分给我与顾君二人，范君复函批准。我遂于□月□□日偕黄夫人及威廉、柏龄启行，顾君亦偕其夫人同行。记得所乘之船为奥国的 Africa（阿非利加号）。偕妇孺作远游，尚是第一次，幸有顾君及顾夫人助为照料，得减除许多困难。

到德国后，仍住莱比锡。兰普来西要求我供给中国文明史材料，我允之。拟由我起中文稿，由顾君译成德文。但顾君因肺疾，与莱比锡之空气不相宜，医院的设备亦不完备，不得已而迁柏林。译事用通讯，亦无妨。

二次革命

国内忽有宋君渔父被刺案，孙先生力主与袁世凯决裂，招我等回国，陈君英士自上海来电催促，遂与汪君精卫约期，由西伯利亚回国。到大连后，从弟国亲来接。国亲于同盟会初成立的时候，在本党尽力不少；留学日本以后，渐接近于稳健一派，此次来接，实欲阻我入国。由国亲观察，国民党（同盟会已改组为国民党）恐将为袁世凯所消灭，不如不卷入旋涡为妙。但我既有回国的决心，万不能到大连而折回，遂由大连到上海。

宋君之所以遇害，因同盟会改组国民党以后，吸收了许多进步党的人物，在议会中占绝对多数，宋君挟这些势力以要挟袁世凯，要求袁于被选为总统后，必依照宋君所计划的责任内阁。袁不能从。宋君改而运动黎君宋卿，预备以黎易袁，这就是袁派所以暗杀宋君的原因。宋君遇害以后，由凶手武士英而求出应桂馨，又由应所保留的电报而求出洪述祖、赵秉钧以至袁世凯，公认为无疑的铁案了。

孙先生正游日本，闻宋案，即回国，力主兴师讨袁。然国民党所能调动的军队，除江西、广东两省外，均归黄君克强节制，黄君知实力不足，迟疑不敢发难。黄君部下，以第八师为最精锐，其两旅长，一为福建王君用功，一为湖南黄君开第，均为黄君克强至好，而师长则为冯国璋之女婿，借作保护色，使不为袁派所忌。其中马队、炮队等设备，尚未完全，正拟逐渐增置，以为南方之模范师，不欲轻动。其他各师，亦均视第八师之动静为标准。故主战派以运动第八师为第一招。适李君协和自江西来，亦主战，主往南京运动第八师，以我与王君在爱国学社中相识，约同去。到达后，王君方卧病，在床边与之熟商，王君以为毫无把握，遂废然而反。是时赵君竹君约我与汪君精卫往谈，称北京方面愿与黄君筹妥协的办法，于是我与汪君日往来于黄、赵之间，磋商条件。有一日，忽得南京电，第八师决动员，招汪君与我往，起通电草。我等两人遂同往。盖第八师下级军官均受主战派运动，跃跃欲试，旅长无法阻止也。于是战端起。不久而国民党的军队在南京、江西、广东各地者均失败。

游学法国

一九一三年秋，子民复偕眷属赴法国，住巴黎近郊一年。欧战开始，遂迁居法国西南境，于习法语外，编书，且助李石曾、汪精卫诸君办理留法俭学会，组织华法教育会，不能如留德时之专一矣。

在法，与李、汪诸君初拟出《民德报》，后又拟出《学风杂志》，均不果。其时编《哲学大纲》一册，多采取德国哲学家之言，惟于宗教思想一节，谓"真正之宗教，不过信仰心。所信仰之对象，随哲学之进化而改变，亦即因各人哲学观念之程度而不同。是谓信仰自由。凡现在有仪式有信条之宗教，将来必被淘汰"。是子民自创之说也。

子民深信徐时栋君所谓《石头记》中十二金钗，皆明珠食客之说。随时考检，颇有所得。是时应《小说月报》之要求，整理旧稿，为《石头记索隐》一册，附月报分期印之，后又印为单行本。然此后尚有继续考出者，于再版、三版时，均未及增入也。

其时又欲编《欧洲美学丛述》，已成《康德美学述》一卷，未印。编《欧洲美术小史》，成《赖斐尔》一卷，已在《东方杂志》印行。为华工学校编修身讲义数十首，《旅欧杂志》中，次第印行。

八　主持北大的六年

出任北大校长

北京大学的名称，是从民国元年起的。民元以前，名为京师大学堂，包有师范馆、仕学馆等，而译学馆亦为其一部。我在民元前六年，曾任译学馆教员，讲授国文及西洋史，是为我在北大服务之第一次。

是年，政府任严幼陵君为北京大学校长。两年后，严君辞职，改任马相伯君。不久，马君又辞，改任何锡侯君，不久又辞，乃以工科学长胡次珊君代理。民国五年冬，我在法国，接教育部电，促回国，任北大校长。我回来，初到上海，友人中劝不必就职的颇多，说北大太腐败，进去了，若不能整顿，反于自己的声名有碍。这当然是出于爱我的意思。但也有少数的说，既然知道它腐败，更应进去整顿，就是失败，也算尽了心。这也是爱人以德的说法。我到底服从后说，进北京。

我到京后，先访医专校长汤尔和君，问北大情形。他说："文科预科的情形，可问沈尹默君；理工科的情形，可问夏浮筠君。"汤君又说："文科学长如未定，可请陈仲甫君。陈君现改名独秀，主编《新青年》杂志，确可为青年的指导者。"因取《新青年》十余本示我。我对于陈君，本来有一种不忘的印象，就是我与刘申叔君同在《警钟日报》服务时，刘君语我："有一种在芜湖发行之白话报，发起的若干人，都因困苦及危险而散去了，陈仲甫一个人又支持了好几个月。"现在听汤君的话，又翻阅了《新青年》，决意聘他。从汤君处探知陈君寓在前门外一旅馆，我即往访，与之订定。于是陈君来北大任文科学长，而夏君原任理科学长，沈君亦原任教授，一仍旧贯；乃相与商定整顿北大的办法，次第执行。

破除读书做官的旧观念

我们第一要改革的，是学生的观念。我在译学馆的时候，就知道北京学生的习惯。他们平日对于学问上并没有什么兴会，只要年限满后，可以得到一张毕业文凭。教员是自己不用功的，把第一次的讲义，照样印出来，按期分散给学生，在讲坛上读一遍，学生觉得没有趣味，或瞌睡，或看看杂书，下课时，把讲义带回去，堆在书架上。等到学期、学年或毕业的考试，教员认真的，学生就拼命地连夜阅读讲义，只要把考试对付过去，就永远不再去翻一翻了。要是教员通融一点，学生就先期要求教员告知他要出的题目，至少要求表示一个出题目的范围；教员为避免学生的怀恨与顾全自身的体面起见，往往把题目或范围告知他们了。于是他们不用功的习惯，得了一种保障了。尤其北京大学的学生，是从京师大学堂老爷式学生嬗继下来（初办时所收学生，都是京官，所以学生都被称为老爷，而监督及教员都被称为中堂或大人）。他们的目的，不但在毕业，而尤注重在毕业以后的出路。所以专门研究学术的教员，他们不见得欢迎。要是点名时认真一点，考试时严格一点，他们就借个话头反对他，虽罢课也所不惜。若是一位在政府有地位的人来兼课，虽时时请假，他们还是欢迎得很，因为毕业后可以有阔老师做靠山。这种科举时代遗留下来的劣根性是于求学上很有妨碍的。所以我到校后第一次演说，就说明："大学学生，当以研究学术为天职，不当以大学为升官发财之阶梯。"然而要打破这些习惯，只有从聘请积学而热心的教员着手。

广延积学而热心的教员

那时候因《新青年》上文学革命的鼓吹，而我们认识留美的胡适之君，他回国后，即请到北大任教授。胡君真是"旧学邃密"而且"新知深沉"的一个人，所以一方面与沈尹默、兼士兄弟，钱玄同、马幼渔、刘半农诸君以新方法整理国故，一方面整理英文系。因胡君之介绍而请到的好教员，颇不少。

我素信学术上的派别是相对的，不是绝对的；所以每一种学科的教员，即使主张不同，若都是"言之成理、持之有故"的，就让他们并存，令学生有自由选择的余地。最明白的是胡适之君与钱玄同君等绝对地提倡白话文学，而刘申叔、黄季刚诸君仍极端维护文言的文学；那时候就让他们并存。我信为应用起见，白话文必要盛行，我也常常作白话文，也替白话文鼓吹；然而我也声明：作美术文，用白话也好，用文言也好。例如我们写字，为应用起见，自然要写行楷，若如江艮庭君的用篆隶写药方，当然不可；若是为人写斗方或屏联，作装饰品，即写篆隶章草，有何不可？

那时候各科都有几个外国教员都是托中国驻外使馆或外国驻华使馆介绍的，学问未必都好，而来校既久，看了中国教员的阑珊，也跟了阑珊起来。我们斟酌了一番，辞退几人，都按着合同上的条件办的。有一法国教员要控告我；有一英国教习竟要求英国驻华公使朱尔典来同我谈判，我不答应。朱尔典出去后，说："蔡元培是不要再做校长的了。"我也一笑置之。

延聘教员，不但是求有学问的，还要求于学问上很有研究的兴趣，并能引起学生的研究兴趣的。不但世界的科学取最新的学说，就是我们本国固有的材料，也要用新方法来整理它。这种标准，虽不是一时就能完全适合，但我们总是向这方面进行。

调整学科

我从前在教育部时，为了各省高等学堂程度不齐，故改为各大学直接的预科。不意北大的预科，因历年校长的放任与预科学长的误会，竟演成独立的状态。那时候预科中受了教会学校的影响，完全偏重英语及体育两方面；其他科学比较的落后，毕业后若直升本科，发生困难。预科中竟自设了一个预科大学的名义，信笺上亦写此等字样。于是不能不加以改革，使预科直接受本科学长的管理，不再设预科学长。预科中主要的教课，均由本科教员兼任。

我没有本校与他校的界限，常为之通盘打算，求其合理化。是时北大设文、理、工、法、商五科，而北洋大学亦有工、法两科。北京又有一工业专门学校，都是国立的。我以为无此重复的必要，主张以北大的工科并入北洋，而北洋之法科，刻期停办。得北洋大学校长同意及教育部核准，把土木工与矿冶工并到北洋去了。把工科省下来的经费，用在理科上。我本来想把法科与法专并成一科，专授法律，但是没有成功。我觉得那时候的商科，毫无设备，仅有一种普通商业学教课，于是并入法科，使已有的学生毕业后停止。

我那时候有一个理想，以为文、理两科，是农、工、医、药、法、商等应用科学的基础，而这些应用科学的研究时期，仍然要归到文、理两科来。所以文、理两科，必须设各种的研究所；而此两科的教员与毕业生必有若干人是终身在研究所工作，兼任教员，而不愿往别种机关去的。所以完全的大学，当然各科并设，有互相关联的便利。若无此能力，则不妨有一大学专办文、理两科，名为本科；而其他应用各科，可办专科的高等学校，如德、法等国的成例。以表示学与术的区别。因为北大的校舍与经费，决没有兼办各种应用科学的可能，所以想把法律分出去，而编为本科大学；然没有达到目的。

充实文理法科

北大的整顿，自文科起。旧教员中如沈尹默、沈兼士、钱玄同诸君，本已启革新的端绪；自陈独秀君来任学长，胡适之、刘半农、周豫才、周岂明诸君来任教员，而文学革命、思想自由的风气，遂大流行。理科自李仲揆、丁巽甫、王抚五、颜任光、李书华诸君来任教授后，内容始以渐充实。北大旧日的法科，本最离奇，因本国尚无成文之公、私法，乃讲外国法，分为三组：一曰德、日法，习德文、日文的听讲；二曰英、美法，习英文的听讲；三曰法国法，习法文的听讲。我深不以为然，主张授比较法，而那时教员中能授比较法的，只有王亮畴、罗钧任二君。二君均服务司法部，只能任讲师，不能任教授。所以通盘改革，甚为不易，直到王雪艇、周鲠生诸君来任教授后，始组成正式的法科，而学生亦渐去猎官的陋见，引起求学的兴会。

北大关于文学、哲学等学系，本来有若干基本教员自从胡适之君到校后，声应气求，又引进了多数的同志，所以兴会较高一点。预定的自然科学、社会科学、文学、国学四种研究所，只有国学研究所先办起来了。在自然科学与社会科学方面，比较的困难一点。自民国九年起，自然科学诸系，请到了丁巽甫、颜任光、李润章诸君主持物理系，李仲揆君主持地质系。在化学系本有王抚五、陈聘丞、丁庶为诸君，而这时候又增聘程寰西、石蘅青诸君。在生物学系本已有钟宪鬯君在东南西南各省搜罗动植物标本，有李石曾君讲授学理，而这时候又增聘谭仲逵君。于是整理各系的实验室与图书室，使学生在教员指导之下，切实用功；改造第二院礼堂与庭园，使合于讲演之用。在社会科学方面，请到王雪艇、周鲠生、皮皓白诸君；一面诚意指导提起学生好学的

精神，一面广购图书杂志，给学生以自由考索的工具。丁巽甫君
以物理学教授兼预科主任，提高预科程度。于是北大始达到各系
平均发展的境界。

沟通文理

那时候我又有一个理想，以为文、理是不能分科的。例如
文科的哲学，必植基于自然科学；而理科学者最后的假定，亦往
往牵涉哲学。从前心理学附入哲学，而现在用实验法，应列入
理科；教育学与美学，也渐用实验法，有同一趋势。地理学的
人文方面，应属文科，而地质地文等方面属理科。历史学自有
史以来，属文科，而推原于地质学的冰期与宇宙生成论，则属于
理科。所以把北大的三科界限撤去而列为十四系，废学长，设系
主任。

子民又发现文理分科之流弊，即文科之史学、文学，均与科
学有关，而哲学则全以自然科学为基础，乃文科学生，因与理科
隔绝之故，直视自然科学为无用，遂不免流于空疏。理科各学，
均与哲学有关，自然哲学，尤为自然科学之归宿，乃理科学生，
以与文科隔绝之故，遂视哲学为无用，而陷于机械的世界观。又
有几种哲学，竟不能以文理分者。如地理学，包有地质、社会等
学理。人类学，包有生物、心理、社会等学理。心理学，素隶于
哲学，而应用物理、生理的仪器及方法。进化学，为现代哲学之
中枢，而以地质学、生物学为根底。彼此交错之处甚多。故提议
沟通文理，合为一科。经专门以上学校会议及教育调查会之赞

成，由北京大学试办。

采行选科制

又发现年级制之流弊，使锐进者无可见长。而留级者每因数种课程之不及格，须全部复习，兴味毫无，遂有在教室中瞌睡、偷阅他书及时时旷课之弊。而其弊又传染于同学。适教员中有自美国回者，力言美国学校单位制之善。遂提议改年级制为单位制，亦经专门以上学校会议通过，由北京大学试办。

北大国史馆

国史馆停办后，仿各国例，附入北京大学史学门。子民所规划者，分设征集、纂辑两股。纂辑股又分通史、民国史两类。通史先从长编及辞典入手。长编又分政治史及文明史两部。政治史，先编记事本末及书志，以时代为次，分期任编，凡各书有异同者，悉依原文采录之，如马骕绎史之例。俟长编竣事，乃付专门史学家，以一手修之为通史，而长编则亦将印行以备考也。文明史长编，分科学、哲学、文学、美术、宗教等部，分部任编，亦将俟编竣，而由文明史家一手编定之。辞典，分地名、人名、官名、器物、方言等，先正史，次杂史，以次及于各书，分书辑录，一见，再见，见第几卷第几页，皆记之。每一书辑录竟，则先整理之为本书检目。俟各书辑录俱竣，乃编为辞典云。两年以来，所征集之材料及纂辑之稿，已粲然可观矣。

以美育代宗教

我本来很注意于美育的，北大有美学及美术史教课，除中国美术史由叶浩吾君讲授外，没有人肯讲美学。十年，我讲了十余次，因足疾进医院停止。至于美育的设备，曾设书法研究会，请沈尹默、马叔平诸君主持。设画法研究会，请贺履之、汤定之诸君教授国画；请国楷次君教授油画。设音乐研究会，请萧友梅君主持。均听学生自由选习。

子民对于宗教，既主张极端之信仰自由，故以为无传教之必要。或以为宗教之仪式及信条，可以涵养德性，子民反对之，以为此不过自欺欺人之举。若为涵养德性，则莫如提倡美育。盖人类之恶，率起于自私自利。美术有超越性，置一身之利害于度外。又有普遍性，独乐乐不如与人乐乐，与寡乐乐不如与众乐乐，是也。故提出以美育代宗教说，曾于江苏省教育会及北京神州学会演说之。

提倡体育运动

我在爱国学社时，曾断发而习兵操，对于北大学生之愿受军事训练的，常特别助成；曾集这些学生，编成学生军，聘白雄远君任教练之责，亦请蒋百里、黄膺白诸君到场演讲。

除组织学生军外，北大还设体操部，请周思忠担任导师，规定"无论哪系学生，此两部中必须认定一部，作为必修的功课；

均需用心练习，不能敷衍了事"。健全的精神，必宿在健全的身体。这是我们公认的。人的健全，不但靠饮食，尤靠运动。这也是我们公认的。运动的必要，本来无疑。我们校内，有个体育会，每个学生都交体育费，就是要人人都有运动的机会。

劳工神圣

子民又提倡劳工神圣说，谓：出劳力以造成有益社会之事物，无论所出为体力，为脑力，皆谓之劳工。故农、工、教育家、著述家，皆劳工也。商业中，惟消费公社，合于劳工之格。劳工当自尊，不当羡慕其他之不劳而获之寄生物。

我们不要羡慕那凭借遗产的纨绔儿！不要羡慕那卖国营私的官吏！不要羡慕那克扣军饷的军官！不要羡慕那操纵票价的商人！不要羡慕那领干修的顾问咨议！不要羡慕那出售选举票的议员！他们虽然奢侈点，但是良心上不及我们的平安多了。我们要认清我们的价值。劳工神圣！

我的办学方针

子民以大学为囊括大典包罗众家之学府，无论何种学派，苟其持之有故、言之成理者，兼容并包，听其自由发展，曾于《北京大学月刊》之发刊词中详言之：

大学者，"囊括大典，网罗众家"之学府也。《礼记》《中庸》曰："万物并育而不相害，道并行而不相悖。"足以形容之。如人身然，官体之有左右也，呼吸之有出入也，骨肉之有刚柔也，若相反而实相成。各国大学，哲学之惟心论与惟物论，文学、美术之理想派与写实派，计学之干涉论与放任论，伦理学之动机论与功利论，宇宙论之乐天观与厌世观，常樊然并峙于其中，此思想自由之通则，而大学之所以为大也。

我与学生运动

民国八年（公元一九一九年）四、五月间，因《巴黎和约》允许日本得承袭德国在山东的权益。舆论主张我国全权代表不签字于该约；而政府中亲日派曹汝霖、陆宗舆、章宗祥等不赞成。五月四日，北京大学学生联合北京各高等学校学生，为此问题示威游行，到曹汝霖宅前破门而入，适见有火油一箱，遂试纵火，偶然有一人出，群以为即汝霖，攒殴之，后始知为宗祥。未几，巡警至，大捕学生，学生被捕的数十人。我与各校长往警察总监处具保，始释放。但学生以目的未达，仍派队分途演讲，巡警又捕学生。而未被捕的学生仍四处演讲，且人数日益加多。巡警捕拘不已，拘留所不能容，乃以北大之第三院在北河沿者为临时拘留所。拘学生无数，于是各地方均设学生联合会，各校均罢课。而留法学生也组织敢死队，包围我国的全权代表，要求不签字于和约。政府亦知众怒难犯，不能不让步，于是不签字的要求，终于达到了。但是学生尚有一种要求，是罢免曹、陆、章。政府迟迟不肯发表；学生仍罢课，仍演讲，北平［京］、天津、上海等工商界也为学生所感动，而继起要求，如政府再不执行，将有罢市、罢工之举。于是罢免曹、陆、章之令乃下。这就是五四运动的大概。显而易见的，一方面是政府的办理不善，深可慨叹；一方面是学生的热诚与勇敢，很可佩服。有人疑从此以后，学生将遇事生风，不复用功了。而结果乃与之相反，盖学生在此次运动中，得了两种经验：一是进行的时候，遇着艰难，非思想较高、学问较深的同学，不能解决，于是人人感力学的必要。二是专靠学生运动，政府还是不怕，直到工商界加入，而学生所要求的，始能完全做到。觉得为救国起见，非启发群众不可。所以五四以后，学生一方面加紧用功，一方面各以课余办平民夜校、星期演讲及刊布通俗刊物，这真是五四运动的收获。

在我呢，居校长的地位，即使十二分赞助学生，而在校言校，不能不引咎辞职；所以于五日即递辞呈。八日，闻政府已允我辞职，别任马君其昶为校长。我深恐发表以后，学生有拒马之举，致涉把持地位之嫌疑，故于九日赴天津，广告于《晨报》称："杀君马者道旁儿，民亦劳止，迄可小休，我欲少休矣；北京大学校长，已正式辞去"等语，表示我之去京，实为平日苦于应接不暇之烦忙，而亟思休息也。

不意政府任命马君之事未能实现；而谋攫取北大校长之地位的是胡君仁源。胡君曾为南洋公学特班生；有哲学思想，文笔工雅，我甚器重之。后来留学英国，习工科，以性近文哲的学生肯习工艺，尤为难得。民国五年，任北大工科学长，并代理校长。余到北大后，仍请任工科学长。而彼不愿，遂改聘他人。以曾经代理校长的人来任校长，资格恰好。但推戴胡君的人，手段太不高明。他们一方面运动少数北大学生，欢迎胡君；一方面又发表所谓燃犀录，捏造故事，丑诋我及沈尹默、夏浮筠诸君，于是激起大多数北大学生的公愤，公言拒胡，并查明少数迎胡之同学而裁制之；胡君固不敢来，而政府亦不愿再任他人，乃徇北大教职员及学生之请而留我。

我自出京后，寓天津数日，即赴杭州，寓从弟国亲家，后又借寓西湖杨庄，满拟于读书之暇，徜徉湖山。奈北大纠纷未已，代表迭来，函电纷至，非迫我回京不可。经多次磋商，乃于七月十四日，与蒋君梦麟面商，请其代表到校办事，蒋君于十六日赴北京。又经函电商讨，我直至九月十日启行，十二日到北京，重进北大。

开放女禁

我是素来主张男女平等的。九年，有女学生要求进校，以考期已过，姑录为旁听生。及暑假招考，就正式招收女生。有人问我："兼收女生是新法，为什么不先请教育部核准？"我说："教育部的大学令，并没有专收男生的规定；从前女生不来要求，所以没有女生；现在女生来要求，而程度又够得上，大学就没有拒绝的理。"这是男女同校的开始，后来各大学都兼收女生了。

长沙讲学

民国九年（公元一九二○年），我五十四岁。

暑假中，湖南学者周鲠生、杨端六诸君乘杜威留京，罗素新自英来的机会，发起长沙讲演会；北京各校著名的教授都被邀，我也参与。那时谭君组庵任湖南省长．招待我们。我讲了四次，都是关乎美学的。（实际讲了 12 次，其中有关美学的 6 次。演讲的题目依次为《美术的价值》《何谓文化》《对于学生的希望》《中学的教育》《美术的进化》《学生的责任和快乐》《对于师范生的希望》《中学的科学》《美学的进化》《美术与科学的关系》《美学的研究法》《美化的都市》。我曾把演说稿整理过，载在《北京大学月刊》。

欧美教育考察

这时候，张作霖、曹锟等深不以我为然，尤对于北大男女同学一点，引为口实。李君石曾为缓和此种摩擦起见，运动政府，派我往欧美考察大学教育及学术研究机关状况。适罗君钧任正由政府派往欧美考察司法情形，遂约定同行。遂于十一月下旬赴上海，乘一法国邮船于十二月下旬到法国。

民国十年（公元一九二一年），我五十五岁。

一月，我方从法国到瑞士日内瓦，接蒋梦麟、谭仲逵二君电，痛悉黄夫人仲玉已于一月一日去世，哀哉！溯我从湖南回北京的时候，夫人已病，延法国医生诊疗，渐瘥，并为我整理行装。我行后，在船中曾以无线电询病状，亦得"渐瘥"的复电，不意到欧不数日而得此噩耗，我心甚痛，作祭文一首。

这一年的一月十八日赴法国，往来巴黎、里昂间。二月十二日到比利时。十六日又到法国。三月十三日到德国。二十八日到奥国。四月一日到匈牙利。五日复到瑞士。十日复到法国。十三日往意大利。二十四日复到法国。二十九日到荷兰。五月三日到英国。十七日复到法国。六月一日到美国。十日到加拿大。十四日又到美国。三十日上船。八月六日到檀香山，受教育部委托。参加太平洋教育会议。二十九日上船，九月九日到日本。十四日到上海。十八日回北京。

我在意大利时，四月十九日，得里昂传来宋汉章君电，知从弟国亲去世。国亲比我小十四岁，甚有才干；我的运动革命，推行教育，得他的助力很多。曾在司法界服务，现已入金融界，前途甚有希望；竟不永年；可惜可哀！

教育独立议

教育是帮助被教育的人，给他能发展自己的能力，完成他的人格，于人类文化上能尽一分子的责任；不是把被教育的人，造成一种特别器具，给抱有他种目的的人去应用的。所以，教育事业当完全交与教育家，保有独立的资格，毫不受各派政党或各派教会的影响。

教育是要个性与群性平均发达的。政党是要制造一种特别的群性，抹杀个性。例如，鼓励人民亲善某国，仇视某国；或用甲民族的文化，去同化乙民族。今日的政党，往往有此等政策，若参入教育，便是大害。教育是求远效的；政党的政策是求近功的。中国古书说："一年之计树谷；十年之计树木；百年之计树人。"可见教育的成效，不是一时能达到的。政党不能掌握政权，往往不出数年，便要更迭。若把教育权也交与政党，两党更迭的时候，教育方针也要跟着改变，教育就没有成效了。所以，教育事业不可不超然于各派政党以外。

教育是进步的：凡有学术，总是后胜于前，因为后人凭着前人的成绩，更加一番功夫，自然更进一步。教会是保守的：无论什么样尊重科学，一到《圣经》的成语，便绝对不许批评，便是加了一个限制。教育是共同的：英国的学生，可以读阿拉伯人所作的文学；印度的学生，可以用德国人所造的仪器，都没有什么界限。教会是差别的：基督教与回教不同；回教又与佛教不同。不但这样，基督教里面，天主教与耶稣教又不同。不但这样，耶稣教里面，又有长老会、浸礼会、美以美会等等派别的不同。彼此谁真谁伪，永远没有定论。只好让成年的人自由选择，所以各国宪法中，都有"信仰自由"一条。若是把教育权交与教会，便恐不能绝对自由。所以，教育事业不可不超然于各派教会以外。

离开北大

我在民国九年的冬季，曾往欧美考察高等教育状况，历一年回来。这期间的校长任务，是由总务长蒋君代理的。回国以后，看北京政府的情形，日坏一日，我处在与政府常有接触的地位，日想脱离。十一年冬，财政总长罗钧任君忽以金佛郎问题被逮，释放后，又因教育总长彭允彝君提议，重复收禁。我对于彭君此举，在会议上，认为是蹂躏人权献媚军阀的勾当；在私情上，罗君是我在北大的同事，而且于考察教育时为最密切的同伴，他的操守，为我所深信，我不免大抱不平。与汤尔和、邵飘萍、蒋梦麟诸君会商，均认有表示的必要。我于是一面递辞呈，一面离京。隔了几个月，贿选总统的布置，渐渐地实现；而要求我回校的代表，还是不绝，我遂于十二年七月间重往欧洲，表示决心；至十五年，始回国。那时候，京津间适有战争，不能回校一看。十六年，国民政府成立，我在大学院，试行大学区制，以北大划入北平大学区范围，于是我的北京大学校长的名义，始得取消。

综计我居北京大学校长的名义，十年有半；而实际在校办事，不过五年有半，一经回忆，不胜惭悚。

九　国民政府时代

响应北伐

我于十五年二月依教育部电促返国。是时，我尚未辞去北大校长。抵沪，适平、津交通断绝，无法北上。乃留沪参加皖、苏、浙三省联合会，该会系响应国民革命军北伐之组织。浙江省科学院筹备处成立，推我兼任正主任。是年冬，我任浙江政治分会委员，赴宁波出席会议。时北洋军阀在浙又占优势，分会委员分途暂避，我与马夷初氏同往象山，又改往临海，再乘带鱼船往福州。

我在福州及厦门阅两月，由集美学校借捕鱼船送至温州，又换船至宁波，再由宁波到杭州，参加浙江政治分会。国民政府成立，遂进京，参加中央政治会议，任中央监察委员、国民政府教育行政委员会委员，试办江苏、浙江、北平三大学区。

出任大学院院长

我六十一岁至六十二岁（十六年至十七年）任大学院院长。

大学院的组织，与教育部大概相同，因李君石曾提议试行大学区制，选取此名。大学区的组织，是摹仿法国的。法国分全国为十六大学区，每区设一大学，区内各种教育事业，都由大学校长管理。这种制度优于省教育厅与市教育局的一点，就是大学有多数学者，多数设备，绝非厅局所能及。我们为醉心合议制，还设有大学委员会，聘教育界先进吴稚晖、李石曾诸君为委员。由委员会决议，先在北平（包河北省）、江苏、浙江试办大学区。行了年余，常有反对的人，甚至疑命名"大学"，有蔑视普通教育的趋势，提议于大学院外再设一教育部的。我遂自动地辞职，而政府也就改大学院为教育部；试办的三大学区，从此也取消了。

我在大学院的时候，请杨君杏佛相助。我素来宽容而迂缓，杨君精悍而机警，正可以他之长补我之短。正与民国元年我在教育部时，请范君静生相助，我偏于理想，而范君注重实践，以他所长补我之短一样。

大学院时代，院中设国际出版品交换处，后来移交中央研究院，近年又移交中央图书馆。

大学院时代，设国立音乐学校于上海，请音乐专家萧君友梅为校长（第一年萧君谦让，由我居校长之名）。增设国立艺术学校于杭州，请图画专家林君风眠为校长。又计划第一次全国美术展览会，但此会开办时，我已离大学院了。

大学院时代，设特约著作员，聘国内在学术上有贡献而不兼有他职者充之，听其自由著作，每月酌送补助费。吴稚晖、李石曾、周豫才诸君皆受聘。

主持中央研究院

我于六十一岁时，参加中央政治会议，曾与吴稚晖、李石曾、张静江诸君提议在首都（当时为南京）、北平、浙江等处，设立研究院，通过。首都一院，由大学院筹办，名曰国立中央研究院。民国十七年开办，我以大学院院长兼任中央研究院院长。我离大学院后，专任研究院院长，与教育界虽非无间接的关系，但对于教育行政，不复参与了。

淡出世事

以元培之年龄能力，聚精会神，专治一事，犹恐不免陨越；若再散漫应付，必将一事无成。今自八月起，画一新时期，谨为下列三项之声明，幸知友谅之。

（一）辞去兼职

荀子有言："行衢道者不至。"又曰："鼫鼠五技而穷。"治学治事，非专不可。余自民元以来，每于专职以外，复兼其他教育文化事业之董事及委员等，积累既久，其数可惊。"老者不以筋力为礼，贫者不以货财为礼"，虽承各方体谅，不以奔走权门、创捐巨款相责。而文书画诺、会议主席以及其他排难解纷、筹款置产之类，亦已应接不暇。衰老之躯，不复堪此。爰次第辞去。略如下方；其所不及，以此类推。

中国公学校董兼董事长

上海法学院校董

上海美术专科学校校董兼主席校董

苏州振华女学校董

南通学院校董

北平孔德学校校长

中华职业教育社评议员

中华教育文化基金董事会董事及董事长

故宫博物院理事及理事长

鸿英教育基金董事会董事及董事长

全国国语教育促进会会长

爱国女学校董兼主席校董

寰球中国学生会会员

中华慈幼协会会员

中国经济统计社社员

太平洋国际学会会员

国际问题研究会会员

音乐艺文社社员

大同乐会董事及副董事长

中国教育电影协会监事

杭州农工银行监理

国立北平图书馆馆长

上海市图书馆临时董事会董事及董事长

（二）停止接受写件

余不工书，而索书者纷至，除拨冗写发者外，尚积存数百件。方拟排日还债，而后者又接踵而至，将永无清偿之一日。今决定停收写件，俟积纸写完，再行定期接受。

（三）停止介绍职业

事需人，人需事，谙悉两方情形者，本有介绍之义务。然现今人浮于事，不知若干倍。要求介绍者，几乎无日无之，何厚于此，何薄于彼！一而二,二而三,以至于无穷；遇有一新设之机关或机关之长官更迭时，则往往同时、同处接到我多数之介绍函，其效力遂等于零。在我费无谓之光阴，在被介绍者耗无谓之旅费，在受函者亦甚费无谓之计较与答复，三方损失，何苦而为之！近日政府有全国学术工作咨询处，社会有职业指导所，各报亦有"自我职业介绍"及"谋事者鉴"等栏；且现在各国失业调查及救济之方策，我政府亦必将采用。个人绵力，乞可小休。

中华民国二十四年七月三十一日　蔡元培谨启

客居香港

"八一三"淞沪抗战后，蔡元培先生忧怀国事，每每欲往国外，争取友邦同情。民国二十七年春，移居香港，即迁往九龙柯士甸道新寓。

蔡元培先生于民国二十九年二月二日在九龙寓所失足倒地，伤及内脏，虽经输血手术治疗，终以年高体弱，疗效甚微，到五日晨九时四十五分逝世，享年七十四岁。

十　怀念故友

书杜亚泉先生遗事

余之识亚泉先生，始于民元前十三年。是时，绍兴有一中西学堂，余任监督，而聘先生任数学及理科教员，盖先生治学，自数学入手，而自修物理、化学及矿、植、动物诸科学也。学堂本有英、法两种外同语，而是年又新增日文。先生与余等均不谙西文，则多阅日文书籍及杂志，间接地窥见世界新思潮，对于吾国传统的学说，不免有所怀疑。先生虽专攻数理，头脑较冷，而讨寻哲理、针砭社会之热诚，激不可遏。平时各有任务，恒于午膳、晚餐时为对于各种问题之讨论。是时，教职员与学生同一膳厅，每一桌，恒指定学生六人、教职员一人。其余教职员则集合于中间之一桌，先生与余皆在焉。每提出一问题，先生与余往往偏于革新方面，教员中如马湄莼、何阆仙诸君，亦多表赞同；座中有一二倾向保守之教员。不以为然，然我众彼寡，反对者之意见，遂无由宣达。在全体学生视听之间，不为少数旧学精深之教员稍留余地，确为余等之过失，而余等竟未及注意也。卒以此等龃龉之积累，致受校董之警告，余愤而辞职，先生亦不久离校矣。

先生本号秋帆，到上海后，自号亚泉。先生语余："亚泉者，氩线之省写；氩为空气中最冷淡之元素，线则在几何学上为无面无体之形式，我以此自名，表示我为冷淡而不体面之人而已。"编印《亚泉杂志》，提倡数理之学。

未几，先生膺南浔庞君清臣之聘，长浔溪中学，所请教员，均为一时知名之学者。然终以一化学教员之故，校中忽起风潮。余时在爱国学社，特往南海调停，无效。先生卒以是辞职，而浔溪中学亦从此停办矣。

余长爱国女学时，先生与寿孝天、王小徐诸君，均为不支薪俸之教员，先生所教者为理科。

嗣后，先生进商务印书馆编译所，服务三十年，所编教科书甚多，大抵关于数理，余非习数理者，不敢妄论。余终觉先生始终不肯以数理自域，而常好根据哲理，以指导个人，改良社会，三十余年，未之改也。最近，先生曾在其子弟所设之中学，试验人生哲学的谈话。就近人编译书籍中，选其足以开发青年思想者数种，劝学生阅读；又就生物学、心理学、社会学、哲学、伦理学等科学中，编辑其新颖警切的理论，每周为学生讲述一次；尤于各科学的名词界说，为学生逐一检查词典，严密注意。后因学校停办，先生乃取搜集的材料，加以扩充与整理。编为《人生哲学》，作为高级中学教科书，于十八年八月由商务印书馆出版。是书分三大部分：（一）人类的机体生活（生理的）；（二）人类的精神生活（心理的）；（三）人类的社会生活（伦理的）。而前方冠以绪言，后方结以人生的目的和价值与人生问题和人生观二章。中学教科之人生哲学，本为旧日伦理学教科之改名，旧日伦理学中，虽亦有关于卫生及养心之说明，然皆甚略。先生此书，说机体生活及精神生活，占全书三分之二，以先生所治者为科学的哲学，与悬想哲学家当然不同也。先生既以科学方法研求哲理，故周详审慎，力避偏宕，对于各种学说，往往执两端而取其中，如惟物与惟心，个人与社会，欧化与国粹，国粹中之汉学与宋学，动机论与功利论，乐天观与厌世观，种种相对的主张，无不以折中之法，兼取其长而调和之；于伦理主义取普泛的完成主义，于人生观取改善观，皆其折中的综合的哲学见解也。先生之行己与处世，亦可以此推知之。

《新社会半月刊》，第六卷第二号，一九三四年一月十六日出版

记宗仰上人轶事

上人本姓黄氏，江苏常熟人，出家后，法号宗仰。受翁叔平氏熏陶，能为诗古文辞。其所发表之诗文，自署乌目山僧；但当时报纸，亦有称为黄中央者。

余与上人相识，由蒋观云氏介绍。其时上海有一日报曰《大同》，不能支持；而上人正在哈同花园罗伽陵夫人处主持佛事，颇愿尽力于革新之事业，乃由罗夫人出款，接办《大同日报》，而观云为之编辑。

上人曾为罗夫人印释藏全部，但不甚流通。

民元前十一年冬，观云与林少泉、陈梦坡、吴彦复诸氏发

起爱国女学，上人亦赞同之，商诸罗夫人，助经费，至前四年始截止。

前十年，南洋公学学生全体退学，除少数家居上海，或有戚族在上海可依止者外，大多数均寓旅馆；推代表向中国教育会求助。教育会开会讨论，上人谓："一切旅费，可由我担任。"退学生赖以维持，至爱国学社成立而后止。其款亦罗夫人所出也。

前九年，中国教育会改选职员，举上人为会长。五月，学社社员不满意于中国教育会，于报端揭《敬谢教育会》一文；教育会开评议会，决定态度，余主张听学社独立，多数赞同。上人乃以中国教育会会长名义发布《贺爱国学社之独立》一文答之。时章太炎氏亦为评议员，独反对学社独立，乃函促各评议员之在他地者来上海开会，取消前此议决案。上人与余遂不复与闻爱国学社事。

上人曾游日本一次，时中山先生适在日，盘桓颇久。上人归国后，曾为我说中山先生轶事。民元前一年，中山先生自海外归来，上人先得讯，雇一小汽船到吴淞迎之。

《蔡元培先生全集》

章太炎革命行述

章氏幼年情形，本人不甚深知。某年，余由杭去临安，过余杭，始初识章氏，时年二十有余，方作《訄书》也。辛丑，章即去发辫，徜徉过市，复倡排满革命之说，邻里侧目。章氏太炎之名，实慕明末清初学者黄太冲、顾炎武之为人而取。时杭州有

《经世报》者，章常著论辱骂政府，鼓吹革命。终因环境关系，未久，即来上海，为《苏报》《民报》撰稿。迨"苏报案"发，章及多人被捕。他人即经营救出狱，惟章以《驳康有为书》中，有骂光绪为"小丑"字样，经判禁西牢三年，与陈蜕庵同狱。余时往探视，并递送书籍及零用钱。出狱时，章剃一光头，人谓恐风吹伤脑。章笑曰：刀尚不怕，乌论风吹。乃东渡日本，在东京讲学，听者均年长于章，而国学根蒂甚深者，一时对留东学生影响甚大。复在北京大学及现中央大学中国文学系教授中，不乏章氏彼时之高足。中年而后，犹不忘情政治，对时局时有通电，发表主张。近年复致力讲学，惜未竟全功，而遽归道山，殊人怀念不置。

《申报》，一九三六年七月十九日

追悼曾孟朴

我是四十多年前就知道曾君表（曾孟朴的父亲）先生了。那时候，我正在李莼客先生京寓中课其子；而李先生于甲午年去世，他的几位老友与我商量搜集李先生遗著的事，我所以知道君表先生。最近两年，我在笔会里常见到虚白先生。然而，我始终未曾拜见孟朴先生。今所以参加追悼的缘故，完全为先生所著的《孽海花》。

我是最喜欢索隐的人，曾发表过《石头记索隐》一小册。但我所用心的，并不只《石头记》，如旧小说《儿女英雄传》《品花宝鉴》，以至于最近出版的《轰天雷》《海上花列传》等，都是因为有影事在后面，所以读起来有趣一点。《孽海花》出版后，觉得最配我的胃口了，它不但影射的人物与轶事多，为以前小说所没有，就是可疑的故事，可笑的迷信，也都根据当时一种传说，并非作者捏造的。加以书中的人物，半是我所见过的；书中的事实，大半是我所习闻的，所以读起来更有趣。

我对于此书，有不解的一点，就是这部书借傅彩云作线索，而所描写的傅彩云，除了美貌与色情狂以外，一点没有别的。在第二十一回中叙彩云对雯青说："你们看看姨娘，本来不过是个玩意儿，好的时候抱在怀里，放在膝上，宝呀贝呀的捧。一不好，赶出的，发配的，送人的，道儿多着呢。就讲我，算你待得好点儿，我的性情，你该知道了；我的出身，你该明白了；当初讨我的时候，就没有指望我什么三从四德，三贞九烈；这会儿做出点儿不如你意的事情，也没什么稀罕。"似乎有点透彻的话，可以叫纳妾的男子寒心；然而她前面说："我是正妻，今天出了你的丑，坏了你的门风，叫你从此做不成人，说不响话，那没有别的，就请你赐一把刀，赏一条绳，杀呀，勒呀，但凭老爷处置，我死不皱眉。"可见她的见地，还是在妻妾间的计较，并没有从男女各自有人格的方面着想。所说"出丑""坏门风""做不成人，说不响话"，完全以男子对于女子的所有权为标准，没有什么价值。彩云的举动，比较有点关系的，还是拳匪之祸，她在瓦德西面前，劝不妄杀人，劝勿扰乱琉璃厂，算是差强人意。后来刘半农、张竞生等要替她做年谱、谋生计，还是这个缘故。观孟朴先生"修改后要说的几句话"称：初稿是光绪三十二年一时兴到之作，是起草时已在拳匪事变后七年，为什么不叙到庚子，而绝笔于"青阳港好鸟离笼"的一回？是否如西施沼吴以后（彩云替梁新燕报仇）"一舸逐鸥夷"算是"神龙见首不见尾"的文法？但是第二十九回为什么又把燕庆里挂牌子的曹梦兰先泄露了？读卷端台城路一阕，有"神虎营荒，鸾仪殿辟，输尔外交纤腕"等话，似是指彩云与瓦德西的关系。后来又说："天眼愁胡，人心思汉，自由花神，付东风拘管。"似指辛亥革命。是否先生初定的轮廓，预备写到辛亥，或至少写到辛丑，而后来有别种原因，写到甲午，就戛然而止？可惜我平日太疏懒，竟不曾早谒先生，问个明白，今先生去世了，我的怀疑，恐永不能析了。这就是我追悼先生的缘故！

《宇宙风》第二期，一九三五年十月一日出版

哀刘半农先生

刘先生死了！为青年模范的刘先生，是永远不会死的！

孔子说："知之者，不如好之者；好之者，不如乐之者。"说学者心理上进展的状况，是最好没有的了。从各种科学中或一种科学的各方面中，择自己性所最近的专研起来，这是知的境界。研究开始了，渐感到这种工作的兴趣。废寝忘食，只有这惟一的嗜好，这是好的境界。学成了，在适当的机会应用起来，搜罗新材料，创造新工具，熟能生巧，乐此不疲，虽遇到如何艰难，均不以为意，这是乐的境界。我个人所见到的刘先生，真是具此三种境界的。

刘先生早年求学的状况，我知道的不多。我认识他是在民

国六年。那时候刘先生已经二十余岁了，在大学预科任教员，在《新青年》杂志发表诗文，就在国内做"商量旧学，培养新知"的准备，亦未始不可；但他一定要出去留学。到了法国了，以他平日沉浸于文史的习惯，也未尝不可以选点轻松的学科，在讲堂上听听讲，在书本上寻点论文的材料，赚一个博士的证书；然而他经再四考虑以后，终选定了语音学。这是刘先生的知。他选定了这学科以后，对于测验的纤琐、计算的繁重，毫不以为苦；我到巴黎见他时，一问到，他就"头头是道""津津有味"地讲起来。这是刘先生的好。他回国了，在北京大学的国学门研究所，布置语音学实验室，这是他的主要工作。当然能者多劳，他除北大研究所以外还担任中央研究院史语研究所兼任研究员和各大学院长教务长等职务，并在各杂志或日报上也有相当的发表，但是他的兴趣，还是集中于语音学。他时时有新的发明，如改良测验的仪器，由笨重变为轻便；改良计算的方法，由繁难变为简易，都是他最得意的事。他对于考察方音，决不畏旅行的艰苦。此次由北平经绥远而达百灵庙，染病以后，尚极有兴会，不得已而回平，以至疾笃，亦从无怨无尤人的感想。这是刘先生的乐。以我个人的观察，刘先生可谓实践孔子所说"知之""好之""乐之"的三境界，可以为青年求学者的模范了。

刘先生不幸而死，但是无数青年如能以刘先生为模范，而对于所学能由"知之"以至于"好之"而至于"乐之"，则刘先生就永远不死了。

《人世间》第十期，一九三四年八月二十日出版

记鲁迅先生轶事

鲁迅先生去世，是现代文学界大损失，不但我国人这样说，就是日本与苏联的文学家也这样说，可说是异口同声了。鲁迅先生的事迹，除自传外，各报发表的也不少，无取乎复述。我现在记他的几件轶事。

三十年以前，我在德国留学的时候，觉得学德语的困难，与留学东京之堂弟国亲通信时，谈到这一点。国亲后来书，说与周豫才、岂明昆弟谈及，都说"最要紧的是有一部好字典"。这是我领教于先生的第一次。后来，国亲又寄给我《或外小说集》一部，这是先生与岂明合译的，大都是北欧的短篇小说，译笔古奥。比林琴南君所译的，还要古奥，只要看书名"域外"写作"或外"，就可知先生那时候于小说的热心了。

先生进教育部以后，我们始常常见面。在南京时，先生于办公之暇，常与许君季茀影抄一种从图书馆借来的善本书。后来先生所发表的有校订本魏中散大夫《嵇康集》等书，想就是那时期工作之一斑了。

先生于文学外，尤注意美术，但不喜音乐。我记得在北京大学的时候，教育部废去洪宪的国歌，而恢复《卿云歌》时，曾将两份歌谱，付北平中学练习后，在教育部礼堂唱奏，除本部职员外，并邀教育界的代表同往细听，选择一份。先生与我均在座，先生对我说："余完全不懂音乐。"我不知道他这几句话的意思，是否把"懂"字看得太切实，以为非学过音乐不可；还是对教育部这种办法，不以为然，而表示反抗？我后来没有机会问他。

我知道他对于图画很有兴会，他在北平时已经搜罗汉碑图案的拓本。从前记录汉碑的书注重文字，对于碑上雕刻的花纹毫不注意。先生特别搜辑，已获得数百种。我们见面时，总商量到付印的问题，因印费太昂，终无成议。这种稿本，恐在先生家中，深望周夫人能检出来，设法印行，于中国艺术史上很有关系。先生晚年提倡版画，印有凯绥·珂勒惠支及 E.蒙克版画选集等，又与郑君振铎合选北平南纸铺雅驯的信笺印行数函，这都与搜辑汉碑图案的动机相等的。

先生在教育部时，同事中有高阳齐君寿山，对他非常崇拜。教育部免先生职后，齐君就声明辞职，与先生同退。齐君为人豪爽，与先生的沉毅不同；留德习法政，并不喜欢文学，但崇拜先生如此，这是先生人格的影响。

《宇宙风》第二十九期，一九三六年十一月十六日出版

记俞英厓
——《琴绿堂遗草》序

余与俞君英厓交十余年矣。六年前，余将赴德意志，别君于奉天。今年，与君相见于北京、于上海，而余又将游德，君亦复取道海参崴，为延吉之游矣。君滨行，以先德小舟先生《琴绿堂遗草》见示，余受而读之。因地为集，有沈水、萍水、紫水、鉴水、滦水、莲水等目。而编年，自丁酉迄丙寅，凡四十年。盖先生宦游，西至蜀，东北至辽沈，南至闽粤，并经游湘、赣诸地。

以所闻见。托诸吟咏，使后之人读之，得以想见当日各地方之状况，与夫宦游者之境遇，乃与亲炙无异，岂一等闲吟风弄月之作所可拟者。英匡游踪，虽不逮先生之广，然往返间，经由俄、韩；而今之时局，又与先生所处不同，必将别有怅触。其亦将托之吟咏，以媲美于先德欤？余读先生之诗，而有此感，因题于卷端云。

一九一二年九月九日

记徐锡麟
——徐锡麟墓表

有明之亡，集义师，凭孤城，以与异族相抗者，于浙为最烈；而文字之狱，亦甲于诸省。故光复之思想，数百年未沫。自晚村以至定盦，其间虽未有伟大之著作为吾人所发见，而要其绵绵不绝之思潮，则人人得而心摹之。

在所见世以言论鼓吹光复者，莫如余杭章先生炳麟；而实力准备者，莫如山阴徐先生锡麟，及会稽陶先生成章。顾章、陶两先生，皆及见清帝之退位，中华民国之成立；而徐先生乃于前五年赍志以殁。其殁也，又为光复史中构造一最重大之纪念，此后死者之所以尤凭吊流连而不能自已者也。

徐先生，字伯荪，浙江山阴人也。少时，治算学及天文学，廓然有感于因果之定律，宇宙之溥博而悠久，他日杀身成仁之决心，托始于是矣。其后，为家庭教师，以光复大义授弟子许克丞。继为绍兴中学堂教习，以尚武主义为学生倡，并以时涉历诸暨、嵊诸县，交其健者，以大义运动之。及至上海，由蔡元培、元康昆弟之介绍，而与陶成章合。成章方以嘉兴敖嘉熊、龚国铨诸志士之倾助，而奔走金华、衢、严诸府，运动其秘密会党，有成议。两先生既成交，浙江诸会党有统一之机。于是相率至绍兴，谋以绍兴为根据地，施军事教育，为革命军预备。许克丞愿任经费设武备学堂，格于例不果；乃设大通师范学堂，凡浙东秘密会党诸魁桀，皆以是为交通总机关，各遣其相当之徒属就学焉。公然陈武装，演说革命，乡里窃窃然议之，而先生善交欢清吏，得无恙；然亦于其间积种种经验，知不惟绍兴，即浙江一隅，亦未足以大举。乃由许克丞出资，为先生及成章、鼎铨、陈子英分别捐道员若知府，相率赴日本，学陆军，定议毕业后捐请分发重要都会，揽其兵柄。无何，试验不及格，均不克入联队。

先生先返，偕克丞以道员赴湖北，以其地占全国形势，而练军亦较他省为精劲，可利用。时湖北适停分发，乃赴安徽。初主陆军小学；逾年，移主巡警学堂。安徽故多会党，即练军亦间有具新思想者。先生既至，颇欲从容布置，谋定而后动；会女侠秋瑾偕嵊县平阳党魁祝兆康、王镜发等驰书促举事；陶成章在日本亦数数相责备；而巡抚恩铭又微露疑先生意；先生乃与同志陈伯平、马家（宗）汉谋，乘五月二十八日举行巡警生毕业式，诸大吏毕集，尽杀之，以乱军心；亦檄召浙江诸豪刻期会安庆。无何，恩铭令改期，以二十六日至。先生不及俟援军，及期，出手枪击恩铭，死之；他吏散走。先生率巡警生百余人占军械局，为敌兵所击散，先生被执。清吏搜先生室，得布告，有云："与我同胞，共复旧业，重建新国，图共和之幸福。"及被鞫，而宣言则又谓：革命人人可能，若以中央集权为立宪，立宪愈快，革命亦愈快。越五年，而其言皆验矣。

二十七日，清吏杀先生，刳其心以祭恩铭，而槁葬之。及中华民国成立，先生之弟锡□、锡骥等，始克迎先生之榇以归里。元年九月，葬诸西湖之堧。同里蔡元培，于先生为同志，爰表先生之大节于墓前，以告下马而展谒者，使知吾辈之自由幸福，得诸徐先生之赐者，殊非浅鲜焉。

一九一二年九月

孙逸仙先生传略
——在里昂举行的孙中山追悼会致词

在外国搜集材料颇难，仅据所见所闻之荦荦大者记之，俟他日补正。

先生名文，逸仙其字也，又号中山。民国纪元前四十七年，生于广东省之香山县。年十三，在私塾肄业，闻人说洪秀全轶事，为之感动，即立志革命。其后赴夏威夷（Honolulu），进耶稣教会学校。寻归广东，入博济医学校，识同学郑士民、士良。士良夙入会党，闻先生谈革命，甚悦服，愿于起事时率会党候指挥。是为先生运动革命之始，亦即与会党关系之始。

翌年，先生转学于香港医学校，常往来香港、澳门间，鼓吹革命。毕业后，行医于澳门及广州。图实行革命，与同志陆皓东游京津，经武汉，观察形势。民元前十三年，清政府与日本开战，先生以为有机可乘，赴夏威夷，设兴中会。旋归国，往来广州、香港间，布置攻取广州之计画。翌年七月，事泄，同志多被捕，先生脱险，赴日本，复往夏威夷，往美洲，推广兴中会。美洲华侨多立有洪门会馆。洪门会者，倡自明末清初，本以反清复明为宗旨，而以互助为联合法。积久，则满意于互助之益，而革命宗旨，几不复在记忆中。先生与同志多方提醒，而会众始觉悟，愿受先生指挥。

先生由美至英，为清使龚照屿诱入使馆而拘留之，赖香港医学校旧教习康德黎之营救而得脱。

先生留欧洲二年，考察各国政治风俗，始悟富强之国，人民尚多痛苦。从前于排斥异族政府外，虽已决定采用共和制，而于最新之社会主义，尚未暇顾及。至是始感其必要，乃于民族、民权两主义外，复采取民生主义，而三民主义之计画始定。

复赴日本，遣同志陈少白回香港，发行《中国报》，鼓吹革命，是为中国革命党机关报之始。遣史坚如入长江联络会党，而郑士良则在香港设会党招待所。于是长江各省及广东、广西、福建之会党，均并合于兴中会矣。

会清廷信用义和团，与列强开衅。先生以为机不可失，乃遣郑士良率会党攻惠州，史坚如入广州与之响应。士良迭克数城，以援绝失败，而坚如谋炸两广总督署，以事泄见戕。然国内有志者受刺激渐深刻，以言论反对清政府，或在各省起事者渐多。事败，苟不被戕害或拘留，则大率亡命至日本，间亦至欧美，仍努力传播革命主义，信从者日众。先生知事机渐熟，于是游历各国，揭橥所抱之三民主义以号召之，而组织革命同盟会，开第一会于拨鲁塞尔（今比利时首都布鲁塞尔），加盟者三十余人。开第二会于柏林，加盟者二十余人。开第三会于巴黎，加盟者十余人。开第四会于日本之东京，加盟者数百人，自甘肃而外，十七省之士皆与焉。于是定中华民国之名称，公布于党员，使传布主义于本省。不期年而加盟者逾万人，各省亦先后成支部焉。于是在东京发行《民报》，是为革命党机关杂志之始。

民元前五年，革命同盟会会员刘道一、宁调元、胡英等在萍乡、醴陆（陵）间起事，为清军所破。清政府与日本政府交涉，排斥先生，先生乃往安南。自河内遣同志攻潮州、黄冈，不利。攻惠州，攻钦州、廉州，均不利。先生又亲率同志袭取镇南关，图攻龙州，又不利，退回安南。清政府与法政府交涉，排斥先生，先生乃往新加坡。遣黄兴等攻钦、廉，遣黄明堂等攻河口，又不利，先生乃往美洲筹款。同志有运动广州新军举事者，事泄，又不利。先生亟自美洲赴日本，被侦悉，不准居留，乃赴槟榔屿。

民前一年三月，会中知名之士，均潜入广州，于二十九日奋攻总督署，卒不胜，仅一二人得脱，而被戕者七十二人，所谓七十二烈士者也，义声震于全国。

当是时，先生三十年间所传播之革命思想，已弥漫各省，凡新式军队亦多表同情，重以广州一役之激刺，则热度陡增。及八月间武昌起义，各省次第响应，而清室遂以颠覆。先生所提倡之民族主义，于是实现。且以先生于鼓吹民族主义时，同时标举民权，而早定中华民国之名称，故革命功成，人人不复作汉族立君之梦想，而群凑于民国之一鹄。各省代表之会于南京者，遂选举先生为中华民国临时总统焉。

先生自美洲归，则于阳历一月一日就职，即废除阴历，而以是年为民国元年，建设临时政府。及清帝退位，先生即辞临时总统之职，而袁世凯继之。

先生尝预定革命方略，曰：规律革命进行之时期为三：第一军政时期，第二训政时期，第三宪政时期。

第一为破坏时期，拟在此时期内，施行军法，以革命军担任打破满清之专制，扫除官吏之腐败，改革风俗之恶习，解脱奴婢之不平，洗净鸦片之流毒，破灭风水之迷信，废去厘卡之障碍等事。

第二为过渡时期，拟在此时期内，施行约法，建设地方自治，促进民权发达。以一县为自治单位，县之下，再分为乡村区域，而统于县。每县于敌兵驱除、战事停止之日，立颁布约法，以之规定人民之权利义务，与革命政府之统治权，以三年为限。三年期满，则由人民选举其县官；或于三年之内，该县自治局已能将其县之积弊扫除，如上所述者，及能得过半人民能了解三民主义，而归顺民国者，能将人口清查，户籍厘定，警察、卫生、教育、道路各事，照约法所定之低限程度而充分顾就者，亦可立行自选其县官，而成完全之自治团体。革命政府之对于此自治团体，只能照约法所规定而行其训政之权。俟全国平定之后六年，各县之已达完全自治者，皆得选举代表一人，组织国民大会，以制定五权宪法。以五院制为中央政府：一曰行政院，二曰立法院，三曰司法院，四曰考试院，五曰监察院。宪法制定之后，由各县人民投票选举总统以组织行政院；

选举代议士以组织立法院。其余三院之院长，由总统得立法院之同意而委任之，但不对总统、立法院负责，而五院皆对于国民大会负责。各院人员失职，由监察院向国民大会弹劾之；而监察院人员失职，则国民大会自行弹劾而罢黜之。国民大会职权，专司宪法之修改，及制裁公仆之失职。国民大会及五院职员，与夫全国大小官吏，其资格皆由考试院定之。此五权宪法也。宪法制定，总统、议员举出后，革命政府当归政于民选之总统，而训政时期，于以告终。

第三为建设完成时期，拟在此时期施行宪政。此时一县之自治团体，当实行直接民权。人民对于本县之政治，当有普通选举之权，创制之权，复决之权，罢官之权。而对于一国政治，除选举权之外，其余之同等权，则付托于国民大会之代表以行之。此宪政时期，即建设告竣之时，而革命收功之日。此革命方略之大要也。曾于民元前一年广州之役节要宣布之。

其后革命实现，受各方面之牵制，卒未能建设革命政府，先生不能不取"藏器待时"之态度，以待机会。一方面徇袁世凯之请，任全国铁路督办；一方面允会员宋教仁之请，吸收政见较为接近之小党，改组革命同盟会，而名为国民党，先生被举为国民党总理。是时，国民党在议会中，占大多数，教仁欲利用之，以制裁世凯。世凯暗杀教仁，国民咸抱不平。先生以为此一机会也，乃主张起师讨世凯，其后义师屡败，而议院中国民党员悉被世凯违法而斥逐。于是先生赴日本，又选国民党中急进派，组织中华革命党。四年，世凯谋复帝制，先生遣党员赴各省，起师讨世凯。世凯死，国民党议员复职，先生回上海。

六年，段祺瑞政府解散议院，先生以为此又一机会也，赴广东组织军政府，被举为大元帅。七年，军政府改组，被举为总裁。八年，辞职。十年，被举为军政府大总统。十一年，部下一部分军队哗变，先生赴上海。十二年，党军恢复广州，先生又赴广东，组织大元帅府，被举为大元帅。

先生以己之政见，在军阀中，最不肯了解者为曹锟、吴佩孚一派，故不能不先认曹、吴一派为惟一之敌党。而其他如段祺瑞、张作霖辈，虽了解之程度亦不甚高，而同有嫉视曹、吴之意见，则对于攻击曹、吴之举，正不妨与之合作也。是以有联段、联张之主张。

先生又以国内各小党中，与民生主义较为接近者，惟共产党，而共产党员又有一部分同时为国民党党员，故有改组国民党而收入共产党之举。

先生又以国际上列强与中国所订之种种不平等条约，最为民生主义进行之障碍；而首先声明取消者为俄国，不能不认俄国为惟一之友。而且俄国故领袖列宁所创立之苏维埃制度及各种施行程序，与先生所主张训政时期之设施，极相类似；而列宁个人坚强之意志，牺牲之精神，又适与先生相等，故先生尤引列宁为惟一之友。

凡此等经历，皆特有一部分之理由，而先生平日所抱之政见，超然如故，固并不受其牵制也。

先生一生之精力及时间，虽大半消费于革命运动之中，然有暇则读书，自奉颇简素，而有钱则用以购书，故于新时代科学家之理论，类皆能去其糟粕而撷其精英，更以己意融会之，以证成其特有之主义。读所著《建国方略》《三民主义》《孙文学说》及其他讲演集，可以知其概略。

自十二年间，曹锟以贿得总统，吴佩孚更凭借中央政府权力，实行其武力统一之计画；最近因冯玉祥之反戈，与段祺瑞、张作霖之协力，而曹、吴失败，祺瑞被推为执政。先生应祺瑞之请，取道日本而至北京。洞见祺瑞一派无建设革命政府之能力，不得已而思其次，力主国民会议；而段派又不能用，必先举行其所谓善后会议，以敷衍实力派；先生乃宣告本党党员表示不合作之意见。先生与他党联合之程度，大率如是。其与共产党及苏俄，亦非一切苟同，可推而知矣。

先生夙有肝疾，到北京，疾转剧，历经名医手，均无效，竟于本年三月十一日去世。年六十有一。遗嘱国民。全国无智愚，无新旧，罔不痛悼！北京及各省以至流寓他国之华人，举行追悼会者，不可胜数。各国报纸，属左党者，固推服无异词。即属右党者，虽于其政见，或不无微词，而要皆公认为中国最有关系之人物。其生也荣，其死也哀，中国自有历史以来，未之有也。

先生初娶陈夫人，有一子二女。子科，在美国研究市政，曾任广州市政厅长。长女适戴恩赛，次未嫁而殇。先生于民元三年与陈夫人离婚，续娶宋夫人庆龄。遗嘱处置家事曰："余因尽瘁国事，不治家产。其所遗书籍、衣物、住宅等，一切均付余妻宋庆龄，以为纪念。余之儿女已长成，能自立，望各自爱，以继余志。此嘱。"呜呼，一生尽瘁国事，可以矜式国人矣！

一九二五年四月十九日

记徐宝璜
——徐宝璜行状

先生讳宝璜，字伯轩，姓徐氏，江西九江人。幼而岐嶷，七岁失怙，居丧，哀毁如成人。就学于邑之文化学堂，试辄冠曹。年十二，依其世父子鸿公于京师，先后肄业于汇文中学校、北京大学校。子鸿公曾留学日本，与黄公克强等组织国民教育会，倡导革命。返国后，仍潜谋不懈。先生亲承謦欬，濡染至深，后日之热心党国，已树基于童年矣。

中华民国元年，先生考取留美官费生，入米西庚大学（今密歇根大学），习经济、新闻等科，好学不倦，声誉日盛。三年，子鸿公以众议院议员，力抗袁氏，罹难。先生闻耗，痛不欲生，人以是愈多之。

五年，归国。元培适长北京大学，闻其贤，聘为教授，兼校长秘书，及新闻学会主任。九年，元培兼任民国大学校长。因事去国，请先生代理民大校长。民大素无基金，惟恃募捐，先生奔走呼吁，勉力支撑，校务渐有进展。

十七年，任盐务学校校长。是校辖于盐务署，校长之进退，往往视政局为转移，一岁数易，无能久于其位者；而校款仰给盐署，或不时支付，先生则力请于署长，指拨高线公司标价一款以为基金，而是校之根底，始较前巩固；添置化验室，以重实习，设备始渐臻完美；改订任用条例，以广出路，而学生始免用非所学之感。任事二年，殚精竭智，劳怨不辞，而先生之疾，即伏于是矣。

历任华盛顿会议外交后援会主任，全国财政善后委员会委员，第三中山大学劳农学院教授兼总务主任，北平政治分会秘书兼第三股主任，京华美术专门学校校长，北平大学、朝阳大学、中国大学、平民大学教授，北京大学经济系主任兼注册部主任。或黾勉从事，或循循善诱。著有《货币论》《新闻学》等书，见重士林。性和易，而律己甚严，尝书铭座右以自励。素尚俭，而不吝施与。十九年五月二十九日，在北京大学授课，猝患晕厥。阅三日卒，享年三十七岁。

元配文夫人，早殁；继配蔡夫人，侧室梅氏。子四：厚仁、厚义，文出；厚尧，蔡出；厚舜，女一：厚智，梅出。

余等与先生共事大学，十有余载，良朋骤失，痛何如之！不辞固陋，而为之状，庶当世君子有所采焉。

一九三〇年

江西九江《徐氏宗谱》

记陈独秀
——《独秀文存》序

二十五年前，我在上海《警钟报》社服务的时候，知道陈仲甫君。那时候，我们所做的，都是表面普及知识、暗中鼓吹革命的工作。我所最不能忘的，是陈君在芜湖，与同志数人合办一种白话报，他人逐渐的因不耐苦而脱离了，陈君独力支持了几个月。我很佩服他的毅力与责任心。

后来陈君往日本，我往欧洲，多年不相闻问。直到民国六年，我任北京大学校长，与汤君尔和商及文科学长人选，汤君推陈独秀，说独秀即仲甫，并以《新青年》十余本示我。我问明陈君住址，就到前门外某旅馆访他，他答应相助。陈君任北大文科学长后，与沈尹默、钱玄同、刘半农、周启明诸君甚相得；后来又聘到已在《新青年》发表过文学革命通讯的胡适之君，益复兴高采烈，渐渐儿引起新文化的运动来。后来陈君离了北京，我们两人见面的机会就很少；我记得的，只有十五年冬季在亚东图书馆与今年在看守所的两次。他所作的文，我也很难得读到了。

这部文存所存的，都是陈君在《新青年》上发表过的文，大抵取推翻旧习惯、创造新生命的态度；而文笔廉悍，足药拖沓含糊等病；即到今日，仍没有失掉青年模范文的资格。我所以写几句话，替他介绍。

中华民国二十二年四月

《独秀文存》，亚东图书馆一九三二年出版

记刘师培

刘申叔，弟与交契颇久，其人确是老实，确是书呆。惟尚杂以三种性质：（一）好胜。此尚是书呆本色。盖所谓文人相轻，自古而然也。弟尚记得一段笑话：有一日，吴彦复言：夏穗卿到彦复处，见申叔所作《□书》，有言黎民即汉人指目苗种之名，则大诧曰：光汉小子，好盗人书。盖穗卿曾于《汉族纪□》（见《新民报》）中有此说。以为申叔袭之，而不著其所自出也。时陈镜泉在座，曰：申叔前见屠敬山之《历史讲义》有此说，尝曰：吾书不可不速刊，否则人将以此说为创于屠氏也。（二）多疑。此则在其与何震结婚，及主任《警钟日报》以后，始时时发见。其最著者，在芜湖任安徽中学堂事，敖梦姜、陶焕卿（成章）、龚未生诸君皆与其事。后校中有冲突，敖君为某某等所殴，寄居于申叔家中。一日，敖君不知以何事到衙门一次，而申叔家人即大猜疑之，谓其告密于官，将捕拿申叔。顿加敖以白眼，立刻欲驱逐之。（三）好用权术。此则弟已不能举实事以为例证，惟曾忆有此情状而已。此三种性质，甚之为老实人之累。盖世界自有一种机警之人，心术至正，而能用权术以求售事，然必非老实人所当为。如弟者，自量无用权术之机智，则竟不用之。在申叔，未免好用其所短。然此等性质，充类至尽，亦不过于自党中生冲突而止。万不料其反面而受满人端方之指挥，且为之侦探同党也。弟初见书生侦探之说，即疑之。然彼报未几即自取消。弟尚以为在疑似之间。一月前，得钟君宪鬯来函，有云：近来风云大变，素日同志，改节易操者，盖多有之，如刘申叔辈，其尤甚也，云云。钟君素不妄语，弟于是始知申叔之果变节。及后则《民呼日报》，两载端方携其亲信之书记陶保濂主政、刘师培孝廉赴北洋云云，则彼又公然入端方之幕矣。现又得阅先生所示各证据，此人之变节殆已无疑。（□□一节，弟亦从未闻之，张君疑为太炎所造或然）然何以变而一至于此！最后之希冀，或者彼将为徐锡麟第二乎？徐君当将到安徽之时，其刎颈交攻之颇剧烈，后来之事，大出意外。然则论定一人，非到盖棺时竟有未可质言者。此亦先生所谓与进与洁之意也。

《蔡元培全集》，第十卷

悼长女蔡威廉

近两月来，友人来函中，偶有述及报载威廉不幸之消息者，我于阅报时留意，竟未之见，而文铮来函，均为威廉附笔请安，疑诸友人所述之报误也。日内阅昆明寄来之《益世报》二十六日有女画家蔡威廉昨开追悼会新闻，二十七日有女画家蔡威廉遗作展览新闻，于是知我威廉果已不在人世矣，哀哉！亟以告养友，始知养友早已得此恶消息，且已电汇法币四百于文铮充丧用，饮泣数夜，但恐我伤心，相约秘不让我知耳。

威廉以民元前八年（一九〇三）生于上海。幼年仍随母黄仲玉夫人到绍兴及杭州、新城县等处，时我正游学德国也。民国二（元）年，随父母往德国；二年，回国。是年秋，随父母往法国，进天主教小学。五年冬，随父母回国，到北京，进孔德学校。十年，黄夫人去世。十二年，我续娶周养浩夫人。是年，威廉又随父母往比国，进比京美术学校。未几，往里昂，进美术学校，习油画。

十五年，我与周夫人回国。威廉留里昂，其弟柏龄正将由比国往巴黎，可互相照料也；十七年，威廉回国，应杭州美术专科学校之聘，任该校教员；十八年，与林文铮君结婚。二十七年，杭校奉教育部令与北平美术专科学校合并，在沅陵改组，威廉因而去职。文铮任杭校教务长十余年，亦于是时去职。威廉曾产四女一男；自沅陵迁昆明后，又产一女。不数日，竟以产后疾溘逝，哀哉！

十一　我在教育界的经历

子民自叙

千八百六十七年十二月十七日生于浙江省之绍兴。

一八七二年　五岁始入家塾。

一八八五年　始研究中华古代哲学、字学及文学。

一八九二年　入翰林院。

一八九八年　弃官归，立志委身于教育界。

（一八）九九年　在绍兴为中学校校长。

一九〇一年　在南洋公学，为特班学生教习。

（一九）〇二年　为苏报社作论说及演说，皆鼓吹革命主义。

因南洋公学散，学生建设爱国学社，去公学，为学社教习，为爱国女学校校长。

（一九）〇三年　为《警钟日报》主笔。赞成共财产、废婚姻之主义。作《新年梦》小说，揭于《警钟》以寓意。惟常谓此等主义，非一社会中已得大多数之赞同，必不能实行。故现在为纯粹鼓吹时期，鼓吹者尤当戒贪、戒淫。庶闻者不至疑其借学说以自便而易于信从。

（一九）〇六年　为北京译学馆教习。

（一九）〇七年　赴德意志，寓柏林习德语。

（一九）〇八年　赴来比锡，入大学，研究实验心理学、哲学、美学。

（一九）〇九年　始戒肉食。友人有贻书诸之者，对以兼有卫生、戒杀、节费。

十一年（一九一一年）十月归国。南京政府成立，任教育部总长。宣布新教育宗旨。谓现在中国言教育者多提倡尚武主义及实利主义（科学教育），在今日之中国此两者诚不可废，而要当以道德教育为中坚。道德之大纲不外乎自由、平等、博爱，三者于华人历代相传之道德论适相符合。惟欲完成道德教育，不可不以一种哲学思想为前提。而哲学思想之涵养，恃有美学之教育，故美学教育为最当注意之点云。

"三义"而尤以戒杀为主。友人驳之谓植物亦有生命，不肉食而蔬食，于戒杀之义未完。答之曰：蔬食主义乃情感上之问题，而非知识上之问题。即兼知识言之，亦进化论之范围，而非目的论之范围。盖人类文化愈浅，则其所牺他以自益者愈与己近似。而文化渐进，则所牺者以渐疏远。最显之例，其始以人异人，如肩舆及人力车；稍进，则用马车；更进，则用油，用电。其理由有二：一则知识进步，利用之术渐精；二则情感进步，恻隐之心渐广也。野蛮人能食人，而开化之民俗则不能。以野蛮人尚无人类同等之观念，其视异种之人，犹开化人之视禽兽也。自达尔文进化论发行后，人兽同祖之说积渐为人类所公认，而动物心理及动物教育之成绩日渐进步，于是人兽同情之观念日渐萌芽于普通人之脑中，而蔬食主义渐行矣。若以论理绳之，不特植物亦有生命，与戒杀之名不合，即姑加戒杀以不杀动物之界说，而一叶之蔬、一勺之水，固亦难保无多数之小动物生活其间，亦决不能谓达其戒杀之目的也。惟其为情感问题，而近日之进化尚仅能发起人兽同情之观念，则止能为肉食主义与蔬食主义交换之时代，而其他则不能不让之后人云。

一九一二年　辞教育部职，九月赴来比锡，仍研究哲学、美学。

（一九）一三年　五月归国，九月来法，俊法文稍通，愿留法继续研究美学。

所著已成者有《中国伦理学史》《哲学大纲》。

《蔡元培全集》，第十七卷

关于不合作宣言

《易传》说："小人知进而不知退。"我国近年来有许多纠纷的事情，都是由不知退的小人酿成的。而且退的举动，并不但是消极的免些纠纷，间接的还有积极的努力。

当民国七年南北和议将开的时候，北京有一个和平期成会，我也充作会员。会员里面有好几位任北方代表的，中有一位某君在会中发言道："诸君知道辛亥革命清室何以倒的这样快？惟一的原因，是清朝末年，大家知道北京政府绝无希望。激烈点的，固然到南方去做革命的运动，就是和平点的，也陆续离去北京。那时候的北京，几乎没有一个有知识有能力的人，所以革命军一起，袁项城一进北京，清室就像'摧枯拉朽'的倒了。现在的政府也到末日了，且看他觉悟了没有。若是这一次他还是不肯开诚布公的与南方协议，那就没有希望了。我们至少应该相率离京，并家眷也同去。"我那时听了这一番话，很为感动。当局的坏人，大抵一无所能的为多，偶有所能，也是不适于时势的。他所以对付时局，全靠着一般胥吏式机械的学者替他在衙署里面，办财政、办外交等，替他在文化事业上作装饰品。除了这几项外，他还有什么维持的能力呢？所以这班胥吏式机械式的学者，只要有饭吃，有钱拿，无论什么东西，都替他做工具，如俗语说的"有奶便是娘"的样子，实在是"助纣为虐"。他们的罪，比当局的坏人还多一点儿。

八年的春季，华北欧美同学会在清华学校开会，有一部分会员提出对于政治问题的意见，在会场上通过。我那时候就问他们："我们提出去了，万一政府竟置之不理，我们怎么样？我个人的意思，要是我们但为发表意见，同新闻记者的社论一样，那就不必说了。若是求有点效果，至少要有不再替政府帮忙的决心。"我那时候就缕述和平期成会中某君话告大众，并且申说："现在政府那一个机关，能离掉留学生？若学生相率辞职，政府当得起么？"此是我第一次宣传某君的名言。

去年春假，教职员联席会议，因教育经费没有着落，请八校校长出席发表意见。我因前一年从欧美归来，不久进病院，这一回算是第一次出席联席会议。我那时候声明我的意见，以为教育费不发，教职员无论为教课上进行障碍，或为个人生计困难，止须向校长辞职。若教职员辞职的多了，校长当向政府辞职。我想这种辞职的效力要比罢课与包围教育当局还大得多，也缕述某君的一番话备他们参考。这是我第二次宣传某君的名言。

但是我个人性情，是曾经吴君稚晖品评过，叫作"律己不苟而对人则绝对放任"。我自己反省过来，觉得他的品评是很不错。我对于某君的名言，虽然极端佩服，但是除前说两次宣传外，偶然于谈话时传述过几次，却从没有用这种主张向何等人作积极的运动，不过为自己向这个方向准备。

我是一个比较的还可以研究学问的人，我的兴趣也完全在这一方面。自从任了半官式的国立大学校长以后，不知道一天要见多少不愿意见的人，说多少不愿意说的话，看多少不愿意看的信。想每天腾出一两点钟读读书，竟做不到，实在苦痛极了。而这个职务，又适在北京，是最高立法机关行政机关所在的地方。止见他们一天一天的堕落：议员的投票，看津贴有无；阁员的位置，禀军阀意旨；法律是舞文的工具；选举是金钱的决赛；不计是非，止计利害；不要人格，止要权利。这种恶浊的空气，一天一天的浓厚起来，我实在不能再受了。我们的责任在指导青年，在这种恶浊气里面，要替这几千青年保险，叫他们不致受外界的传染，我自忖实在没有这种能力。所以早早想脱离关系，让别个能力较大的人来担任这个保险的任务。

五四风潮以后，我鉴于为一个校长去留的问题，生了许多支节，我虽然抱了必退的决心，终不愿为一人的缘故，牵动学校，所以近几年来，在校中设立各种机关，完全倚几位教授为中坚，决不致因校长问题发生什么危险了。

到现在布置的如此妥当，我本来随时可以告退，不过为校中同人感情的牵扯，预备到学期假中设法脱离。不意有彭允彝提出罗案再议的事件，叫我忍无可忍，不得不立刻告退了。

罗案初起，我深恶吴景濂、张伯烈的险恶，因为他们为倒阁起见，尽可用质问弹劾的手续，何以定要用不法行为，对于未曾证明有罪的人，剥夺他的自由？我且深怪黎总统的大事糊涂，受二个人的胁迫，对于未曾证明有罪的人，草草的下令逮捕，与前年受张勋压迫，下令解散国会，实在同一糊涂。我那时候觉得北京住不得了，我的要退的意思，已经很急迫了。但是那时候这个案已交法庭，只要法庭依法办理，他们的倒阁目的已达，不再有干涉司法的举动，或者于法律保障人权的主义，经一番顿挫，可以格外昭明一点，不妨看他一看。现在法庭果然依法办理，宣告不起诉理由了，而国务员匆匆的提出再议的请求，又立刻再剥夺未曾证明有罪的人的自由，重行逮捕。而提出者又并非司法当局，而为我的职务上天天有关系的教育当局，我不管他们打官话打得怎么圆滑，我总觉得提出者的人格，是我不能再与为伍的。我所以不能再忍而立刻告退了。

《申报》，一九二三年一月二十五日

自书简历

蔡元培（年五十八岁。一八六七年一月十七日生于中国浙江省绍兴府山阴县）。

一八九二年　中进士，为翰林院庶吉士。

一八九四年　任翰林院编修。

一八九八年　出京，任绍兴中西学堂监督。

一九〇一年　任南洋公学（今名南洋大学）特班教习。

一九〇二年　任爱国学社社长及爱国女学校校长。

一九〇六年　任北京译学馆教习。

一九〇七年　到德国柏林。

一九〇八年　到 Leipzig，进大学听讲。

一九一一年　革命军起，归国。

一九一二年　南京政府成立，任教育总长。政府移北京，仍任教育总长，五月辞职。九月，复到德国 Leipzis。

一九一三年　四月回国。九月赴法国。

一九一六年　回国。

一九一七年　任北京大学校长。

一九二一年　美国纽约大学赠名誉博士。

著有《中学修身教科书》《中国伦理学史》《哲学大纲》《简易哲学纲要》《石头记索隐》等书。又，北京大学学生所设新潮社印有《蔡子民先生言行录》。

爱国女学二十五周年纪念会演说词

今日爱国女学校二十五周年的纪念节，我不能亲来祝贺，抱歉得很。今把我要说的话写出来，请内子养浩代我说一说。

诸位看着本校有这许多学生，学科这样完备，校舍也这样宏敞，而且建筑校舍的地基也已经规定，不久就可以着手建筑，将以为本校是向来这样容易发展的。殊不知二十五年前初建设的本校，实在简陋不堪。

当民国纪元前十年顷，我与前继室黄仲玉结婚后，同来上海，寓新马路登贤里。那时候，林少泉先生借他的夫人与他的妹子宗素女士由福建来上海，而通电反对大阿哥的经连山先生有意提倡女学。曾于吾寓中开会一次，到会的女士，除林氏两位外，有韦增珮、增瑛姊妹，吴弱男、亚男姊妹，薛锦琴、陈撷芬诸女士；男子除林、经二先生外，有蒋智由、陈梦坡、吴彦复诸先生。于是有开办女校的计划。到这一年的冬季，就由我与蒋、陈、林、吴诸先生开办这所女学校了。尔时，又由蒋先生介绍乌目山僧，因彼是罗伽陵夫人的代表，愿出点捐款，助我们成功。

开办的时候，所有学生，都是发起人的眷属，教员就是发起人。公推蒋先生任校长，不到一个月，蒋先生要往日本游历，把校长的职务卸给我了。到第二年的正月，年纪大一点的旧学生，都不能来；我们招了几个小学生，只请了一位专任的教员，其余的功课，我与仲玉担任了。等到南洋公学散学以后，组织一个爱国学社。学社的名，就是从本校推用过去的，因为那时候，本校的发起人已经同别的学者组织了一个中国教育会，本校与爱国学社，都作为中国教育会所办的事业。尔时，学社设在泥城桥，从吴稚晖先生的劝告，把本校移到学社左近。于是社中学生的姊妹，竞来就学，学生人数渐多。中国教育会的会员，来任教员的也较多，如王小徐先生的数学，叶浩吾先生的史学，吴稚晖先生、蒋竹庄先生的国文，钟宪鬯先生的理科，都是不可多得的好教员。

爱国学社解散后，我辞了本校校长，请钟宪鬯先生继任。适逢张竹君女士到上海，宣传女子职业的重要，提倡手工，本校增设手工班，招特别学生，来学者及数百人。后来，张女士拟自立手工学校，学生有去此就彼的。钟先生辞职，中国教育会仍令我任校长，我的从弟国亲，同乡何阆仙先生、吴丹初先生都来帮助。办了一年多，我要回绍兴办学务公所，又辞职。嗣后，经徐紫虬先生、蒋竹庄先生、徐固卿先生、宋侠公先生与季融五先生的继续经营，才有现在的盛况，较之我从前办理的时候，真不可同日而语了。我深喜本校现在的光荣，并祝将来不断的发展。

《上海爱国女学校二十六周年纪念刊》，一九二七年十二月出版

我在北京大学的经历

北京大学的名称，是从民国元年起的。民元以前，名为京师大学堂，包有师范馆、仕学馆等，而译学馆亦为其一部。我在民元前六年，曾任译学馆教员，讲授国文及西洋史，是为我在北大服务之第一次。

民国元年，我长教育部，对于大学有特别注意的几点：一、大学设法、商等科的，必设文科；设医、农、工等科的，必设理科。二、大学应设大学院（即今研究院），为教授、留校的毕业生与高级学生研究的机关。三、暂定国立大学五所，于北京大学外，再筹办大学各一所于南京、汉口、四川、广州等处。（尔时想不到后来各省均有办大学的能力。）四、因各省的高等学堂，本仿日本制，为大学预备科，但程度不齐，于入大学时发生困

难，乃废止高等学堂，于大学中设预科。（此点后来为胡适之先生等所非难，因各省既不设高等学堂，就没有一个纯萃较高学者的机关，文化不免落后；但自各省竞设大学后，就不必顾虑了。）

是年，政府任严幼陵君为北京大学校长。两年后，严君辞职，改任马相伯君。不久，马君又辞，改任何锡侯君，不久又辞，乃以工科学长胡次珊君代理。民国五年冬，我在法国，接教育部电，促回国，任北大校长。我回来，初到上海，友人中劝不必就职的颇多，说北大太腐败，进去了，若不能整顿，反于自己的声名有碍。这当然是出于爱我的意思。但也有少数的说，既然知道他腐败，更应进去整顿，就是失败，也算尽了心。这也是爱人以德的说法。我到底服从后说，进北京。

我到京后，先访医专校长汤尔和君，问北大情形。他说："文科预科的情形，可问沈尹默君；理工科的情形，可问夏浮缆君。"汤君又说："文科学长如未定，可请陈仲甫君。陈君现改名独秀，主编《新青年》杂志，确可为青年的指导者。"因取《新青年》十余本示我。我对于陈君，本来有一种不忘的印象，就是我与刘申叔君同在《警钟日报》服务时，刘君语我："有一种在芜湖发行之白话报，发起的若干人，都因困苦及危险而散去了，陈仲甫一个人又支持了好几个月。"现在听汤君的话，又翻阅了《新青年》，决意聘他。从汤君处探知陈君寓在前门外一旅馆，我即往访，与之订定。于是陈君来北大任文科学长，而夏君原任理科学长，沈君亦原任教授；一仍旧贯；乃相与商定整顿北大的办法，次第执行。

我们第一要改革的，是学生的观念。我在译学馆的时候，就知道北京学生的习惯。他们平日对于学问上并没有什么兴会，只要年限满后，可以得到一张毕业文凭。教员是自己不用功的，把第一次的讲义，照样印出来，按期分散给学生，在讲坛上读一遍，学生觉得没有趣味，或瞌睡，或看看杂书，下课时，把讲义带回去，堆在书架上。等到学期、学年或毕业的考试，教员认真的，学生就拼命的连夜阅读讲义，只要把考试对付过去，就永远不再去翻一翻了。要是教员通融一点，学生就先期要求教员告知他要出的题目，至少要求表示一个出题目的范围；教员为避免学生的怀恨与顾全自身的体面起见，往往把题目或范围告知他们了。于是他们不用功的习惯，得了一种保障了。尤其北京大学的学生，是从京师大学堂老爷式学生嬗继下来（初办时所收学生，都是京官，所以学生都被称为老爷，而监督及教员都被称为中堂或大人）。他们的目的，不但在毕业，而尤注重在毕业以后的出路。所以专门研究学术的教员，他们不见得欢迎。要是点名时认真一点，考试时严格一点，他们就借个话头反对他，虽罢课也所不惜。若是一位在政府有地位的人来兼课，虽时时请假，他们还是欢迎得很，因为毕业后可以有阔老师做靠山。这种科举时代遗留下来劣根性，是于求学上很有妨碍的。所以我到校后第一次演说，就说明："大学学生，当以研究学术为天职，不当以大学为升官发财之阶梯。"然而要打破这些习惯，止有从聘请积学而热心的教员着手。

那时候因《新青年》上文学革命的鼓吹，而我们认识留美的胡适之君，他回国后，即请到北大任教授。胡君真是"旧学邃密"而且"新知深沉"的一个人，所以一方面与沈尹默、兼士兄弟，钱玄同、马幼渔、刘半农诸君以新方法整理国故，一方面整理英文系。因胡君之介绍而请到的好教员，颇不少。

我素信学术上的派别是相对的不是绝对的；所以每一种学科的教员，即使主张不同，若都是"言之成理、持之有故"的，就让他们并存，令学生有自由选择的余地。最明白的是胡适之君与钱玄同君等绝对的提倡白话文学，而刘申叔、黄季刚诸君仍极端维护文言的文学，那时候就让他们并存。我信为应用起见，白话文必要盛行，我也常常作白话文，也替白话文鼓吹；然而我也声明：作美术文，用白话也好，用文言也好。例如我们写字，为应用起见，自然要写行楷，若如江艮庭君的用篆隶写药方，当然不可；若是为人写斗方或屏联，作装饰品，即写篆隶章草，有何不可？

那时候各科都有几个外国教员，都是托中国驻外使馆或外国驻华使馆介绍的，学问未必都好，而来校既久，看了中国教员的阑珊，也跟了阑珊起来。我们斟酌了一番，辞退几人，都按着合同上的条件办的。有一法国教员要控告我；有一英国教习竟要求英国驻华公使朱尔典来同我谈判，我不答应。朱尔典出去后，说："蔡元培是不要再做校长的了。"我也一笑置之。

我从前在教育部时，为了各省高等学堂程度不齐，故改为各大学直接的预科。不意北大的预科，因历年校长的放任与预科学长的误会，竟演成独立的状态。那时候预科中受了教会学校的影响，完全偏重英语及体育两方面；其他科学比较的落后，毕业后若直升本科，发生困难。预科中竟自设了一个预科大学的名义，信笺上亦写此等字样。于是不能不加以改革，使预科直接受本科学长的管理，不再设预科学长。预科中主要的教课，均由本科教员兼任。

我没有本校与他校的界限，常为之通盘打算，求其合理化。是时北大设文、理、工、法、商五科，而北洋大学亦有工、法两科。北京又有一工业专门学校，都是国立的。我以为无此重复的必要，主张以北大的工科并入北洋，而北洋之法科，刻期停办。得北洋大学校长同意及教育部核准，把土木工与矿冶工并到北洋去了。把工科省下来的经费，用在理科上。我本来想把法科与法专并成一科，专授法律，但是没有成功。我觉得那时候的商科，毫无设备，仅有一种普通商业学教课，于是并入法科，使已有的学生毕业后停止。

我那时候有一个理想，以为文、理两科，是农、工、医、药、法、商等应用科学的基础，而这些应用科学的研究时期，仍然要归到文、理两科来。所以文、理两科，必须设各种的研究所；而此两科的教员与毕业生必有若干人是终身在研究所工作，兼任教员，而不愿往别种机关去的。所以完全的大学，当然各科并设，有互相关联的便利。若无此能力，则不妨有一大学专办文、理两科，名为本科；而其他应用各科，可办专科的高等学校，如德、法等国的成例，以表示学与术的区别。因为北大的校舍与经费，决没有兼办各种应用科学的可能，所以想把法律分出去，而编为本科大学；然没有达到目的。

那时候我又有一个理想，以为文、理是不能分科的。例如文科的哲学，必植基于自然科学；而理科学者最后的假定，亦往往牵涉哲学。从前心理学附入哲学，而现在用实验法，应列入理科；教育学与美学，也渐用实验法，有同一趋势。地理学的人文方面，应属文科，而地质地文等方面属理科。历史学自有史以来，属文科，而推原于地质学的冰期与宇宙生成论，则属于理科。所以把北大的三科界限撤去而列为十四系，废学长，设系主任。

我素来不赞成董仲舒罢黜百家、独尊孔氏的主张。清代教育宗旨有"尊孔"一款，已于民元在教育部宣布教育方针时说他不合用了。到北大后，凡是主张文学革命的人，没有不同时主张思想自由的；因而为外间守旧者所反对。适有赵体孟君以编印明遗老刘应秋先生遗集，贻我一函，属约梁任公、章太炎、林琴南诸君品题。我为分别发函后，林君复函，列举彼对于北大怀疑诸点；我复一函，与他辩。这两函颇可窥见那时候两种不同的见解，所以抄在下面。

这两函虽仅为文化一方面之攻击与辩护，然北大已成为众矢之的，是无可疑了。越四十余日，而有五四运动。我对于学生运动，素有一种成见，以为学生在学校里面，应以求学为最大目的，不应有何等政治的组织。其有年在二十岁以上，对于政治有特殊兴趣者，可以个人资格参加政治团体，不必牵涉学校。所以民国七年夏间，北京各校学生，曾为外交问题，结队游行，向总统府请愿；当北大学生出发时，我曾力阻他们，他们一定要参与；我因此引咎辞职。经慰留而罢。到八年五月四日，学生又有不签字于巴黎和约与罢免亲日派曹、陆、章的主张，仍以结队游行为表示，我也就不去阻止他们了。他们因愤激的缘故，遂有焚曹汝霖住宅及攒殴章宗祥的事，学生被警厅逮捕者数十人，各校皆有，而北大学生居多数；我与各专门学校的校长向警厅力保，始释放。但被拘的虽已保释，而学生尚抱再接再厉的决心，政府亦且持不做不休的态度。都中喧传政府将明令免我职而以马其昶君任北大校长，我恐若因此增加学生对于政府的纠纷，我个人且将有运动学生保持地位的嫌疑，不可以不速去。乃一面呈政府，引咎辞职，一面秘密出京，时为五月九日。

那时候学生仍每日分队出去演讲，政府逐队逮捕，因人数太多，就把学生都监禁在北大第三院。北京学生受了这样大的压迫，于是引起全国学生的罢课，而且引起各大都会工商界的同情与公愤，将以罢工、罢市为同样之要求。政府知势不可侮，乃释放被逮诸生，决定不签和约，罢免曹、陆、章，于是五四运动之目的完全达到了。

五四运动之目的既达，北京各校的秩序均恢复，独北大因校长辞职问题，又起了多少纠纷。政府曾一度任命胡次珊君继任，而为学生所反对，不能到校；各方面都要我复职。我离校时本预定决不回去，不但为校务的困难，实因校务以外，常常有许多不相干的缠绕，度一种劳而无功的生活，所以启事上有"杀君马者道旁儿；民亦劳止，迄可小休；我欲小休矣"等语。但是隔了几个月，校中的纠纷，仍在非我回校不能解决的状态中。我不得已，乃允回校。回校以前，先发表一文，告北京大学学生及全国学生联合会，告以学生救国，重在专研学术，不可常为救国运动而牺牲。到校后，在全体学生欢迎会演说，说明德国大学学长、校长均每年一换，由教授会公举，校长且由神学、医学、法学、哲学四科之教授轮值，从未生过纠纷，完全是教授治校的成绩。

北大此后亦当组成健全的教授会，使学校决不因校长一人的去留而起恐慌。

那时候蒋梦麐（麟）君已允来北大共事，请他通盘计划，设立教务、总务两处；及聘任、财务等委员会，均以教授为委员。请蒋君任总务长，而顾孟余君任教务长。

北大关于文学、哲学等学系，本来有若干基本教员，自从胡适之君到校后，声应气求，又引进了多数的同志，所以兴会较高一点。预定的自然科学、社会科学、文学、国学四种研究所，止有国学研究所先办起来了。在自然科学与社会科学方面，比较的困难一点。自民国九年起，自然科学诸系，请到了丁巽甫、颜任光、李润章诸君主持物理系，李仲揆君主持地质系。在化学系本有王抚五、陈聘丞、丁庶为诸君，而这时候又增聘程寰西、石蘅青诸君。在生物学系本已有钟宪鬯君在东南西南各省搜罗动植物标本，有李石曾君讲授学理，而这时候又增聘谭仲逵君。于是整理各系的实验室与图书室，使学生在教员指导之下，切实用功；改造第二院礼堂与庭园，使合于讲演之用。在社会科学方面，请到王雪艇、周鲠生、皮皓白诸君；一面诚意指导提起学生好学的精神，一面广购图书杂志，给学生以自由考索的工具。丁巽甫君以物理学教授兼预科主任，提高预科程度。于是北大始达到各系平均发展的境界。

我是素来主张男女平等的。九年，有女学生要求进校，以考期已过，姑录为旁听生。及暑假招考，就正式招收女生。有人问我："兼收女生是新法，为什么不先请教育部核准？"我说："教育部的大学令，并没有专收男生的规定；从前女生不来要求，所以没有女生；现在女生来要求，而程度又够得上，大学就没有拒绝的理。"这是男女同校的开始，后来各大学都兼收女生了。

我是佩服章实斋先生的。那时候国史馆附设在北大，我定了一个计划，分征集、纂辑两股；纂辑股又分通史、民国史两类；均从长编入手。并编历史辞典。聘屠敬山、张蔚西、薛阆仙、童亦韩、徐贻孙。诸君分任征集编纂等务。后来政府忽又有国史馆独立一案，别行组织。于是张君所编的民国史，薛、童、徐诸君所编的辞典，均因篇帙无多，视同废纸；止有屠君在馆中仍编他的蒙兀儿史，躬自保存，没有散失。

我本来很注意于美育的，北大有美学及美术史教课，除中国美术史由叶浩吾君讲授外，没有人肯讲美学。十年，我讲了十余次，因足疾进医院停止。至于美育的设备，曾设书法研究会，请沈尹默、马叔平诸君主持。设画法研究会，请贺履之、汤定之诸君教授国画；比国楷次君教授油画。设音乐研究会，请萧友梅君主持。均听学生自由选习。

我在爱国学社时，曾断发而习兵操，对于北大学生之愿受军事训练的，常特别助成；曾集这些学生，编成学生军，聘白雄远君任教练之责，亦请蒋百里、黄膺白诸君到场演讲。白君勤恳而有恒，历十年如一日，实为难得的军人。

我在九年的冬季，曾往欧美考察高等教育状况，历一年回来。这期间的校长任务，是由总务长蒋君代理的。回国以后，看北京政府的情形，日坏一日，我处在与政府常有接触的地位，日想脱离。十一年冬，财政总长罗钧任君忽以金佛郎问题被逮，释放后，又因教育总长彭允彝君提议，重复收禁。我对于彭君此举，在公议上，认为是蹂躏人权献媚军阀的勾当；在私情上，罗君是我在北大的同事，而且于考察教育时为最密切的同伴，他的操守，为我所深信，我不免大抱不平，与汤尔和、邵飘萍、蒋梦麟（麟）诸君会商，均认有表示的必要。我于是一面递辞呈，一面离京。隔了几个月，贿选总统的布置，渐渐的实现；而要求我回校的代表，还是不绝，我遂于十二年七月间重往欧洲，表示决心；至十五年，始回国。那时候，京津间适有战争，不能回校一看。十六年，国民政府成立，我在大学院，试行大学区制，以北大划入北平大学区范围，于是我的北京大学校长的名义，始得取消。

综计我居北京大学校长的名义，十年有半；而实际在校办事，不过五年有半，一经回忆，不胜惭悚。

《东方杂志》，第三十一卷第一号，一九三四年一月一日出版

我所受旧教育的回忆

我六岁（以阴历计，若按新法止四岁余），入家塾，读《百家姓》《千字文》《神童诗》等。本来初上学的学生，有读《三字经》的，也有读《千字诗》或先读《诗经》的，然而我没有读这些。我读了三部"小书"以后，就读"四书"。"四书"读毕，读"五经"。读"小书""四书"的时候，先生是不讲的，等到读"五经"了，先生才讲一点。然而背诵是必要的。无论读的书懂不懂，读的遍数多了，居然背得出来。

读书以外，还有识字、习字、对句的三法，是我了解文义的开始。识字是用方块字教的，每一个字，不但要念出读法，也要说出意义。这种方法，现在儿童教育上还是采用的，但加上图画，这是比从前进步了。习字是先摹后临，摹是先描红字，后用影格。临则先在范本的空格上照写，后来用帖子放在前面，在别的空白纸上照写。初学时，先生把住我的手，助我描写，熟练了，才自由挥写。对句是造句的法子，从一个字起，到四个字止，因为五字以上便是做诗，可听其自由造作，不必先出范句了。对句之法，不但名词、动词、静词要针锋相对，而且名词中动、植、矿与器物、宫室等，静词中颜色、性质与数目等，都要各从其类。例如，先生出了"白马"，学生对以"黄牛""青狐"等，是好的；若用"黄金""狡狐"，等等作对，就不算好了。先生出了"登高山"，学生对以"望远海""鉴止水"等，是好的；若用"耕绿野""放四海"等作对，用颜色、数目来对性质，就不算好了。其他可以类推。还有一点，对句时兼练习四声的分别。例如，平声字与平声字对，仄声字对仄声字对，虽并非绝对的不许，但总以平仄相对为正轨。又练习的时候，不但令学生知道平仄，而且在仄声中，上、去、入的分别，也在对句时随时提醒了。

我的对句有点程度了，先生就教我作八股文。八股文托始于宋人的经义，本是散文的体裁，后来渐渐儿参用排律诗与律赋的格式，演成分股的文体，通常虽称八股，到我学八股的时候，已经以六股为最普通了。六股以前有领题，引用题目的上文，是"开篇"的意义；六股以后又有结论；可以见自领题到结论，确是整篇。但是领题以前有起讲（或称小讲），约十余句；起讲以前有承题，约四五句，二十余字；承题以前有破题，仅二句，约十余字；这岂不是重复而又重复吗？我以前很不明白，现在才知道了。这原是一种练习的方法：先将题目的一句演为两句（也有将题目的若干句缩成两句的，但是能作全篇的人所为）；进一步，演为四句；再进一步，演为十余句；最后才演为全篇。照本意讲，有了承题，就不必再有破题；有了起讲，就不必再有破题与承题；有了全篇，就不必再有破、承与起讲；不知道何时的八股先生，竟头上安头，把这种练习的手续都放在上面，这实在是八股文时代一种笑柄；我所以不避烦琐，写出来告知未曾做过八股文的朋友。

我从十七岁起，就自由的读"考据""词章"等书籍，不再练习八股文了。

《人世间》第一期，一九三四年四月出版

假如我的年纪回到二十岁

我是将迈七十岁的人了！回想二十岁的时候，还是为旧式的考据与同章所拘束，虽也从古人的格言与名作上得到点修养的资料，都是不深切的。我到三十余岁，始留意欧洲文化，始习德语。到四十岁，始专治美学。五十余岁，始兼治民族学，习一点法语。但我总觉得我所习的外国语太少太浅，不能畅读各国的文学原书；自然科学的根柢太浅，于所治美学及民族学亦易生阻力；对于音乐及绘画等，亦无暇练习，不能以美学上的实验来助理论的评判；实为一生遗憾。

　　所以我若能回到二十岁，我一定要多学几种外国语，自英语、意大利语而外，希腊文与梵文，也要学的；要补习自然科学，然后专治我所最爱的美学及世界美术史。这些话似乎偏于求学而略于修养，但我个人的自省，觉得真心求学的时候，已经把修养包括进去。有人说读了进化论，会引起勇于私斗敢于作恶的意识；但我记得：我自了解进化公例后，反更憬憬于"勿以善小而不为，勿以恶小而为之"的条件。至于文学、美术的修养，在所治的外国语与美术史上，已很足供给了。

蔡元培

《大众画报》第十八期，一九三五年四月出版

我青年时代的读书生活

　　我五岁零一个月（旧法算是六岁）就进家塾读书，初读的是《百家姓》《千字文》《神童诗》等，后来就读《大学》《中庸》《论语》《孟子》等"四书"，最后读《诗经》《书经》《周易》《小戴礼记》《春秋左氏传》。当我读《礼记》（《小戴礼记》的省称）与《左传》（《春秋左氏传》之省称）的时候，我十三岁，已经学作八股文了。那时我的业师，是一位老秀才王子庄先生。先生博览明清两朝的八股文，常常讲点八股文家的故事，尤佩服吕晚村先生，把曾静案也曾详细的讲过。先生也常看宋明儒的书，讲点朱陆异同，最佩服的是刘蕺山先生，所以自号仰蕺山房。先生好碑帖，曾看《金石萃编》等书。有一日，先生对一位朋友，念

了"你半推半就，我又惊又爱"两句话，有一位年纪大一点的同学，笑着说："先生念了《西厢》的淫词了。"先生自己虽随便看书，而对于我们未成秀才的学生，除经书外，却不许乱看书。有一日，我借得一本《三国志演义》，看了几页，先生看见了，说："看不得，陈寿《三国志》，你们现在尚不可看，况且演义里边所叙的事，真伪参半，不看为妙。"有一日，我借到一本《战国策》，也说看不得。先生的意思，我们学作小题文时，用字都要出于经书；若把《战国策》一类书中的词句用进去，一定不为考官所取。所以那时我们读书为考试起见，即如《礼记》里面关乎丧礼的各篇各节，都删去读，因为试官均有忌讳，决不出丧礼的题目；这样的读书，照现代眼光看来，真有点奇怪了。我十六岁，考取了秀才，我从此不再到王先生处受业，而自由读书了。那时我还没有购书的财力，幸而我第六个叔父茗珊先生有点藏书，我可以随时借读，于是我除补读《仪礼》《周礼》《春秋公羊传》《穀梁传》《大戴礼记》等经外，凡关于考据或词章的书，随意检读，其中最得益的，为下列各书：

一、朱骏声氏《说文通训定声》。清儒治《说文》最勤，如桂馥氏《说文义证》、王绪氏《说文句读及释例》，均为《说文》本书而作。段玉裁氏《说文解字注》，已兼顾本书与解经两方面。只有朱氏，是专从解经方面尽力。朱氏以引申为转注，当然不合，但每一个字，都从本义、引申、假借三方面举出例证，又设为托名标帜，与各类连语等同类，不但可以纠正唐李阳冰、宋王安石等只知会意不知谐声的错误，而且于许慎氏所采的阴阳家言如对于天干、地支与数目的解说，悉加以合理的更正。而字的排列，以所从的声相联，字的分部以古韵为准，检阅最为方便。我所不很满意的，是他的某假为某，大半以臆见定之。我尝欲搜集经传中声近相通的例证，替他补充，未能成书，但我所得于此书的益处，已不少了。

二、章学诚氏《文史通义》。章先生这部书里面，对于搭空架子、抄旧话头的不清真的文弊，指摘很详。对于史法，主张先有极繁博的长编，而后可以有圆神的正史。又主张史籍中人、地名等均应有详细的检目，以备参考。我在二十余岁时，曾约朋友数人，试编二十四史检目（未成书）；后来兼长国史馆时，亦曾指定编辑员数人试编此种检目（亦未成书），都是受章先生影响的。

三、俞正燮氏《癸巳类稿》及《癸巳存稿》。俞先生此书，对于诂训、掌故、地理、天文、医学、术数、释典、方言，都有详博的考证。对于不近人情的记述，常用幽默的语调反对他们，读了觉得有趣得很。俞先生认一时代有一时代的见解与推想，不可以后人的见解与推想去追改他们，天算与声韵，此例最显，这就是现在胡适之、顾颉刚诸先生的读史法。自《易经》时代以至于清儒朴学时代，都守着男尊女卑的成见，即偶有一二文人，稍稍为女子鸣不平，总也含有玩弄等的意味。俞先生作《女子称谓贵重》《姬姨》《姊姒义》《妒非女人恶德论》《女》《释小补楚语筓内则总角义》《女吊婿驳义》《贞女说》《亳州志木兰事书后》《尼庵议》《鲁二女》《息夫人未言义》《书旧五代史僭伪列传后》《易安居士事辑》《书旧唐书舆服志后》《除乐户丐户籍及女乐考附古事》《家妓官妓旧事》等篇，从各方面证明男女平等的理想。《贞女说》篇谓："男儿以忠义自责则可耳，妇女贞烈，岂是男子荣耀也？"《家妓官妓旧事》篇，斥杨诚斋黥妓面，孟之经文妓鬓为"虐无告"，诚是"仁人之言"。我至今还觉得有表彰的必要。我青年时代所喜读的书，虽不止这三部，但是这三部是我深受影响的，所以提出来说一说。

《读书生活》，第二卷第六期，一九三六年七月四日出版

整顿北京大学的经过
——在南京北大同学聚餐会上的演说词

今天北大同人会集于此，替我祝寿，得与诸先生、诸同学相见，我心甚为愉快，但实觉得不敢当。刚才听得主席王同学报告，及前教授石先生等致词，均属极恳挚的勉励和奖誉之言，真叫我于感激之余，惭愧的了不得。我今年实在还未到七十岁的足数日子，记得蘧伯玉有句话："行年五十，当知四十九年之非。"我今年就算七十，那么今是昨非之感，恐怕不过是六十九年的种种错误罢了。自今以后，极愿至其余年，加倍努力于党国及教育文化事业，以为报答，并希冀借此稍赎过愆。

今日在座者，皆北大有关系之人，请略说当年北大情形。北大在民元以前叫作京师大学堂，包有师范馆、仕学馆、译学馆等部分，我当时也曾任译学馆教员，是为我服务北大之始。尔后我因赴德国留学，遂与北大脱离。至民五冬，我在法国，接教育部电促回国，任北大校长。我回来，初到上海，有人劝我不必就职，说北大腐败极了，进去若不能整顿，反于自己的声名有碍。

这当然出于爱我的意思。但也有少数人就说，既然知道北大腐败，更应进去整顿，就是失败，也算尽了心。这也是我不入地狱谁入地狱的意思。我到底服从后说而进北京。

自入北大以后，乃计议整顿北大的办法：第一，我拟办的是设立研究所，为教授、留校毕业生与高年级学生的研究机关。我在译学馆的时候，就晓得北京学生的习惯，他们平日对于学问上并没有什么兴会，只求年限满后，可以得到一张毕业文凭。教员自己也是不讲进修的，尤其是北大的学生，从京师大学堂老爷式学生殖继下来，他们的目的不但在毕业，而尤重毕业以后的出路。所以专门研究学术的教员，他们不见得欢迎；若使一位政府有地位的人来兼课，虽然时常请假，他们还是攀附得很，因为毕业后有阔老师做靠山。这种科举时代遗留下来的劣根性，是于求学上很有妨碍的。所以我到校后第一次演说，就说明"大学生当以研究学术为天职，不当以大学为升官发财之阶梯"。然而这类习惯费了多少年打破工夫，终不免留下遗迹。

第二件事就是所谓开放女禁。其实中国大学无所谓女禁，像英国牛津等校似的。民九，有女学生要求进校，以考期已过，姑录为旁听生。及暑假招考，就正式招收女生。有人问我："兼收女生是否创制新法？"我说："教育部的大学令，并没有专收男生的条文；从前女生不抗议，所以不招女生，现在女生来要求，而程度又够得上大学，就没有拒绝的理由。"这是我国大学男女同学的开始。稍后，孔德学校也有女学生，于是各中、小学逐渐招收她们了。我一向是主张男女平等的，可惜今天到会的女同学，只有赵、谭、曹三位，仍觉得比男同学少得多。

　　第三件我提倡的事，就是变更文体，兼用白话，但不攻击文言。我本来不赞成董仲舒罢黜百家，独尊孔子一类的主张，因为学术上的派别也和政治上的派别一样，是相对的，不是永远不相容的。在北大当时，胡适之、陈仲甫、钱玄同、刘半农诸君，暨沈氏兄弟，积极的提倡白话文学；刘师培、黄季刚诸君，极端维护文言。我却相信，为应用起见，白话文必要盛行，我也常常做白话文，替白话文鼓吹；然而，我曾声明，作美术文，用文言未尝不好。例如我们写字，为应用起见，自然要写行楷，若如江艮庭的篆隶写药方，当然不可；若是为人写斗方或屏联作装饰品，即写篆隶章草，有何妨害。可是文言、白话的分别适用，到如今依然没有各得其当。

　　以上系我在北大时举办的或提倡的几件较大的事情。其他如注意美育，提倡军训，培养学生对于国家及人类的正确观念，都没有放松。只可惜上述这些理想，总没有完全实现。可见个人或少数人的力量，终是有限。综计我居北大校长名义，自民六至民十五，共十年有半，而实际办事，不过五年有半，所成就者仅仅如是。一经回忆，对于知我罪我，不胜惭悚！

　　今天在座的，年龄皆少于我，未来服务于国家社会的机会正多，发展无量。况且以诸位的年龄，合计不知几千百倍于本人，而预料诸位将来达于七十岁的时候，对于国家社会的贡献，更不知将几千百倍于本人；所以今天诸位先生与同学以祝我的，我谨以还祝诸位健康。

　　　　《中央周报》第四〇六期，一九三六年二月二十三日出版

记三十六年以前之南洋公学特班

南洋公学，自民元前十六年奏准后，即于第二年设师范院，其程度如民国元年之师范学校。又设外院，考取学生，派师范生轮流教之，其程度如今日之小学也。第二年，设中院，其程度如今日之中学。前十二年。上院校舍落成，适有北洋大学学生避拳乱来上海者，乃设铁路班以收容之，是为高等教育之发端。故自外院，而中院，而上院，即自小学，而中学，而高等学校，是为南洋公学正式之系统。所设之师范院，本为例外。而当时尚有一例外之班，与师范相类者，为特班。交通大学中，尚保存拟设《南洋公学特班章程》一通，其第五条有云："师范生应遵守之规约，及应独得之优礼，特班从同。"足为特班与师范院相类之证也。

特班之设，为沈总理（总理即今之校长）曾植所提议，而盛督办宣怀从之。其考试，据特班同学彭清鹏君所述："招考二次，每次各取二十人，初试在南洋公学，复试在盛宅。所试皆国文，复试题为《明夏良胜中庸衍义书后》及《请建陪都议》，与试者大都不知第一题之出处，由监试员检示《四库全书提要》，乃勉强完卷。开学以后，陆续报到者三十八人，均寄宿校中。"其时彭君与邵闻泰、谢忱二君皆未满二十岁，亦彭君所能忆及者也。然交大所保存之特班常年经费，则言学生三十人，伙食每人三元，每月九十元，似不过三十人。今据我与彭君及老校友沈叔逢君所能忆及之特班同学，则尚不满三十人。今姑依姓氏画数之多少，题名于左，并以予所忆及之籍贯及略历附注之：

王世澂号莪孙，福建闽侯人，治法学。

王世□　世澂之弟。

朱履龢　字笑山，江苏吴县人，留学英国，治法学，曾任司法部次长。

吴叔田

李漱桐（叔同）　天津人，曾留学日本，初为美术家，书画篆刻，无不精工；并参加春柳社。后皈依佛教，改名弘一。

贝寿同　字季眉，江苏吴县人，留学德国，治建筑术，在司法部任技正甚久。

邵闻泰　字仲辉，后改名力子，浙江绍兴人，善为文，努力革命，现任陕西省政府主席。

林大同　浙江永嘉人，在杭州办水利局多年。

范彦矧　浙江平湖人。

胡仁源　字次珊，浙江吴兴人，善为文，富哲学思想，留学英国，治工程，曾任北京大学工科学长并代理校长。

殷祖同　字志伊，江苏常熟人，在特班时，富革命思想，善为文。散学后未久，于归途中失足坠水卒。

项骧　号微尘，浙江永嘉人，治财政学，曾在财政部服务。

黄炎培　号韧之，后改名任之，江苏上海人。在清季，秘密组织革命团体；后在江苏教育界服务甚久；创设中华职业教育社及人文图书馆等。

陆梦熊　字渭渔，曾留学日本，在交通上服务甚久，现任交通部专员。

郭奇远　浙江永嘉人。

彭清鹏　字云伯，江苏吴县人，在司法部任秘书甚久，现任司法行政部科长。

穆湘瑶　号恕再，江苏上海人，曾在警察上服务，现营实业。

钟枚　字卡岑，浙江杭州人，曾在浙江行政上服务。

谢忱　字元量，今以字行，四川人，善为文，现任监察院监察（委）员。

魏斯灵　号阜欧，江西人，曾任江西财政厅长及国会议员。

右所记不过二十人，其籍贯及略历，恐亦尚有说误，姑记之以待补正。

特班章程第一条云："特设一班，以待成材之彦之有志西学者。"是课程重在西学。又于第四条规定：功课分为前后两期，前期为初级功课，后期为高级功课，各限三年卒业。初级功课为英文之写诵、文法、章句；算学之数学、代数、几何、平三角；格致化学之于演。高级功课为格致化学之阐理，地志，史学，政治学，理财学，名学。是其本意在以英文教授政治、理财等学，养成新式从政人才，而令于初级中补受数、理、化普通教育也。

因特班生对于初级功课，有已习或未习者，故均在中院上课，或插班，或开班，我已忘之。我所忆及者，章程之第七条所规定："西课余暇，当博览中西政事诸书，以为学优则仕之地。"特设教员二人以管理之。其一任监督，初聘江西赵君从蕃任之，赵君辞职后，聘黄岩王君舟瑶继任。其一任指导，则由我任之。

指导之法，稍参书院方式，学生每人写札记，由教员阅批。月终，由教员命题考试，评次甲乙，送总理鉴定。其时学生中能读英文者甚少。群思读日文书，我乃以不习日语而强读日文书之不彻底法授之，不数日，人人能读日文，且有译书者。

特班开办于民元前十一年之春，解散于前十年之冬，自始至终，不及二年。不特章程第四条之初级功课未能修毕，即第七条之自修，恐亦影响甚微。其中多数特班生卒能在学术上、社会上有贡献者，全恃此后特殊力学之结果耳。惟同学聚散，不无雪泥鸿爪之感。黄任之君曾于民元十六年，邀集特班同学，在上海半淞园聚餐，到者忆不过十余人。忽忽十年，尚未有第二次之集会。适交通大学四十年纪念册征文，余以此事亦校史中特别之史实，故就所忆及者记述之，以充篇幅。

辛亥那一年

辛亥是我留德的第五年。我于丁未五月间经西伯里亚往德国。到柏林后，始知有徐伯荪先烈刺恩铭于安庆，及秋竞雄先烈等在绍兴遇害之事。上海报戴（载），问官说："汝受孙文指使么？"（大意如此）徐先烈说："我运动革命，已二十年，还要受别人指使么？"驻德孙慕韩公使读到此，有点寒心，乃强作解嘲语说："革命党真是大言不惭。"

自丁未到辛亥五年间，差不多年年都有惊人的大事。例如丁未七月间，孙先生有钦廉之役。十一月，又有镇南关之役。戊申三月，有河口之役。是年十月，有熊成基先生在安庆起义。庚戌，有汪精卫先生刺载沣之事。至于辛亥三月间，温生才先生刺杀孚琦，黄花岗七十二烈士殉难，于是促成八月十九日之起义，而告一大结束。我也于是年回国了。

辛亥八月中旬（阳历十月初旬），德国大学的暑假尚未完，而中学已开课。我因几位德国朋友的介绍，往维铿斯多中学参观。这中学是私立的，是较为革新的，在课程上，重顿悟不重记诵；在训育上，尚感化不尚拘束，于会食前，诵一条世界名人格言，以代宗教式祈祷；注重音乐，除平时练习外，每星期必有一次盛大的演奏；学生得举行茶会，邀教员及男、女同学谈话。我寄住在此校教员宿舍中，历一星期，觉得他们合理化的生活，是很有趣的。我在此校住了一星期，忽见德国报纸上，载有武汉起义的消息。有一德国朋友问我：这一次的革命，是否可以成功？我答以必可成功，因为革命党预备已很久了。不久，又接到吴稚晖先生一函（自伦敦来，或自巴黎来，我此时记不清了）。以武汉消息告我，并言或者是一大转机，我辈均当尽力助成（大意如此）。我于是先到柏林，每日总往同学会，与诸同学购报传观，或集资发电，大家都很热烈的希望各省响应就是了。同学中，有一位刘庆恩君，稍稍做了一点可资谈助的事：同学会中，本有两面小龙旗，插在案上花瓶中。有一日，刘君把这龙旗扯破了，他去备了两面五色旗来替它。又有一日，来了一位使馆的秘书，带笑着说道："袁宫保出来了，革命军势孤了！"仿佛很得意的样子。刘君骂道："放屁！"就打他一个耳光，别人赶紧劝开，那秘书也只好悄悄的去了。

我在柏林住了一个月光景，接陈英士先生电报，催我回国，我就从西伯里亚回来。到上海，正是黄克强先生由汉口来上海的时候，孙先生还没有到。有一日，说是有一个省代表会，将于第二日举大元帅，大约举黎宋卿先生的多一点。我因为听说黎先生本来不是赞成起义的，又那时候很有与北军妥协的消息，觉得举黎不妥，特地到汤垫仙先生处，同他磋商，适章太炎先生亦在座，详细讨论，彼等亦赞成我举黄的提议。但汤先生不肯于第二日直接举黄，而要求我亦到会，于会中推我为代表而投票举黄。不知何以要有如此曲折，我那时也不求甚解而允之。第二日，开选举会，依汤先生所定之手续，我投票举黄，章先生及其他有选举权者，皆举黄，盖事前受章、汤两先生疏通了。大元帅举定后，章先生忽起立，垂涕而道，大意说："黎先生究系首难的人物，不可辜负他，现在大元帅既选定，请设一副元帅，并举黎先生任之。"全体赞成。

那时候，又有一段新闻，关于辜汤生先生的事。自武昌起义以后，望平街各报馆每日发好几次传单，并在馆门口用大字誊写，借示行人，于是望平街有人山人海之状。辜先生那时正在南洋公学充教员，乃撰一英文论说，送某报，责问公共租界工部局，谓："望平街交通阻滞，何以不取缔？"南洋公学学生阅之，认辜先生含有反革命意，乃于辜来校时，包围而语责之。辜说："言论本可自由，汝等不佩服我，我辞职。"学生鼓掌而散，辜亦遂不复到校。此为我回国以后所闻，未知确否。

《越风》，第二十期，一九三六年十月十日出版

我在五四运动时的回忆

民国五年的冬季，我正在法国，接到教育部的电报，要我回

国任北大校长。本来，在民元我长教育部以前，那时名叫京师大学堂，我便在那大学堂一部分的译学馆任国文及西洋史的教员。现在要我来任北大校长，我算是第二次为北大服务了。

当我从法国回到上海的时候，友人中劝不必就职的颇多，说北大太腐败，进去了，若不能整顿，反于自己的声名有碍，这当然是出于爱我的意思。但也有些朋友说：既然知道他的腐败，更应进去整顿，就是失败，也算尽了心，这也是爱人以德的说法。我到底接受了后说，到北大来。

到北大以后，我们第一要改革的是学生的观念。我在译学馆教书的时候，就知道北京学生的习惯，他们平日对于学问上并没有什么兴会，只要年限满后，可以得到一张毕业文凭，便算功德完满了。尤其北京大学的学生，是从京师大学堂"老爷"式学生嬗继下来。他们的目的，不但在毕业，而尤注重在毕业以后的出路。所以我到校第一次演说，就说明"大学学生当以研究学术为天职，不当以大学为升官发财之阶梯"。然而要打破这些习惯，只有从聘请积学而热心的教授着手。

因此，我到北大，由医专校长汤尔和君的介绍，便首先聘请了主编《新青年》的陈独秀君任北大文科学长，同时在《新青年》上，我们认识了留美的胡适之君，他回国后，即请他到北大任教职。

五四运动发生的时候，我对于学生运动素有一种成见，以为学生在学校里面，应以求学为最大目的，不应有何等政治组织。其有年在二十岁以上、对于政治有特殊兴趣者，可以个人资格，参加政治团体，不必牵涉学校。所以民国七年夏间，北京各校学生曾为外交问题，结队游行，向总统府请愿，当北大学生出发时，我曾力阻他们，而他们一定要参加，我因此引咎辞职，经慰留而罢。

到八年五月四日，学生不签字于巴黎和约与罢免亲日派曹、陆、张（章）的主张，仍以结队游行为表示，我也就不去阻止他们了。他们因愤激的缘故，遂有焚曹汝霖住宅及攒殴章宗祥的事。学生被警厅逮捕者数十人，各校皆有，而北大的学生居多数。我与各专门学校的校长向警厅力保，始释放。但被拘的虽已保释，而学生尚抱再接再厉的决心，政府亦且持不做不休的态度。都中喧传政府将明令免我职，而以马其昶君任北大校长，我恐若因此增加学生对于政府的纠纷，我个人且将有运动学生保持地位的嫌疑，不可以不速去，乃一面呈政府引咎辞职，一面秘密出京，时为五月九日。

我离京之时，学生仍每日分队出去演讲，政府逐队逮捕，因人数太多，就把学生都监禁在北大第三院。北京学生受了这样大的压迫，于是引起全国学生的罢课，而且引起各大都会工商界的同情与公愤，将以罢工、罢市为同样的要求。政府知势不可侮，乃释放被逮诸生，并决定不签和约，罢免曹、章、陆，于是，五四运动的目的完全达到了。

虽然五四运动的目的既达，北京各校的秩序均恢复，独北大因校长辞职问题又起多少纠纷。政府曾一度任命胡次珊君继任，而为学生所反对，不能到校。各方面需要我复职。我离校时本预定决不回去，不但为校务的困难，实因校务以外，常常有许多不相干的缠绕，度一种（劳）苦而无功的生活。

但是，隔了几个月，校中的纠纷，仍在非我回校不能解决的状态中，我不得已，乃允回校。回校以前，先发表《告北京大学学生及全国学生联合会（书）》，告以学生救国，重在研究学术，不可常常为救国运动而牺牲。至此，北大因五四运动而起的纠纷才算平息了。

《中国学生》，第二卷第九期，一九三六年十月二十三日出版

爱国女学三十五年来之发展

爱国女学之成立，已三十五年。余为三十五年前参与发起之一人，回想当年，不胜今昔之感。

民国纪元前十年，余在南洋公学任教员。是时反对清廷议立大阿哥之经莲三先生尚寓上海，而林少泉先生借其妻林××夫人及其妹林宗素女士自福州来，均提倡女学。由余与亡室黄仲玉夫人招待，在登贤里寓所开会。到会者除经、林二氏外，有韦氏增珮、增瑛两女士，吴彦复先生偕其女亚男、弱男及其妾夏小正三女士，陈梦坡先生偕其女撷芬，及其二妾蔡××、蔡××三女士，余与林、陈诸先生均有演说。会毕，在里外空场摄影，吴彦复夫人自窗口望见之而大骂，盖深不以其二女参与此会为然也。未几，薛锦琴女士到沪，蒋智由先生设席欢迎，乃请仲玉与林氏姑嫂作陪，而自身不敢列席，盖其时男子尚不认娶妾为不合理，而男女之界，亦尚重避嫌如此。

爱国女学，即在此种环境中产生也。是年冬，由蒋智由、黄

宗仰两先生提议，设立女校，余与林、陈、吴三先生并列名发起，设校舍于登贤里，名曰爱国。罗伽陵夫人代表乌目山僧捐资相助，而推蒋先生为校长，发起人均任教员。未几，蒋先生往日本游历，余被推继任。开办时所有学生，即发起人家中之女子。及第二年，始招外来学生；而第一届学生，多因年龄长大、家务分心而退学，故学生甚少。

爱国女学第一次之发展，在爱国学社成立以后。由吴稚晖先生提议，迁校舍于学社左近之泥城桥福源里，并运动学社诸生，劝其姊妹就学，而学社诸教员，如王小徐、叶浩吾、吴稚晖、蒋竹庄诸先生，亦兼任女学教课，逐时本校始有振兴之气象。

第二次之发展，则在钟宪鬯先生长校时期，即爱国学社被解散之后。是时，张竹君女士初自广州来，力倡妇女经济独立之必要，愿教以手工。钟先生因于本校课程中加手工，而且附设手工传习所，请张女士及其弟子传授。由本校学生之宣传，而内地妇女纷来学习。其后，手工传习所虽停办，而爱国女学之声名，传播已广。

第三次之发展，则为蒋竹庄先生长校时期。时在民元前三年一月。厘订课程，使适合于中小学教育之程度；订建校舍，使教室与运动场有相当之设备。从此，本校始脱尽革命党秘密机关之关系——余长本校前后数次，凡革命同志徐伯荪、陶焕卿、杨笃生、黄克强诸先生到上海时，余与从弟国亲及龚未生同志等，恒以本校教员资格，借本校为招待与接洽之机关。其时，较高级之课程，亦参革命意义，如历史授法国革命史、俄国虚无党故事；理化注重炸弹制造等。又高级生周怒涛等，亦秘密加入同盟会——而入于纯粹的教育事业之时代。民元四月，徐固卿先生继任校长。民三（年），添办体育科、文科，校誉日益隆盛。江苏教育厅批准立案。徐固卿先生解职后，曾由萧蜕公、宋侠公、吴和士诸先生相继任校长。

第四次之发展，则为季融五先生长校时期。时在民国十年。遵教育部学制，划分初级中学、高级中学、体育专科与附属小学四部。民十六年，因国民政府奠都南京，教育行政系统更易，本校划隶上海市区，改向上海市教育局立案，奉令更名为私立爱国女子中学。其后因来学者众，原有校舍不敷应用，乃于十九年秋迁至江湾路尘园，次第自建校舍。高中部复添设师范科，于是基础益形巩固，校务日见发达。

在此节节发展时期，不幸二十一年"一·二八"之役，全部校舍，悉被焚毁，三十年来之文物，损失殆尽。不得已，遂假法租界贝勒路志成小学余屋，招集学生，以维教学。逾月，复迁至吕班路大陆坊。是年秋，季融五先生因感受刺激而辞职，校董会推孙翔仲先生为校长，迁回尘园，以图复兴，重建校舍，添置校具，并办女童军训练班，设第二小学于新闸路。二十二年秋，得校董褚民谊、潘守仁两先生之助，更添建仁斋、谊斋两宿舍。逾年，孙翔仲先生辞职，校董会推季毅生先生任校长。是年秋，移设校内附属小学一部于昆山路，奉令改称爱国女子第一小学，附设幼稚园。二十四年秋，复就昆山路校舍，添设初中第二院，学生亦颇众多，并呈准教育部将体育科正名为体育师范科，校后更辟田径场，运动成绩，与年俱进；而各科课程，亦多注重实际。自二十一年秋至今，可谓爱国女学之复兴时期。

今年为三十五周年，观历来发展之历史，又兼以主持者之毅力，预料前途，必更有辉煌之象也。

《爱国女学校三十五周纪念刊》，一九三六年十二月二日出版

我在教育界的经验

我自六岁至十七岁，均受教育于私塾；而十八岁至十九岁，即充塾师（民元前二十九年及二十八年）。二十八岁又在李蕴客先生京寓中充塾师半年（前十八年）。所教的学生，自六岁至二十余岁不等。教课是练习国文，并没有数学与其他科学。但是教国文的方法，有两件是与现在的教授法相近的：一是对课，二是作八股文。对课与现在的造句法相近。大约由一字到四字，先生出上联，学生想出下联来。不但名词要对名词，静词要对静词，动词要对动词；而且每一种词里面，又要取其品性相近的。例如先生出一山字，是名词，就要用海字或水字来对他，因为都是地理的名词。又如出桃红二字，就要用柳绿或薇紫等词来对他；第一字都用植物的名词，第二字都用颜色的静词。别的可以类推。这一种工课，不但是作文的开始，也是作诗的基础。所以对到四字课的时候，先生还要用圈字的法子，指示平仄的相对。平声字圈在左下角，上声在左上角，去声右上角，入声右下角。学生作对子时，最好用平声对仄声，仄声对平声（仄声包上、去、入三声）。等到四字对作得合格了，就可以学五言诗，不要再作对子了。

八股文的作法，先作破题，止两句，把题目的大意说一说。破题作得合格了，乃试作承题，约四五句。承题作得合格了，乃试作起讲，大约十余句。起讲作得合格了，乃作全篇。全篇的作法，是起讲后，先讲领题，其后分作八股（六股亦可），占每两股都是相对的。最后作一结论。由简而繁，确是一种学文的方法。但起讲、承题、破题，都是全篇的雏形；那时候作承题时仍有破题，作起讲时仍有破题、承题，作全篇时仍有破题、承题、起讲，实在是重床叠架了。

我三十二岁（前十四年）九月间，自北京回绍兴，任中西学堂监督，这是我服务于新式学校的开始。这个学堂是用绍兴公款设立的。依学生程度，分三斋，略如今日高小、初中、高中的一年级。今之北京大学校长蒋梦麐（麟）君、北大地质学教授王烈君，都是那时候第一斋的小学生。而现任中央研究院秘书的马祀光君、任浙江教育厅科员的沈光烈君，均是那时候第三斋的高材生。外国语原有英、法二种，我到校后又增日本文。教员中授哲学、文学、史学的有马湄莼、薛朗轩、马水臣诸君，授数学及理科的有杜亚泉、寿孝天诸君，主持训育的有胡钟生君，在当时的绍兴，可为极一时之选。但教员中颇有新旧派别。新一点的，笃信进化论，对于旧日尊君卑民，重男轻女的旧习，随时有所纠正；旧一点的不以为然。后来旧的运动校董，出而干涉，我遂辞职（前十三年）。

我三十五岁（前十一年）任南洋公学特班教习。那时候南洋公学还止有小学、中学的学生；因沈子培监督之提议，招特班生四十人，都是擅长古文的；拟授以外国语及经世之学，备将来经济特科之选。我充教授，而江西赵仲宣君、浙江王星垣君相继为学监。学生自由读书，写日记，送我批改。学生除在中学插班习英文外，有愿习日本文的；我不能说日语，但能看书，即用我的看书法教他们，他们就试译书。每月课文一次，也由我评改。四十人中，以邵闻泰（今名力子）、洪允祥、王世澂、胡仁源、殷祖同、谢忱（今名无量）、李（叔）同（今出家号弘一）、黄炎培、项襄、贝寿同诸君为高材生。

我三十六岁（前十年），南洋公学学生全体退学，其一部分借中国教育会之助，自组爱国学社，我亦离公学，为学社教员。那时候同任教员的吴稚晖、章太炎诸君，都喜昌言革命，并在张园开演说会，凡是来会演说的人，都是讲排满革命的。我在南洋公学时，所评改之日记及月课，本已倾向于民权女权的提倡，及到学社，受激烈环境的影响，遂亦公言革命无所忌。何海樵君自东京来，介绍我宣誓入同盟会，又介绍我入一学习炸弹制造的小组（此小组本止六人，海樵与杨笃生、苏凤初诸君均在内）。那时候学社中师生的界限很宽，程度较高的学生，一方面受教，一方面即任低级生的教员；教员热心的，一方面授课，一方面与学生同受军事训练。社中军事训练，初由何海樵、山渔昆弟担任，后来南京陆师学堂退学生来社，他们的领袖章行严、林力山二君助何君。我亦断发短装与诸社员同练步伐，至我离学社始已。

爱国学社未成立以前，我与蒋观云、乌目山僧、林少泉（后改名白水）、陈梦坡、吴彦复诸君组织一女学，命名"爱国"。初由蒋君管理，蒋君游日本，我管理。初办时，学生很少；爱国学社成立后，社员家中的妇女，均进爱国女学，学生骤增。尽义务的教员，在数理方面，有王小徐、严练如、钟宪鬯、虞和钦诸君；在文史方面，有叶浩吾、蒋竹庄诸君。一年后，我离爱国女学。我三十八岁（前八年）暑假后，又任爱国女学经理。又约我从弟国亲及龚未生、俞子夷诸君为教员。自三十六岁以后，我已决意参加革命工作。觉得革命止有两途：一是暴动，一是暗杀。在爱国学社中竭力助成军事训练，算是下暴动的种子。又以暗杀于女子更为相宜，于爱国女学，预备下暗杀的种子。一方面受苏凤初君的指导，秘密赁屋，试造炸药，并约钟宪鬯先生相助，因钟先生可向科学仪器馆采办仪器与药料。又约王小徐君试制弹壳，并接受黄克强、剧若木诸君自东京送来的弹壳，试填炸药，由孙少侯君携往南京僻地试验。一方面在爱国女学为高材生讲法国革命史、俄国虚无党历史，并由钟先生及其馆中同志讲授理化，学分特多，为练制炸弹的预备。年长而根柢较深的学生如周怒涛等，亦介绍入同盟会，参加秘密小组。

我三十九岁（前七年），又离爱国女学。嗣后由徐紫虹、吴书箴、蒋竹庄诸君相继主持，爱国女学始渐成普通中学，而脱去从前革命性的特殊教育了。

四十岁（前六年），我到北京，在译学馆任教习，讲授国文及西洋史，仅一学期，所编讲义未完，即离馆。

四十一岁至四十五岁（前五年至一年），又为我受教育时期。第一年在柏林，习德语。后三年，在莱比锡，进大学。

四十六岁（民国元年），我任教育总长，发表《对于教育方针之意见》，据清季学部忠君、尊孔、尚公、尚武、尚实的五项宗旨而加以修正，改为军国民教育、实利主义、公民道德、世界观、美育五项。前三项与尚武、尚实、尚公相等，而第四、第五两项却完全不同，以忠君与共和政体不合，尊孔与信仰自由相违，所以删去。至提出世界观教育，就是哲学的课程，意在兼采周秦诸子、印度哲学及欧洲哲学以打破二千年来墨守孔学的旧习。提出美育，因为美感是普遍性，可以破除我彼此的偏见；美感是超越性，可以破生死利害的顾忌，在教育上应特别注重。对于公民道德的纲领，按法国革命时代所标举的自由、平等、友爱三项，用古义证明说："自由者，'富贵不能淫，贫贱不能移，威武不能屈'是也，古者盖谓之义。平等者，'己所不欲，勿施于人'是也；古者盖谓之恕。友爱者，'己欲立而立人，己欲达而达人'是也；古者盖谓之仁。"

学部旧设普通教育、专门教育两司；改教育部后，我为提倡成人教育、补习教育起见，主张增设社会教育司。

我与次长范静生君常持相对的循环论，范君说："小学没有办好，怎么能有好中学？中学没有办好，怎么能有好大学？所以我们第一步，当先把小学整顿。"我说："没有好大学，中学师资哪里来？没有好中学，小学师资哪里来？所以我们第一步，当先把大学整顿。"把两人的意见合起来，就是自小学以至大学，没有一方面不整顿。不过他的兴趣，偏于普通教育，就在普通教育上多参加一点意见。我的兴趣，偏于高等教育，就在高等教育上多参加一点意见罢了。

我那时候，鉴于各省所办的高等学堂程度不齐，毕业生进大学时，甚感困难，改为大学预科，附属于大学。又鉴于高等师范学校的科学程度太低，规定逐渐停办；而中学师资，以大学毕业生再修教育学的充之。又以国立大学太少，规定于北京外，再在南京、汉口、成都、广州各设大学一所。后来我的朋友胡君适之等，对于停办各省高等学堂，发现一种缺点，就是每一省会，没有一种吸集学者的机关，使各省文化进步较缓。这个缺点，直到后来各省竞设大学时，才算补救过来。

清季的学制，于大学上，有一通儒院，为大学毕业生研究之所。我于《大学令》中改名为大学院，即在大学中，分设各种研究所。并规定大学高级生必须入所研究，伺所研究的问题解决后，始能毕业（此仿德国大学制）。但是各大学未能实行。

清季学制，大学中仿各国神学科的例，于文科外又设经科。我以为十四经中，如《易》《论语》《孟子》等，已入哲学系；《诗》《尔雅》，已入文学系；《尚书》、三《礼》、《大戴记》、春秋三传已入史学系；无再设经科的必要，废止之。

我认大学为研究学理的机关，要偏重文理两科，所以于《大学令》中规定：设法、商等科而不设文科者不得为大学；设医、工、农等科而不设理科者，亦不得为大学。但此制迄未实行。而我于任北大校长时，又觉得文理二科之划分，甚为勉强；一则科学中如地理、心理等等，兼涉文理；二则习文科者不可不兼习理科，习理科者不可不兼习文科。所以北大的编制，但分十四系，废止文、理、法等科别。

我五十一岁至五十八岁（民国六年至十二年），任国立北京大学校长。民国五年，我在法国，接教育部电，要我回国，任北大校长。我遂于冬间回来。到上海后，多数友人均劝不可就职，说北大腐败，恐整顿不了。也有少数劝驾的，说：腐败的总要有人去整顿，不妨试一试。我从少数友人的劝，往北京。

北京大学所以著名腐败的缘故，因初办时（称京师大学堂）设仕学、师范等馆，所收的学生，都是京官。后来虽逐渐演变，而官僚的习气，不能洗尽。学生对于专任教员，不甚欢迎，较为认真的，且被反对。独于行政、司法界官吏兼任的，特别欢迎；虽时时请假，年年发旧讲义，也不讨厌，因有此师生关系，毕业后可为奥援。所以学生于讲堂上领受讲义，及当学期、学年考试时要求题目范围特别预备外，对于学术，并没有何等兴会。讲堂以外，又没有高尚的娱乐与自动的组织，遂不得不于学校以外，竟为不正当的消遣。这就是著名腐败的总因。我于第一次对学生演说时，即揭破"大学学生，当以研究学术为天职，不当以大学为升官发财之阶梯"云云。于是广延积学与热心的教员，认真教授，以提起学生研究学问的兴会。并提倡进德会（此会为民国元年吴稚晖、李石曾、张溥泉、汪精卫诸君发起，有不赌、不嫖、不娶妾的三条基本戒，又有不作官史、不作议员、不饮酒、不食肉、不吸烟的五条选认戒），以挽奔竞及游荡的旧习；助成体育会、音乐会、画法研究会、书法研究会，以供正当的消遣；助成消费公社、学生银行、校役夜班、平民学校、平民讲演团与《新潮》等杂志，以发扬学生自动的精神，养成服务社会的能力。

北大的整顿，自文科起。旧教员中如沈尹默、沈兼士、钱玄同诸君，本已启革新的端绪；自陈独秀君来任学长，胡适之、刘半农、周豫才、周岂明诸君来任教员，而文学革命、思想自由的风气，遂大流行。理科自李仲揆、丁巽甫、王抚五、颜任光、李书华诸君来任教授后，内容始以渐充实。北大旧日的法科，本最离奇，因本国尚无成文之公、私法，乃讲外国法，分为三组：一曰德、日法，习德文、日文的听讲；二曰英、美法，习英文的听讲；三曰法国法，习法文的听讲。我深不以为然，主张授比较法，而那时教员中能授比较法的，只有王亮畴、罗钧任二君。二君均服务司法部，只能任讲师，不能任教授。所以通盘改革，甚为不易。直到王雪艇、周鲠生诸君来任教授后，始组成正式的法科，而学生亦渐去猎官的陋见，引起求学的兴会。

我对于各家学说，依各国大学通例，循思想、自由原则，兼容并包。无论何种学派，苟其言之成理，持之有故，尚不达自然淘汰之运命，即使彼此相反，也听他们自由发展。例如陈君介石、陈君汉章一派的文史，与沈君尹默一派不同；黄君季刚一派的文学，又与胡君适之的一派不同；那时候各行其是，并不相妨。对于外国语，也力矫偏重英语的旧习，增设法、德、俄诸国文学系，即世界语亦列为选科。

那时候，受过中等教育的女生，有愿进大学的；各大学不敢提议于教育部。我说：一提议，必通不过。其实学制上并没有专收男生的明文；如招考时有女生来报名，可即著录；如考试及格，可准其就学。请从北大始。于是北大就首先兼收女生，各大学仿行，教育部也默许了。

我于民国十二年离北大，但尚居校长名义，由蒋君梦麐（麟）代理，直到十五年自欧洲归来，始完全脱离。

我六十一岁至六十二岁（十六年至十七年）任大学院院长。大学院的组织，与教育部大概相同，因李君石曾提议试行大学区制，遂取此名。大学区的组织，是摹仿法国的。法国分全国为十六大学区，每区设一大学，区内各种教育事业，都由大学校长管理。这种制度优于省教育厅与市教育局的一点，就是大学有多数学者，多数设备，决非厅局所能及。我们为心醉合议制，还设有大学委员会，聘教育界先进吴稚晖、李石曾诸君为委员。由委员会决议，先在北平（包河北省）、江苏、浙江试办大学区。行了年余，常有反对的人，甚至疑命名"大学"，有蔑视普通教育的趋势，提议于大学院外再设一教育部的。我遂自动的辞职，而政府也就改大学院为教育部；试办的三大学区，从此也取消了。

我在大学院的时候，请杨君杏佛相助。我素来宽容而迁缓，杨君精悍而机警，正可以他之长补我之短。正与元年我在教育部时，请范君静生相助，我偏于理想，而范君注重实战，以他所长补我之短一样。

大学院时代，院中设国际出版品交换处，后来移交中央研究院，近年又移交中央图书馆。

大学院时代，设国立音乐学校于上海，请音乐专家萧君友梅为校长（第一年萧君谦让，由我居校长之名）。增设国立艺术学校于杭州，请图画专家林君风眠为校长。又计划第一次全国美术展览会，但此会开办时，我已离大学院了。

大学院时代，设特约著作员，聘国内在学术上有贡献而不兼有给职者充之，听其自由著作，每月酌送补助费。吴稚晖、李石曾、周豫才诸君皆受聘。

我于六十一岁时，参加中央政治会议，曾与吴稚晖、李石曾、张静江诸君提议在首都（当时为南京）、北平、浙江等处，设立研究院，通过。首都一院，由大学院筹办，名曰国立中央研究院。十七年开办，我以大学院院长兼任中央研究院院长。我离大学院后，专任研究院院长，与教育界虽非无间接的关系，但对于教育行政，不复参与了。

《宇宙风》第五十五期（一九三七年十二月出版）、五十六期（一九三八年一月出版）

自传之一章

余家明末由诸暨迁至山阴，余祖先有营木材业者，因遭同行人妒忌，被斧砍伤，受伤后遂不复理木材业。此余闻祖先轶事之最早者。自此祖又两世，至我曾祖，行四。余曾祖之兄行三者，营绸缎业于广东，因偷关被捕，将处极刑，家中营救，罄其所有，免于一死。

余祖父营典当业，为当铺经理。遂在笔飞坊自置一房，坐北朝南，有大厅三楹。生我父兄弟七人。先三叔好武艺，外出，不知所往，亦不知所终。留在家同居者只六子耳。六叔、七叔年最幼，长子及二、四、五子均已结婚。先祖又在屋后加盖五楼五底，以备大家庭合住之用。余等为大房住一楼一底之外，尚多一骑楼，骑楼虽多只一间，亦意存优待于长子也。

余生于清同治六年（一八六八）丁卯，十二月十七日亥时，初言十八日子时，后改正为十七日亥时。其时无钟表，计时亦难准确。

余同胞兄弟四人，四弟早殇，实为兄弟三人，即余有一兄一弟。

余有两姊，均未出阁，均在二十左右病故；有一幼妹，亦早殇。

先父面方，肤色颇黄，先母面椭圆，肤色白晳。余兄弟姊妹七人，凡居单数者均像母，居双数者均像父，余行二，故像父亲。

先父为钱庄经理，二叔为绸缎店经理，四叔亦经营钱庄，五叔、七叔为某庄副经理，全家经商，惟六叔读书。

余家至我六叔，始考试入学（秀才），后并补廪（廪生）。自六叔以前，祖传无读书登科之人。

余幼时，先父延聘教师在家教读。年十一，先父见背，家中不克复延教师，即附学他处。先父之丧为夏六月，是年下半年起，余即寄居姨母家附近读一年。十二岁、十三岁，又在一李先生家附读两年。十四岁，始从王子庄先生学作八股文，王先生其时八股文名家也。余从王先生学至十七岁，余入学游泮矣（秀才）。

十八岁、十九岁余自设馆教书。

自二十岁起，不复授徒。余在徐家校书矣。绍兴有徐家，藏书甚富，又喜校书印书，喜以文会友，故亦延聘及我。余自此不复作八股，改作辞章考据之学。

二十一、二、三、四岁四年中，均校书徐家，多得读书之益。

二十四岁，己丑年，（光绪十五年，一八八九年）余入乡闱中式（举人）。

此后成进士及殿试，《言行录》等处已说及，不必赘述矣。

述其未说及者一二如次。

余入同盟会在乙巳年（光绪三十一年，一九〇五年），为同盟会成立之年，或其次年，介绍入会者，何海樵也。

次年，黄克强持孙先生手书来，派余为上海支部部长。是年余返绍兴故乡一行。

又次年丁未，余随孙宝琦赴德，彼任钦差，余往留学，由西比（伯）利亚行，同行者有齐寿山。

寿山告余，李石曾先生吃素，及其理由，余以为然，因亦吃素。直吃至民国十年腿病不能行走，医生感觉病时素食不易调理，为简便计，劝我恢复肉食，我从之，实仍偏重素食，惟不如以前之严格耳。

戊申年（光绪三十四年，一九〇八年），我始游巴黎。

辛亥革命，余在德国，得陈英士电，促即回国，余乃取道西伯利亚东归。归后，命我任教育总长。此后诸事，知者更多矣。

《传记文学》杂志第十卷第一期，一九六七年一月一日台北出版